오직
한 사람의
차지

김금희
소설

오직
한 사람의
차지

문학동네

차례

체스의 모든 것 • 007

사장은 모자를 쓰고 온다 • 039

오직 한 사람의 차지 • 061

레이디 • 095

문상 • 131

새 보러 간다 • 161

모리와 무라 • 193

누구 친구의 류 • 223

쇼퍼, 미스터리, 픽션 • 251

해설 | 백지연(문학평론가)
생의 아이러니를 응시하는 심퍼사이저 • 275

작가의 말 • 292

체스의
모든 것

대학의 영미 잡지 읽기 동아리에서 처음 봤을 때 노아 선배는 어딘가 다른 중력에서 사는 듯한 느낌이었다. 외부의 일들에 관심이 없었고 무슨 말을 듣든 반응이 느렸으며 자기 일에만 진지했다. 그러면서도 일상적인 일들에 서툴렀는데, 서툴러서 못한다기보다는 다르게 하는 편이었다. 주민등록증을 잃어버리고 몇 년 동안 재발급받지 않았다고 해서 우리가 그렇게도 살 수 있어요? 그게 가능해요? 하고 물었더니 선배는 여권이 있잖아, 했다. 애들은 아, 여권, 하며 납득했지만 그것이 주민등록증을 잃어버렸을 때 대처하는 일반적인 방식은 아니어서 뒷맛이 차고 씁쓸했다. 선배는 서울 출신이면서도 서울에서 자취했고 왜 혼자 사느냐고 물으면 다른 설명 없이, 가족에 대해서라면 기대가 늘 배반당했다고만 해두자, 라고 해서 나를 매료시켰다. 그 밖에 검거나 흰 옷만 입는 것, 잠깐 밴드 생활을 한 것, 여자 선배를 누나라고 부르지 않는 것, 어깨에 문신이 있는 것, 워킹 홀리데이를 다녀온 것, 영어를 잘하는 것, 오토바이를 타는 것, 미술에 소질이 있는 것 모두.

그런 선배가 우울증, 정동장애를 앓고 있다는 것도 사실이었다. 선배는 일정한 간격으로 약을 먹었고, 어느 날은 극심한 무기력에, 어느 날은 극도의 흥분에 차 있었다. 실수하면 지나치게 자책했고 자신을 때리고 할퀴는 버릇이 있었다. 언젠가 세미나 시간에 『타임』지 칼럼의 제목을 '이것은 강아지가 아니다'라고 잘못 읽은 적이 있는데—당연히 그건 강아지puppy가 아니라 마그리트 작품에 나오는 파이프pipe였다—선배는 우스꽝스러운 표정을 지어서 사람들을 웃기고는, 나중에 동아리방에 혼자 남아 책장에 머리를 쿵, 하고 박았다. 가방을 가지러 갔다가 그 모습을 본 나는 쿵, 하고 마음이 내려앉았는데 선배는 쿵쿵하고 멈추질 않았다. 그때 동기인 국화가 들어왔고 부주의하게 소리를 내며 뭔가를 찾았다. 선배가 돌아보자 국화는 "『리더스 다이제스트』 철해놓은 거 봤어요?" 하고 물었다. 천연덕스럽게, 놀라거나 걱정하는 기색 없이. 선배는 잠시 생각하다가 뭔가 부끄럽고 창피한, 하지만 어떤 열도가 전혀 없다고는 할 수 없는 복잡한 표정으로 캐비닛에 있어, 라고 대답했다.

그뒤 선배는 자조적인 농담처럼 '이것은 ○○이 아니다'라는 말을 자주 쓰기 시작했고 곧 동아리 사람들 사이에 유행어가 되었다. 이건 진정한 순대국밥이 아니다, 아 이건 정말 여름이 아니다, 아 그런 건 얼터너티브 록이 아니고 키아로스타미 영화가 아니고 학생의 권리를 위한 것이 아니고 '국민의 정부'에서 일어날 만한 일이 아니다. 그 아니다라는 말은 부정의 뉘앙스를 띠면서도 권위적이지 않았고 1999년의 세기말 분위기와 잘 어울렸다. 블랙홀처럼 모두를 빨아들여 유사 빅뱅의 상태에서 무언가를 탄생시킬 듯한 밀레니엄에 대한 기대와 불안에 알맞은 것이었다.

선배는 동기나 후배들과는 잘 지냈지만 교수나 선배들과는 자주 싸웠다. 마치 우울한 소녀가 정오의 소나기구름을 쫓듯 어디든 그런 일이 따라다녔다. 세미나가 끝나고 콩국수를 먹으러 갔던 어느 여름날처럼. 그날은 같은 동아리 출신이면서 모교에서 강의하는 선배가 참관을 온 날이었다. 콩국수 열한 그릇이 나오고 노아 선배가 아주머니에게 설탕을 달라고 하자 강사가 슈우가? 하고 언성을 높였다.

"무슨 슈가야? 소금이지."

"소금 아닌데요, 콩국수는 설탕인데요."

선배는 덤덤하게 대답했지만 이미 얼굴은 차갑게 굳고 있었다. 그런데도 강사는 눈치가 없는지, 체면을 구겼다고 생각했는지 포기하지 않았다. 소금 그릇을 선배 앞으로 내밀었다.

"소금이지, 인마. 애기 입맛이냐. 소금, 콩국수는 소금."

선배는 주위를 살폈고 하는 수 없이 숟가락을 내밀어서 소금을 떴다.

"그렇지. 슈가는 무슨 슈가야."

강사가 좀 풀린 얼굴로 그렇게 말하자 선배가 피식 웃었다. 강사의 얼굴이 대번에 굳었다.

"왜 웃어?"

"아니, 별건 아니고. 드세요, 그냥."

강사는 물론이고 다른 애들도 젓가락을 들 수가 없었는데, 그 긴장을 깨고 누군가 후룩후룩 소리를 내며 식사를 시작했다. 이번에도 국화였다. 국화는 열무김치를 아삭아삭 씹으면서 맛있게 국수를 먹었다. 선배는 아직 숟가락을 기울이지도 않았는데, 소금이 콩국물로 떨어져 염도를 높이고 다른 보통의 사람처럼 국수를, 그 놈의 콩국수를─그건 그냥 콩국수일 뿐이니까─먹을 수 있게 완전히 분위기가 잡히지도 않았는데 국화는 젓가락을 부지런히 움직였고, 그 움직임을 통해 국화의 무심함이 맹렬히 전달됐다.

"왜 웃냐고?"

"아닌데요."

"아니긴 뭐가 아니야, 어째서 아니야?"

후룩후룩…… 후룩…… 목으로 넘어가는 국숫가락의 리듬. 나는 언성을 높이는 강사보다 국화에게 더 신경이 쓰였다. 저번에 목격한 것도 있고 해서 쟤는 정말 대단히 무심한 애가 아닌가, 저 무심함은 어딘가 공격적인 데가 있지 않은가, 생각했다.

"설탕은 슈가가 아니고요, 슈거. 슈가는 뉴슈가 할 때나 슈가고요. 알죠, 사카린?"

그 일로 싸움이 나고 강사 편을 들며 사과를 종용하던 선배들과 불편해진 뒤 노아 선배는 세미나에 잘 들어오지 않았다. 어차피 그 세미나를 한심해하던 차였으니까 잘된 일인지도 몰랐다. 그러면서도 동아리방에는 꾸준히 나와서 『타임』지뿐 아니라 『롤링 스톤』이나 『내셔널 지오그래픽』 같은 잡지를 읽었고 '인식의 부정이 인식 자체의 부정으로 되지 못하는 한 모든 예술과 철학은 자본을 위한 꽃이 되리라'라는 길고 복잡한 제목의 영어 에세이를 쓰기도 했다. 선배는 집요한 구석이 있어서 그 칼럼마저 마그리트의 〈이것은 파이프가 아니다〉에 대해 썼다. 여러 장 프린트해서 테이블에 올려놓고 "이제 이것에 대해 이야기하자. 연락 바람. 018327×××× "라고 메모지에 써두었다. 나는 줄지 않는 그 페이퍼들을 안타깝게 지켜보다가 나라도 독대를 해봐야겠다고 결심했는데, 그건 선배가 무언가 새로운 감각을 느끼게 해주었기 때문이었다. 선배는 좋다 나쁘다 괜찮다 싫다를 넘어 그냥 '그렇다'고 있는 그대로 이해해야 할 것 같은 사람이었고, 누군가를 그렇게 받아들이는 것은 분명 십대 시절의 감각과는 다른 것이었다.

번역은 영문과 다니는 친구가 해주었다. 하지만 그 역시 이학년이었을 뿐이라서 그런지 원문이 그랬는지 번역문에는 이런 유의 알쏭달쏭한 문장들만 가득했다. 이미지의 반역을 연기해 반역의 이미지화를 획득해내는 예술이야말로 정말이지 이해 불가능의 자기기만이라고 여겨지지 않는가. 허상의 이미지에 가해지는 자본의 가치 있음에 고도로 친숙한, 그 가치 있음의 유통 생리를 테크니컬하게 운용할 줄 아는, 자본의 유통 시스템에 위협적이지 않을 정도의 찌름으로 희롱할 수 있는 자들만이 누릴 수 있는 감각의 젠체하는 달러 냄새 가득한 파티가 있다. 파이프가 파이프가 아니기 위해 미술관의 금테가 넝쿨처럼 장식하는 호화로움의 스퀘어 속에서 파이프는 파이프가 아님의—결국 상태도 동작도 아닌—무가치한 명사일 뿐 결국 반역은 기대를 반역한 채 있음이다.

반복해서 읽어도 무슨 얘기인지 알 수 없어서 소장 철학자가 썼다는 미학에 관한 책을 참고로 읽었다. 책에서는 마그리트의 이 그림을 '가상의 파괴'라는 말로 설명하고 있었다. 그 책도 친구의 번역문처럼 아리송했지만 그래도 '가상'과 '파괴' 모두 마음에 드는 단어였고 친숙하게 느껴졌으므로 나는 선배와 약속을 잡았다. 무척 더운 날이어서 선배는 검은 티셔츠가 몸에 달라붙을 정도로 땀을 흘리고 있었다. 오토바이 헬멧을 든 채 형광등을 등지고 동아리방에 나타난 선배는 외계 행성에 막 도착한 지구인처럼 고독하고 쓸쓸해 보였다. 그 행성에서 노아 선배를 제외한 유일한 생명체, 단 하나의 이브가 된 것 같아 긴장되는 순간이었다.

"그래, 어떻게 생각하지? 영지, 너는?"

선배는 맞은편 의자에 앉아 완전히 몸을 기댄 채 영어로 물었다. 나는 아주 인상적이었어요, 하는 말로 시작해서 모두 동의한다고 우물우물하다가 그러니까 그건 가상의 파괴이니깐요, 하고 말을 맺었다. 선배는 눈을 감고 듣다가 고개를 끄덕였다. 표정만으로는 마음에 들었는지 알 수 없었다. 뭔가 무게를 더해야 하는 걸까, 그러니까 좀더 호감을 줄 수 있는 단어를, 가상이니 파괴니 말고. 내가 다시 입을 열려 할 때 구석의 인조가죽 소파에서 뿌드드드 소리가 나더니 국화가 일어섰다. 아무도 없는 줄 알았던 나는 당황했다.

국화는 테이블로 와서 선배의 글을 집어들었다. 선배가 글을 쓰게 된 동기와 내용을 설명하는 동안 국화는 앉아서 간간이 고개만 끄덕였다. 관심이 있는지 없는지 애매했다. 그러다 말은 곧 끊겼고 선배였는지 국화였는지는 모르지만 누군가 테이블의 체스 박스를 가리키며 체스나 두자고 했다. 셋이서는 체스를 둘 수 없고 게다가 나는 체스를 둘 줄 모르니까 국화와 자리를 바꿨다. 그런데 그렇게 옆자리로 넘어가는 것만으로도 굉장한 소외 상태가 된다는 것을 엉덩이를 들어 옮기는 순간 느꼈다.

자리를 잡고 나서도 체스는 시작되지 않았다. 체스의 룰에 대한 의견이 맞지 않았기 때문이었다. 선배가 연장자인 자기가 먼저 화이트 피스를 잡겠다고 말하자 국화는 체스에 그런 건 없다고 응수했다. 그런 건 언페어하다는 말이었다.

"그러면 말을 어떻게 정하지?"

"뽑기로 정하면 되잖아요."

국화는 체스판을 골똘히 보고 있다가 감정의 동요 없이, 단지 뭔가를 정확하게 전달하는 사람의 차갑고 딱딱한 말투로 말했다.

"그거야말로 언페어인데."

"그게 왜 언페어인데요?"

"우연에 맡기는 게 왜 페어야?"

"우연에는 개입이 없으니까 페어하죠."

선배와 국화는 그렇게 뜬구름 잡는 얘기를 하며 한참을 다퉜다. 나는 선배가 화장실 간 사이, 웬만하면 선배 말대로 하라고 국화에게 부탁했다.

"왜? 왜 그래야 하는지 모르겠는데?"

그렇게 말하는 국화의 얼굴은 정말 모르는 듯했다. 선배가 화장실을 다녀오고 내가 소파에 가서 좀 누웠다 온 뒤에도 페어와 언페어 싸움은 계속됐다. 그렇게 안 맞으면 체스 따위는 두지 않고 집으로 가면 될 텐데 둘 다 아예 판을 엎지는 않았다. 결국 결정권은 내게 주어졌다. 나는 체스의 룰을 알지 못했지만 무슨 게임이든 선을 잡는 사람이 유리하니까 선배에게 맡길까 하다가 충동적으로 국화를 지목했다. 결국 의지도 우연도 아닌 충동이 게임을 출발시켰고 그렇게 체스가 시작됐다.

여름의 늦은 밤, 운동장의 황폐한 잔디밭이 올려다보이는 반지하의 동아리방, 실링팬의 움직임과 라디오, 그리고 체스. 나는 라디오에서 흘러나오는 록 밴드의 노래, 미안하지만 난 널 미워하고 미안하지만 난 널 사랑한다는, 이 말 했다 저 말 했다 하는 노래를 따라 불렀다. 그런대로 낭만적인 밤이었지만 둘은 미안하거나 사랑하거나 하는 것에는 관심이 없었고 플라스틱으로 만든 기사와 주교와 여왕을 움직이며 서로를 제거하는 데에만 안간힘을 썼다. 그렇게 잘 나가던 체스판은 또다시 위기에 봉착했다. 이제는 언제 이기는가 하는 문제였다. 국화가 아무 말 없이 노아 선배의 왕을 잡으며 선배 졌어요, 하자 선배가 그러는 게 어딨어, 하고 소리 지른 것이었다. 비명에 가까운 소리라서 국화도 움찔했다. 선배는 땀을, 체스가 뭐라고 손바닥이 젖을 만큼 흘리면서 왕을 절대 체스판에서 몰아내서는 안 되고 왕이 잡히기 직전의 상황까지만 만들어서 상대방이 항복하거나 기권하게 만드는 것이 체스의 룰이라고—거의 초인적인 인내심을 발휘해서—설명했다.

"그러면 클리어가 아닌데요."

국화가 선배의 말을 돌려주지 않으면서 말했다.

"게임인데 뭘 상대방한테 결정권을 줘요."

노아 선배가 절망적인 표정으로 자기 얼굴을 손바닥으로 비볐다. 세수를 하듯이 힘을 주어서 달라붙은 불쾌한 무언가를 떼어내겠다는 듯이 세게.

"이제 그만 집에 가자. 전철 끊겨요."

내가 채근했는데도 둘은 미동도 하지 않았다.

"이상하잖아요. 그건 좀 웃긴데."

국화가 그런 말로 선배를 또 자극했다. 그러자 선배는 이제 거의 애원하듯이 원래 체스가 그런 것이라고, 체스는 15세기에 체계가 잡혔는데 그 15세기로 말할 것 같으면 콜럼버스가 아메리카 대륙을 발견한 까마득한 옛날이라고 했다.

"그렇게 엔딩을 합의할 거면 애초에 뭣하러 게임을 하느냐고요."

"원래 체스가 그렇다니까!"

선배는 그렇게 절망적으로 외치더니 테이블에 와락 엎어졌다. 선배가 그렇게까지 하자 국화도 더는 말하지 않았다. 선배는 그렇게 얼굴을 감추고 보이지 않는 무언가와 싸우듯이 끙끙대다가 이윽고 낮은 목소리로 나가달라고 했다. 선배를 혼자 두고 싶지는 않았지만 나는 할 수 없이 자리에서 일어났다. 하지만 국화는 나가지 않고 그냥 앉아 있었다. 그리고 차갑지도 따뜻하지도 않게, 나가려면 선배가 나가라고 말했다.

"전철은 끊겼고 택시비도 없어서 여기서 자고 내일 수업 갈 거거든요."

"집이 어딘데?"

선배가 고개를 들지 않고 물었다.

"인천요."

"인천까지 택시 타면 얼마 나오는데?"

그렇게 말하면서 선배는 손으로 더듬어 뒷주머니에서 지갑을 꺼냈다.

"오만원."

국화의 말에 선배가 얼굴을 들었다. 어이가 없고 무언가 의심쩍다는 표정이었다.

"이만오천원이면 가지 않아?"

"할증 붙어서 오만원은 있어야 해요."

"아닐 텐데. 내가 거기에 친구가 있어서 아는데 이만원이면 되는데."

"오만원이라니까요. 내가 거기 사는 사람이에요."

선배는 지갑을 열었다가 다시 닫았고 헬멧을 들고 나가서 그대로 돌아오지 않았다. 나는 그렇게 해서 선배가 집으로 돌아간 데 대해 한편으로는 안심하면서, 다른 한편으로는 당황스럽고 찜찜해하면서 동아리방을 나섰는데, 국화가 따라 나왔다. 택시비 없다며? 하고 묻자 국화는 직행버스가 한시까지 있다고 천연덕스럽게 대답했다.

"그거 타면 집 앞까지 간다."

다음날부터 선배는 사과를 받겠다며 국화를 찾아다니기 시작했다. 둘은 미리 연락하지 않아도 어렵지 않게 마주쳤는데, 국화의 동선이 단순했기 때문이다. 국화는 점심은 반드시 학생식당에서 먹었고 오후에는 삼 일씩 도서관에서 근로장학생으로 일했다. 화요일 저녁에는 과외를 하러 갔고 목요일과 금요일에는 전공 강의실이 있는 문과대 지하 독서실을 여닫는 아르바이트를 했다. 공부는 주로 이때에 몰아서 하는 듯했다. 갈 때마다 책상에 붙어 열심이어서 복도로 불러내려는 선배가 애를 먹었다. 선배는 교양강의 교재인 『영미의 문화』를 들고 가서 '영미인의 레저 생활' 편을 펼친 뒤 "경기의 순서는 합의로 정한다. 승부는 체크메이트 상태(왕이 상대 기물에 의해 잡히기 직전의 상황) 또는 무승부/기권으로 결정된다. 왕은 체스보드 밖으로 나오거나 다른 기물에 의해 잡히지 않는다"라는 문장 아래 밑줄을 그었다. 그러면서 국화에게 체스의 시작과 끝에 대해—그렇다면 사실상 거의 모든 것인데—아는 것이 없음을 인정하고 사과하라고 했다. 하지만 국화는 손을 내저었다.

"선배가 말하는 건 미국식이고 내가 하는 건 유럽식이고. 호텔 조식도 아메리칸 스타일이랑 콘티넨털 스타일이 다르듯이."

선배는 국화가 그렇게 당당하게 말하니까 뭔가 당황해하다가 돌아섰다. 그리고 다음날 체스 연맹 사이트에서 제정한 체스의 표준 규칙을 프린트해왔다. 하지만 국화는 자기가 하는 체스는 그런 게 아니라고 다시 잘라 말했다.

"아니라고?"

"아닌데요, 퍼블릭한 게 아니라 프라이빗한 건데요."

"무슨 말이야? 협회에서 인정한 표준 규칙이라니까."

"그러니까 그런 레디메이드가 아니라 핸드메이드 룰이라고요."

대화의 결론은 늘 이런 식이었다. 선배는 논리를 준비했지만 국화 앞에서 그것은 영 힘을 쓰지 못했다. 선배는 그렇게 매일 이상한 패배를 거듭하면서도 어떻게 해서든 사과를 받아야겠는지, 이겨야겠는지 다음날이면 국화를 찾아갔다. 한 달쯤 반복되다보니 사과하라는 선배의 말도, 국화의 막무가내도 시들해지긴 했다. 둘은 여전히 체스에 대해 얘기했지만 정작 체스가 중요한 것 같지는 않았고 체스에 대해 말해야 한다는 의지 같은 것만 남아 있는 듯했다. 나는 그 대화를 들으면서 무슨 대화가 저렇듯 열띠면서도 무시무시하게 공허한가 생각했다. 대체 체스가 뭐라고, 저렇게 싸우는가. 우리 사는 거랑 무슨 상관이라고. 그것 잘하면 밥이 생기나, 장학금이 나오나. 하지만 그러면서도 선배가 마치 목격자가 필요한 것처럼 국화에게 가자고 하면 거절 못한 채 따라나섰다.

그런 만남이 더 견딜 수 없게 된 건 체스 이외의 것을 이야기하면서였다. 국화는 알고 보면 선배가 굉장히 유아적이라고 했다. 자기 말만 떠드는 것, 타인을 박하게 평가하는 것, 그러면서 자신에 대한 평가에는 공격적으로 반응하는 것, 애정을 갈구하는 것, 오토바이를 샀다가 중고로 팔고 또다른 오토바이를 타는 것, 소비에 열을 올리는 것, 거기에는 돈부터 사람까지 다 해당하는 것. 그리고 국화가 가장 못 견뎌한 건 함께 무언가를 먹고 더치페이할 때 잔돈을 돌려주지 않는 선배의 습관이었다. 사실 나도 알고 있었지만 차마 말하지 못하고 있던 것이었는데—왜냐면 의도라기보다는 실수 같았으니까—국화는 가차없었다. "선배 그러다 그 돈 모아서 집 사겠어요"라고 해서 선배 얼굴을 달아오르게 만들었다. 그때마다 나는 내 안의 무언가가 파괴되는 것을 느꼈다. 국화가 입을 열 때마다 선배는 힙하고 쿨한 우울한 청춘에서 어딘가 속물적이고 이기적인 흔한 이십대로 달라졌다. 그만하면 화낼 만도 한데 노아 선배는 이상하게 분노에 휩싸이지도 속을 끓이지도 않았다. 선배는 국화를 참아냈고 그렇게 선배가 참는다고 느껴질 때마다 나는 마음이 서늘했다. 그 모든 것을 참아내는 것이란 안 그러면 모든 것을 잃는다는 절박함에서야 가능한데 그렇다면 그 감정은 사랑이 아닐까 생각했기 때문이었다.

밀레니엄을 맞고 다시 여름으로 순환하는 동안에도 우리 관계는 그럭저럭 유지되었다. 새천년의 일상은 그전이나 후나 허무할 정도로 같았다. 우리의 모든 것을 날려 세상의 온갖 '소유'를 삭제할 듯했던 밀레니엄 버그도 작동하지 않았다. 그저 일상의 연속이었고 다만 놀라운 건 휴대전화 가격이 놀랍도록 저렴해져서 누구나 하나씩 갖게 됐다는 점이었다. 하지만 그런 흐름 속에서도 국화는 무선호출기와 휴대전화 사이에 잠깐 유행한 비운의 상품 문자 삐삐를 계속 사용했다. 전화를 걸어 상담원에게 할말을 하면 삐삐 화면에 한글로 찍어주는 시스템이었다. 그리고 결과적으로 그 문자 삐삐 탓에 선배와 나 그리고 국화의 이상한 관계는 끝을 맞게 되었다.

그날 우리는 햄버거를 사다가 동아리방에서 먹고 있었는데, 선배가 생일선물이라며 국화 앞에 상자를 내밀었다. 휴대전화였다. 그런 선물이란 나의 상상을 넘어서는 것이었다. 무지갯빛 종이로 포장된 그것을 보면서 나는 실망이라고 하기에는 좀더 비참하고 상실감이라고 하기에는 그럴 만한 게 있었는지 여부가 불확실한 감정에 휩싸였다. 그러면서도 그 감정을 덮기 위해 좋겠다고, 이제 편하겠다고 호들갑을 떨었는데 국화는 "이런 거 안 써요" 하면서 다시 상자를 선배 쪽으로 밀었다.

"왜 안 써?"

"삐삐가 좋으니까. 전화 받기도 귀찮고."

"전화야 받기 싫으면 안 받으면 되는 거지. 요즘 누가 삐삐 쓰냐? 좀 있으면 서비스도 안 해."

"안 해도 이거 쓸래요."

그 단호한 태도에 선배는 기분이 상한 듯했지만 더는 말하지 않았다. 단지 선물을 주고 그 선물을 거절했을 뿐인데 분위기는 무겁게 가라앉았다. 우리는 각자의 이유로 마음이 불편해졌고 침묵 속에서 먹는 행위에만 집중했다. 그러다 갑자기 국화가 선배, 감자 좀 그만 먹어요, 라고 불쑥 말했다. 감자튀김을 한데 쌓아놓았는데 선배가 반 이상 먹어치운 것이었다. 선배는 햄버거 포장도 벗기지 않고 감자튀김만 먹고 있었다.

"선배 있잖아요. 그거 다 같이 먹는 거잖아요. 그러려고 거기다 부어놓은 거잖아요. 그런데 선배가 자꾸 감자를 먹어서요, 왜 그런지 버거는 안 먹고 자꾸 그것만 계속 집어먹으니까요. 그러면 그럴수록, 제 몫은 줄어들잖아요. 아 씨, 나 이거 먹고요, 청량리까지 가서 알바를 해야 하는데요. 선배, 선배가 감자를 다 먹었잖아요. 충분히 먹었는데도 자꾸 욕심을 내잖아요. 그러니까 선배, 그만 먹어요. 제발 그만, 감자 좀 그만 먹으라고요."

선배가 손가락을 들어 입으로 빨았고 다시 냅킨으로 닦았다. 국화는 그런 선배가 정말 마음에 들지 않는지 그게 뭐라고 목소리까지 떨면서 계속 화를 냈다. 선배가 이해가 안 가요. 아니, 감자는 같이 먹으려고 그렇게 해놓은 것인데 어떻게 감자를 혼자 다 먹을 수가 있냐고요. 감자는 그런 게 아니고요, 선배 혼자 맛있게 먹고 말라는 것이 아니고 감자는 우리가 다 먹어야 하고 그렇게 같이 먹으면 좋은 건데 왜 감자를, 그러니까 왜 감자를 그렇게 많이 먹느냐고요! 국화가 소리지르고는 먹던 햄버거를 내려놓고 점퍼를 입었는데 일어서는 국화의 팔을 잡으며 선배가 사과했다.

"미안하다, 감자를 많이 먹어서."

상황이 그러니까 나는 뭐라고 할 말이 없었다. 국화가 화가 난 것은 감자 때문인 듯도 하고 아닌 듯도 했다. 하지만 뭐가 됐든 저렇게까지 구는 건 아니지 않나 생각했다. 선물까지 준비해왔는데.

그리고 사과하는 선배는 뭔가. 뭣 때문에 사과를 하는 건가. 감자를 먹은 게 정말 그렇게 미안한가. 국화는 그렇게 사과하는 선배를 뿌리쳤고 무언가를 간신히 참으면서 휙 나가버렸다. 선배는 국화가 나가자 어깨가 축 처졌다. 얼굴에 서서히 무거운 그늘이 드리워졌다. 그건 새파랗게 하늘이 좋은 어느 날 그늘 속으로 뛰어들었을 때 갑자기 닥쳐오는 한기 같은 것이었다. 하지만 그건 감자일 뿐이니까 저러다가 내일이면 만나서 체스니 뭐니 하겠지 싶었는데 그렇지 않았다. 국화는 선배와 그 장난 같기도 하고 뭔가 심각한 논쟁 같기도 한 대화를 더는 해주지 않았고 눈도 마주치지 않았다.

그렇게 사이가 멀어지고 국화가 휴학하고 나서 몇 달도 되지 않아 내 머릿속에서는 국화가 잊혔다. 하지만 술자리가 있던 어느 밤 선배는 나와 길을 걸어 집으로 돌아가다 나는 아직도 국화에 관해 지속된 생각을 해, 라고 잔뜩 취해 더 꼬부라진 영어로 말했다. 걔가 자기는 뭐가 되든 앞으로 이기는 사람이 될 거라고 했던 걸 기억해. 그 말은 나도 기억하고 있었다. 진로 이야기를 하면서 선배는 사실 자기는 뭘 해야 할지 모르겠다고 했고 나는 NGO 단체에서 일하고 싶다고 했는데 국화는 난데없이 자기는 이기는 사람이 되고 싶다고 했다. 이기는 사람, 부끄러움을 이기는 사람이 되겠다고. 강심장이 되겠다는 뜻이냐고 물었더니 아니 그게 아니고 이기는 사람, 부끄러우면 부끄러운 상태로 그걸 넘어서는 사람, 그렇게 이기는 사람. 정확히 뭘 이기겠다는 것인지는 모르겠지만 국화는 냉정하고 무심하니까 얼마든지 그럴 수 있으리라 생각했는데 노아 선배는 그 말이 뭐가 그렇게 감동적인지 얼굴을 두 손으로 가리며 뭐 그런 말이 있냐, 했다. 어떻게 그런 말을 다 해. 선배는 주머니에 손을 넣고 느리게 걸으면서 나는 걔가 이기는 사람이 될 거라고 생각해, 라고 다시 말했다. 그래서 나는 걔가 이기는 사람이 되라고 응원해, 정말 확실히 그렇게 될 수 있을 거라고 생각해, 거기에는 아무런 의심이 없다고 생각해, 하지만 나는 앞으로 걔를 볼 수 없을 거라고 예상해, 그것은 어떤 오류의 가능성 없이 확실해.

*

　노아 선배는 대선이 있던 해에 같은 증권사에 다니는, 피비 케이츠를 닮은 미인과 결혼했다. 피비 케이츠를 처음 만나고 놀랐던 건 그렇게 오래 알고 지내온 나보다 선배에 대해 많이 알고 있다는 점이었다. 만난 지 일 년도 채 되지 않았는데 역시 연애의 열도란, 사랑의 장악력이란 대단했다. 선배와 지내면서 나는 내가 세상에서 선배를 가장 잘 아는 사람이라는 사실에 마음을 기대왔는데 모든 것이 쏠려나간 기분이었다. 그러고 보니 무채색 계열의 옷만 입던 선배가 민트색의 산뜻한 셔츠를 입고 있었다. 피비 케이츠가 선물한 옷이라고 했다. 나는 사랑에서 대상에 대한 정확한 독해란, 정보의 축적 따위란 그리 중요하지 않다는 것을 실감했다. 중요한 것은 변화의 완수였다.

결혼을 하고 한동안 선배는 나를 포함해 대학 때 사람들과 연락을 끊다시피 하고 살았다. 신혼생활이 바쁜 듯도 했고 무언가 다른 안정감 속에 살기 시작한 듯도 했다. 처음에는 가슴 아팠지만 차츰 선배를 향한 내 마음도 부피를 줄여갔다. 가장 먼저 선배에 대한 감각—목소리, 얼굴, 체취, 어쩌다 닿았을 때의 몸의 느낌—이 희미해졌고 다음에는 사실이나 정보 같은 것이 사라져서 과거의 일들이 불명확해졌다. 그때 누구의 생일날 선배가 왔었던가. 그 교양수업을 선배가 들었던가. 그때 선배가, 선배가, 있었던가. 마지막으로는 삼차원이라고 할 만한 감각에 공동空洞이 생겨났는데 이를테면 이러한 변화였다. 술에 취한 채로 영화관에 들어가 〈나라야마 부시코〉를 보고 나서 거리를 걸었을 때 분명 선배와 나 사이를 넘나들었던 감정의 서라운드 같은 것. 그때 우리는 산다는 것의 비참에 몰두해 있었기 때문에 그렇게 되지 않기 위해 당장이라도 무언가 깊숙한 포옹이나 구애의 말을 해야 할 듯한 다급함으로 몸을 떨었다. 하지만 연락이 끊어지자 그 기억의 입체감은 사라졌고 그 일은 그냥 어느 한밤의 수상쩍은 산책 같은 것으로 남게 되었다. 시간의 힘은 대단했고 예외는 없는 듯했다.

그러다 사람들이 노아 선배가 찾아왔다는 말을 하기 시작한 게

재작년 겨울이었다. 우울증이 더 심해진 것 같다고 했다. 선배는 회사를 그만두고 이혼했다고. 이혼을 하고 회사를 그만둔 것일 수도 있지만. 선배를 만났다는 사람이 꽤 많아서 언젠가는 나도 만날 수 있겠구나 생각했다. 그리고 꽃샘추위가 대단하던 날에 선배와 점심을 먹었다. 선배는 날씨에 맞지 않는 얇은 점퍼를 입고 있었고 전처럼 무채색의 옷차림이었다. 나는 변화가 완수된 듯 보여도 그것이 지속을 보장하지 않는다는 사실을 우울하게 곱씹었다. 선배는 몇몇 사람들에게 이미 했던, 그래서 이젠 대학 때 사람들이 다 알게 된 근황을 다시 이야기했다. 확실히 전보다 더 심각한 상황에 놓여 있는 것 같았다. 선배는 말을 한 번에 못 알아듣고 잠에서 막 깨어난 사람처럼 왜, 하고 자꾸 되물었다. 그렇게 눈을 끔벅거리면서 왜, 하고 물을 때 선배는 여기가 아니라 먼 데 있는 사람 같았다.

"너는 잘 지냈냐? 괜찮아?"

나는 괜찮은가 아닌가 생각하다 괜찮지는 않지만 안 괜찮으면 또 어쩌겠느냐고 대답했다. 선배는 고개를 끄덕였고 재밌는 얘기 하나 해줄까, 하고 말했다. 한번은 하루종일 사람들을 만나러 다녔는데 다녀와서 보니까 사람들한테 자기 명함이 아니라 다른 사람에게 받은 명함을 돌렸다는 얘기. 그렇게 타인의 명함을 돌리는데도 자기는 물론이고 누구 하나 이상한 줄 몰랐다는 얘기. 나는 어느 맥락에서 웃어야 할지는 몰랐지만 그래도 재밌는 얘기라고 하니까 어색하게 웃어 보였다. 얼굴을 일그러뜨린 것에 가까웠는데 선배는 내가 그렇게 한심해, 라고 했다.

점심을 먹고 회사로 돌아간 나는 평소와 다름없이 업무를 보다 퇴근했다. 집으로 가서 쉬고 싶다고 생각하면서도 무작정 시내를 걸었고 아무 술집에나 들어가 앉았다. 선배를 보면서 느꼈던 새로운 감각 같은 건 다 어디로 간 것일까? 나는 울면서 술을 마셨는데, 술을 마셔서 울게 되었는지, 울기 위해서 술을 마셨는지는 알수 없었다. 그뒤로 선배를 자주 만났다. 선배가 먼저 연락하기도 하고 내가 부르기도 했다. 선배는 주로 영화관이나 서점에서 시간을 보냈고 서울 시내를 빼고는 근교도 나가지 않는 것 같았다. 서너 번쯤 만났을까, 선배는 국화를 만나보고 싶다고 했다.

"너는 동기니까 어디 알아볼 데가 없니?"

"없는데, 연락이 다 끊겨서."

내가 그렇게 말하자 선배는 그래, 그럴 테지, 하며 청을 거뒀다. 그리고 체스가 두고 싶은데 그럴 사람이 없어서 그런다고 변명했다. 자기는 그래서 하는 수 없이 게임 앱으로 익명의 유저들과 대국을 한다고. 나는 집으로 돌아가 '우리 모두의 체스'라는 그 앱을 다운받아보았다. 체스 실력이 초급인지 중급인지 등을 정하고 게임창을 만들어놓으면 사람들이 들어와 게임을 하는 방식이었다. 나는 밤새도록 전 세계 사람들과 체스를 뒀고 그렇게 계속 지면서 체스의 룰에 대해 배웠다. 이제 보니 룰은 선배의 것이 다 맞았다. 그

건 논쟁의 여지가 없는 것이었고 궁금해할 필요도 없던 것이었다.

그렇게 체스를 알게 되었지만 다음날 나는 종일 전화를 돌려 국화를 수소문했다. 어떤 애들은 국화가 대치동에서 학원을 한다고 했고 어떤 애들은 그걸 하다가 문제가 생겨 그만두었다고 했다. 연락처를 알아낸 뒤에는 또 이틀을 고민하다가 내가 먼저 전화했다. 국화는 여전히 인천에 살고 있었고 자기 동네에 좋은 공원이 있다며 거기서 만나자고 했다. 공원의 이름은 자유— 였는데 막상 가보니 비둘기가 날고 노숙자들이 벤치에 누워 있는 그저 그런 공원이었다.

국화는 더블 버튼의 푸른 투피스를 입고 다가왔다. 화장기 없는 얼굴은 좀 나이든 것 같았지만 상상보다는 밝은 얼굴이었다. 우리는 벤치에 어색하게 앉아서 이야기했는데 국화는 내 근황에 대해 거의 묻지 않았다. 무슨 일을 하는지, 결혼은 했는지, 살 만은 한지 그런 것에 열을 올리며 캐물은 건 나였다. 알고 싶어서라기보다는 할말이 없어서였는데 국화는 굳이 말을 아껴서가 아니라 그게 뭐가 그렇게 중요하냐는 듯이 시들하게 대답했다. 강의는 하지, 요즘도. 결혼이 좋은 건지는 확신이 없어, 너는 그러면 왜 안 했니. 살지, 잘 살아, 나쁘지 않게 살고 있어. 나쁘면 또 얼마나 나쁘다고, 하는 식이었다. 그만 갈까 싶을 때쯤 국화의 휴대전화가 울렸고 나는 농담삼아 "이제 문자 삐삐 안 써?" 하고 물었다. 국화는 그때 그 일을 다 잊어버렸는지 갸웃하다가 아아— 하고 고개를 끄덕였다.

"그거 참 좋았는데, 우리 부모가 문맹이라서 부모 말이 그렇게 한글로 찍히는 게 신기하고. 지금은 없어졌지. 아무도 그런 거 안 쓰지. 그러고 보면 세상이 딱히 더 좋아지는 건 아니야."

선배 얘기를 먼저 꺼낸 건 국화였다. 선배는 잘 지내느냐고 물었고 나는 여러 가지 대답을 떠올렸다가 그렇지 않다고 사실대로 말했다. 우리 사이에는 말이 또 끊겼다. 그러다 국화가 선배에 대해 오랫동안 자주 생각했다고 말을 이었다. 학원이 문을 닫고 한동안 지긋지긋하게 빚에 시달리던 시절에.

"내 딴에는 영리하게 한다고 했는데, 그게 또 그렇게 되더라고. 나는 이런 얘기를 이제 이렇게 웃으면서 해. 내가 이렇게 한심해."

국화는 그때 죽을까, 생각했었고 실제로 그런 충동에 시달리다가 자살 방지를 위한 핫라인에 전화를 걸기도 했는데, 상담원이 주민등록번호가 뭡니까, 하고 물어서 일순간 분노감에 휩싸였다고 했다. 그 분노감은 아주 강력한 것이었고 모욕을 동반했다. 그리고 그 모욕을 살기 위해 씹어 삼켜야 했을 때 국화는 선배의 이야기를 떠올렸다. 선배가 국화에게만 해준 워킹 홀리데이로 외국에 나갔을 때에 관한 이야기.

선배는 외국의 농장에서 일하다가 도둑 누명을 쓴 적이 있었다. 선배는 전혀 모르는 일이었지만 한국인 조장은 그냥 잘못을 인정하고 넘어가자고, 다른 한국인들까지 피해를 본다고 선배를 설득

했다. 결국 조장은 선배를 농장주에게 데려갔고 선배는 어차피 연기일 뿐이니까 머리를 숙이고 사과를 했다. 농장주는 넌 언제나 교체될 수 있어, 선수는 많으니까, 너 같은 경우에는 더이상 기회를 안 줄 수도 있어, 하며 화를 냈다. 그건 연기이고 가짜인데도 그렇게 막상 농장주 앞에 서자 선배는 공포와 수치심에 몸을 떨었다. 그래서 자기도 모르게 두 손을 빌듯이 맞잡으며 용서를 구했다. 그렇게 해서 일은 해결되었는데 막상 귀국하고 나자 그때의 모욕감이 선배를 더 집요하게 괴롭혔다. 선배는 그런 기억에서 자신을 구하고 싶었지만 동시에 벌주고 싶었고 그렇게 벌주고 싶으니까 종종 스스로를 학대했다. 나는 그 이야기를 들으면서도 나는 왜 그것을 알지 못하고 국화가 알고 있는가를 생각했다. 이야기 속 선배는 너무나 안쓰럽지만 그래도 왜 나는 아닌가. 내가 알았다면 언젠가의 국화처럼 부끄러움을 이기는 사람이 되겠다는 말로, 선배가 그렇게 되기를 빌어줄 수 있었을까 생각했다. 그 이기는 것에 대한 간절함을 감각할 수 있었을까.

나는 돌아와 선배에게 국화의 연락처를 알려주었다. 선배는 한동안 국화를 만나러 다녔다. 둘은 그때 그 자유— 라는 공원에서 만난다고 했다. 나는 선배와 국화 사이의 일에는 무심하려 노력했지만 한번은 참지 못하고 만나서는 대체 뭘 해? 하고 물었다. 선배는 당연하다는 듯 우리는 체스를 둬, 라고 대답했다.

＊

　오랜만에 만난 선배는 시카고 출장을 다녀오는 길이었다. 공항에서 바로 왔다며 캐리어도 들고 있었다. 그동안 연락을 잘 받지 않은 건 나였다. 선배가 더이상 국화를 만나러 가지 않게 된 시기와 맞물렸다. 나는 선배가 국화와 재회했을 때가 아니라 그 재회를 계속 이어가지 못했을 때 우리의 관계도 완전히 끝이 났다고 생각했다. 관계의 끝이란 그렇게 당사자 사이의 어떤 문제 때문만이 아니라 당사자들과 제삼자 사이에도 오는 것이었다.

　우리는 어느 때보다도 조용히 전골집에 앉아 있었다. 눈앞의 전골이 우리보다는 더 높은 온도를 지니고 있는 것이 아닐까 하는 생각이 들 정도로. 나는 전골이 빨리 끓어 그것을 나눠 먹고 시시한 얘기나 하다가 헤어져 잊어버리고 싶었다. 선배는 내내 바쁘다가 하루 시간이 나서 시카고미술관과 야구장을 다녀왔다고 했다. 미술관에서 〈이것은 파이프가 아니다〉를 직접 보았고 내게 줄 선물로 '이것은 파이프가 아니다'라고 쓰여 있는 파이프를 샀다. 나는 그 나무 파이프를 만져보았다. 니스칠을 했는데도 어딘가 촉감이 거칠거칠했다.

　"가루담배를 하나 사야겠네."

　"요즘도 많이 피우니?"

　"죽지 않을 만큼만 피워."

그리고 우리는 부동산과 차이나 펀드에 대해 이야기했다. 선배가 VVIP에게만 제공되는 정보지를 담당한다고 해서 나는 나도! 나도! 하고 외쳤다. 선배는 그런 정보를 안다고 다 돈을 벌 수 있지는 않다고, 자기도 차명으로 투자해봤지만 실패했다고 했다. 그래도 해볼게, 해볼게, 딱히 그럴 생각도 없으면서 나는 그것 이외에는 할말이 없어서 그 말만 되풀이했다.

식당에서 나왔을 때 선배가 괜찮으면 한 정거장 정도 걷지 않겠느냐고 했지만 나는 싫다고 했다. 너무 춥다고.

"추워?"

"응, 너무 추워."

선배는 내 거절을 이해한다는 듯이 고개를 끄덕였고 돌아서다가 내가 시카고에서 강정호를 봤거든, 했다.

"강정호?"

"야구선수 강정호 알지? 지금 거기 메이저리그에서,"

"아아, 직관했어? 재미있었겠네."

그날 강정호는 출전하지 않았다. 선배는 9회까지 기다렸지만 끝내 활약을 보지 못한 채 경기장을 나왔다. 그때는 이미 해가 지고 난 뒤였다. 선배는 관람을 마치고 나오는 백인 군중과 함께 지하철역으로 향했다. 꽤 먼 거리였고 더구나 경기장 주변은 시카고에서도 악명 높은 슬럼가여서 불안했다. 그래도 선배는 사람들이 이렇게 많으니 괜찮겠지, 하고 생각했다. 하지만 중간쯤 가자 군중은 모두 경기장 외곽에 설치된 주차장으로 향했고 선배만 남았다. 모두들 차가 있었고 선배처럼 슬럼가를 가로질러야 하는 외국인, 여행자, 이방인은 없었다. 휴대전화 배터리도 다 닳아 불안한 가운데 선배는 길을 헤맸다. 숨이 가빠오고 땀이 흐르는 공황을 다시 느꼈을 정도였다. 음악소리가 불길할 정도로 크게 들리는 허름한 집들과 호객하는 매춘녀, 골목에 모여 있는 어린 흑인들 사이를 통과하는 선배를 한 부랑자가 붙들었다. 야구를 봤니. 네가 응원하는 팀이 확실히 이겼겠지. 네 얼굴이 이긴 사람의 얼굴이라서. 나는 배가 고파. 넌 이겼지만 난 게임에서 완전히 지고 말았거든. 하지만 빠져나가는 법은 내가 알지. 달러를 주면 길을 가르쳐줄게.

"돈을 좀 줘서라도 얼른 떼어내지 그랬어."

나는 이야기를 들으면서 어쩐지 선배의 그 불안에 전염된 것처럼 날카로워졌다. 어쩌면 추워서 그랬는지도 몰랐다. 그런 기색을 느꼈는지 선배는 "줬지, 줬어, 한 오 달러쯤" 하고 말을 정리했다. 돈을 공손히 받은 부랑자는 술을 마셔서 그런지 바들바들 떠는 손으로 길을 가르쳐줬지만 선배는 그 길로 가지 않았다. 거기가 정말 지하철역과 연결되어 있는지 믿을 수 없었으니까. 그렇게 다른 길을 가는 선배 귀에 부랑자가 흥얼거리는 노래가 들려왔다. 런던 브리지 폴링 다운, 폴링 다운, 하는 노래였다. 배웅하는 것 같기도 하고 뭔가를 예고하는 것 같기도 한 노래. 어린 시절 장난감이나 놀이기구의 전자음으로 들었던 노래.

우리는 헤어졌고 나는 택시를 잡았다. 택시는 도시를, 정해진 루트를, 선배에게서 점점 멀어지는 거리를 열심히 계산하면서 달렸다. 그러는 동안 어떤 감각이 끊임없이 나를 일깨우며 선배에게 무슨 말을, 아무 말이라도 해야 한다고 충동질했다. 전화를 걸어보니 선배는 아직도 걷고 있었다. 오늘은 걸어야 할 것 같아서 그러고 있다고. 선배는 미안해, 하고 사과했다. 나는 그런 말은 하지 말라고 했다. 달리 할말이 있어야지, 하는 선배에게 나는 그렇게 다시 만나 체스를 이겼느냐고 물었다. 선배는 국화 얘기가 나오자 아무 말 없이 더 급하게 걸으면서—도망치는지 달려가는지 알 수 없지만—캐리어의 바퀴 소리가 빨라지도록 걸으면서, 한 번도 이긴 적이 없다고 대답했다. 체스에 관해서는 자기가 다 틀렸던 것 같다고.

"아니 그렇지는 않았어."

"아니야, 한심했어."

"아니 그렇지는 않았어. 그 정도는 아니었어."

우리는 구제불능의 술꾼들처럼 같은 말만 되풀이했다. 그렇게 말할 때마다 체스는 체스였다가 체스가 아닌 것이 되었다가 결국 그것이 무엇인지를 따질 필요도 없는 모든 것이 되어갔다. 나는 아무리 체스에 대해 말한다 해도 결국 아무것도 달라지지는 않으리라 독하게 생각하면서도 말을 멈출 수는 없었다. 그것이 우리의 모든 것이 아니었다고는. 차가운 아이스크림을 삼키듯 치밀어오르는 무언가를 자꾸 밀어넣고 있는 지금은.

사장은 모자를
쓰고 온다

처음에 나는 잘못 보지 않았을까 생각했다. 로커룸에서 은수가 벗어놓고 간 신발에 가만히 자기 발을 넣어보던 사장은 단지 신발이 편한지 궁금했거나 자기 사이즈에 맞는지 알아보려는 것이 아니었을까. 사장은 우리 복장에 관심이 많았으니까. 아니면 발이 시렸을 수도 있다. 우리 작업장인 이 로스터리 카페에서는 사장이 늘 말하듯 '신의 뜨거운 입김' 같은 커피를 내리지만 추운 건 추운 것이었다. 우리가 아무리 뜨거운 입김을 잔에 담아 제공하더라도 그 입김은 일하는 우리의 발끝까지는 닿지 못하니까.

그런데 입김이 발끝까지 닿다니 얼마나 로맨틱한가. 우리의 높고 호젓한 입이라는 것이 몸의 무게를 온전히 감당하고 있는 까마득한 아래의 발에 닿는다면, 어느 타인의 것이 어느 타인의 것에 그렇게 닿는다면 기적이 아니라 무얼까.

물론 사장은 기적의 체현자가 아니라 냉혈한 고용주였다. 하지만 카페가 문을 닫으면 그런 그녀에게도 로맨스와 기적의 밤이 시작되는 것이다. 처음에는 좀 이상한 느낌이었다. 백 평이 넘는 우리 작업장에는 달콤하고 사랑스러운 것들, 커피와 마카롱, 조각 케이크, 당근과 오렌지, 얼음들, 나무의자와 담요, 티포트와 식물들, 당연히 병맥주와 검정색 단정한 슬리브 같은 달콤하고 사랑스러운 것들이 쌓여 있었지만 사장은 대체로 화를 내곤 했으니까.

사장이 화를 내는 이유는 다양했고 늘 직원들의 예상을 벗어났다. 일한 지 한 계절밖에 되지 않은 나는 그렇다 치더라도 삼 년 넘은 매니저까지도 그 분노의 촉발에 대해서는 예측하지 못했다. 그렇게 사장이 언제 터질지 모르니까 매니저는 긴장했고 하지만 여기는 카페인 만큼 어떻게 해서든, 자기 기분을 속여서라도 친절은 유지하고 싶어했는데 그런 가운데 매번 문이 열릴 때마다 매니저가 외치는 어서 오세요, 안녕히 가세요, 무엇을 드릴까요, 따뜻하게 드릴까요, 오랜만에 오셨네요, 음료는 괜찮으셨어요, 하는 상냥한 말들은 나만 그렇게 느끼는지는 알 수 없으나 슬프고 애잔한 느낌을 주었다. 어려서 가지고 놀던 장난감의 말소리에 귀기울이다가 문득 그 반복되는 구절들이 마음을 누르면서 울어버렸을 때와 비슷했다. 매니저는 사장처럼 로스터리 카페의 소유자가 되고 싶어서 여기 오래 있었다. 매주 주말, 사장이 로스팅 수업을 할 때 동영상을 촬영하곤 하는데 매니저는 늘 그것을 반복학습하며 미래를 준비했다. 그는 확실히 노력하는 사람이었다.

 카페 지하는 대학 도서관처럼 긴 탁자가 있고 램프가 켜져 있어 뭔가 학습의 분위기를 풍겼는데, 실제로 사장은 여기는 일터이기는 하지만 미래를 준비하는 곳이어야 한다고 생각했다. 그래서 로스팅 수업 이외에도 '대화'라고 부르는 수업시간을 운영했다. 물론 수업이라고 해봤자 사장이 직접 쓴『소책자』—정말 제목이 그랬다—를 직원이 읽고 사장이 부연 설명하는 정도였다.
 8포인트쯤으로 촘촘히 쓰인『소책자』의 첫 장에는 우리는 근로기준법을 준수하고 최저임금을 보장한다, 라고 적혀 있었다. 그리고 커피에 관한 모든 것, 커피의 재배와 수확, 커피머신의 구조와 설치, 커피의 로스팅, 그라인딩, 추출 같은 이론들을 설명하고는 카페의 다양한 기기들을 얼마나 청결하게 관리해야 하는지를 수십 페이지에 걸쳐 설명했다. 나 같은 신입들이 주로 읽어야 하는 부분이 바로 이 '청소와 관리' 챕터였다.
 이 외에도『소책자』에는 직원들의 행동 규칙이 상당한 정도로 다루어졌다. 화장실은 한 시간에 한 번만 간다, 휴대전화는 매장에서 지참하지 않으며 식사시간에 로커룸에서만 통화한다, 반드시 단추로 채워진 윗옷을 입으며 소매길이는 직원들끼리 상의해서 동일하게 정한다, 모자를 반드시 쓴다. 이렇게 그럭저럭 받아들일 만한 규칙이 있는가 하면 상당히 모호하게 작성된 것도 있었다.

예를 들어 인사는 반가움과 따뜻함을 담되 경박하지는 않고 그러면서도 젊음의 파이팅을 느낄 수 있게 한다, 무리한 요구를 거절할 때는 한 문장 뒤에 오 초간 뜸을 들이며 크리스털 잔을 다루듯이 조심스럽게 그러나 그것이 담당 직원의 의도가 아니라 규칙에 따른 어쩔 수 없는 일임을 선명하게 전달한다, 카운터 주변의 직원들은 가벼운 담소를 계속 나누면서 작업장의 분위기가 자유롭고 활기차며 인간적이고 가족과 같은 유대가 있음을 보여줄 수 있게 한다 등등.

물론 규칙을 어긴다고 사장이 다른 매정한 작업장처럼 임금을 깎거나 벌점을 주지는 않았지만 불같이 화를 냈다. 그렇게 감정적으로 패널티를 받아야 한다는 건 굉장히 피곤한 일이었다. 그 외에도 내게 특히 불편한 규칙은 모자를 써야 한다는 것이었다. 열이 위로 올라오는 체질인 나에게 모자—그것도 꽤 두터운 베레모—는 덥고 귀찮고, 심지어 내 얼굴형과 어울리지도 않았지만 안 쓸 순 없었다. 사장도 늘 같은 모자를 썼으니까. 로커룸에 박스째 쌓아놓은 여분의 모자만 봐도 그게 사장에게 얼마나 중요한 일인지 알 수 있었다.

『소책자』의 마지막 장에는 사장이 엄선한 '명언'의 목록도 있었다. "커피가 위 속으로 떨어지면 모든 것이 술렁거리기 시작한다"

"만약 내가 여자라면 나는 커피를 향수로 뿌리고 다닐 것이다" 같은 커피와 관련된 명언뿐 아니라 꽤 어려운 책에서 발췌한(마르크스, 『경제학-철학 수고』) 부분도 나와 있었다. 그 긴 글의 마지막은 이렇게 끝났다.

"그대가 사랑을 하면서 되돌아오는 사랑을 불러일으키지 못한다면, 다시 말해서 사랑으로서의 그대의 사랑이 되돌아오는 사랑을 생산하지 못한다면, 그대가 사랑하는 인간으로서의 그대의 생활 표현을 통해서 그대를 사랑받는 인간으로서 만들지 못한다면 그대의 사랑은 무력한 것이요, 하나의 불행이다."

사장이 내게 은수 이야기를 꺼낸 건 바로 그 대화시간이었다. 참여하는 직원 수는 매일 달랐지만 그날은 이상하게 정말 나 혼자였다. 카페에서 손님과 격리된 공간은 로커룸뿐이라서 대화는 언제나 그곳에서 이루어졌는데, 사장은 나를 불러놓고는 한참 뒤에야 나타나 문을 닫았다. 그때까지만 해도 사장은 평소와 다르지 않았다. 평소처럼 멜빵바지와 셔츠를 입고 모자를 쓰고 있었다. 어딘가 오래된 미국영화에 나오는 건강하고 활발한 공원工員들을 떠올리게 하는 복장이었다. 사장이 오랜 시간을 보내는 지하의 로스팅룸, 그곳의 커피 로스터와 커피콩 포대, 드럼통, 파이프, 증기와 열 그리고 쿨링기 등과 어울리는 차림이기는 했다.

사장은 작은 스툴에 팔짱을 끼고 앉아 있다가 갑자기 "그래, 뭘 봤니? 다 봤다는데 뭘 봤어?" 하고 물었다. 나는 등줄기에 식은땀이 흘렀다. 그래서 일단 미안하다며 사과하고 그냥 사장님이 은수 신발을 신어보는 장면을 봤을 뿐이라고 해명했다. 사장은 뭔가를 생각하다가 그날에 대해 자세히 말해보라고 했다. 자기는 기억이 안 난다면서. 나는 어쩔 수 없이 그날의 기억을 더 세세하게 떠올렸다. 대청소를 하다가 은수가 물벼락을 맞았고 사장이 택시비를 줘서 귀가시켰던 게 생각났다. 같은 방향이면 얻어 탈까 했는데 은수가 택시를 타지 않고 지하철역으로 뛰어간 것도.

내가 그 얘기를 하자 사장은 얼굴을 찡그리면서 "왜 그랬다니?" 했다. 몰라서 묻나, 나는 생각했다. 아마도 택시비를 다른 데 쓰고 싶었겠지. 그렇게 얻은 돈은 다들 그렇게 쓰고 싶어하니까. 매달 입금되는 정량의 월급 말고 요행히 들어오는 돈이 있어야 살 만하고 기분도 좋아지지 않나. 하지만 그런 말을 늘어놓을 수는 없어서 나는 그냥 걔가요, 사장님, 알뜰해요, 절약을 해요……라고 얼버무렸다.

"너 걔랑 잘 아는구나."

은수와는 친하지 않았지만 내 안에 있는 하이에나 같은 생존 본능이 그렇다고 하면 이득이리라는 신호를 보냈다.

"그럼요, 친하죠, 제가 제일 친해요."

"얘기해봐. 니들이랑 있을 때 걔는 어떠니?"

어떠냐고…… 은수가 어떻긴 뭐가 어떤가. 그냥 잘생기고 가난하고 우울하고 뭔가 일이 안 풀리고 불안정하고 종종 죽고 싶고 그런데도 일은 나와야 하고 꿈은 멀고 다 귀찮고 때론 내 몸이라는 것 자체가 귀찮아서 버리고 싶고 길바닥에 버리고 줄줄 새어나오게 심장이랑 머리랑 손톱이랑 발목이랑 벗어두고 홀가분해지고 싶지. 그렇게 젊은 게 좋으면 니들이나 가져라, 하면서 젊다고 할 수 있는 것들은 다 버리고 눕고 싶지. 아무데나 누워서 구름이나 세고 싶지.

하지만 그런 대답은 로맨스랑 상관이 없으니까 나는 최대한 사장의 '니즈'에 맞게 은수에 대해 이야기하려고 노력했다. 가물가물하지만 어떻게 어떻게 알게 된 정보들, 은수가 경기도 어디의 대학을 다녔었다든가, 사실은 커피를 잘 못 마신다든가, 눈이 가장 매력적이라든가…… 그러다 내가 지금 무슨 말을 떠들고 있나 정신을 차린 건 사장의 표정이 환하지만 뭔가 고통과 상심에 찬, 열의에 불타지만 그 열의라는 것이 공회전하는 바퀴처럼 덧없고 무의미하리라는 결과를 예감하는 자의 애달픔으로 복잡해지는 것을 보고 나서였다. 내가 말을 멈추자 사장은 차분히 물 한 잔을 마신 뒤 내일은 늦게 출근해도 좋다고 했다. 연장근무를 한 셈이니까. 나는 긴 수다가 남긴 흥분을 떨치지 못한 채로 감사합니다, 라고 했다. 사장은 택시비까지 주었고 이미 전철이며 버스가 다 끊겼을 시간이라서 나는 은수와 달리 정말 택시를 타고 갔다. 얼마나 떠들었는지 온몸이 피곤에 푹 물러진 기분이었다.

그뒤로 나는 정기적으로 로커룸에서 사장과 마주앉아 은수에 대해 대화를 나눴다. 그러고 나면 늘 꿈같은 반나절 휴무가 주어졌다. 작업장으로 가서 매장 청소를 해야 할 시간에 미뤄왔던 치과 치료를 할 수 있었고 이불도 빨 수 있었다. 세탁기를 고칠 수도 있었고 중고 직거래로 헤드폰도 살 수 있었다. 하지만 모든 일에는 대가가 필요하듯이 그런 유급의 자유시간을 누리기 위해서는 당연히 은수에 대해서 많이 알아야 했다. 늘 내가 주로 떠들었으니까.

은수는 사람과 거리를 두는 것처럼 보였지만 적극적으로 물어보면 의외로 선선히 대답하는 편이었다. 그래서 나는 은수가 연신내에 산다는 것, 연신내의 그 집은 겨울이면 비탈길이 꽝꽝 얼어서 차는 물론이고 사람도 올라가기 힘든 곳에 있는데 해마다 누군가가 가로등과 가로등 사이에 밧줄을 백 미터도 넘게 묶어놓아서 그것을 잡고 사람들이 오간다는 사실을 알았다. 은수는 그 광경이 좋아서 어쩐지 겨울을 기다리게 되지만 아직 눈이 내리지 않았으므로 지금은 매어놓지 않았다는 것도. 그런 게 왜 좋아, 그게 왜, 하고 물으니까 은수는 재밌잖아요, 했다. 붙들 것이 있다는 게 누나는 재미있지 않아요?

그 외에 내가 은수와 관련해서 사장에게 주로 한 이야기는 '굶는 것'이었다. 실제로 은수는 식사량이 너무 적었고 그나마 입맛이 없다며 건너뛰기 일쑤였다. 굶는 일은 그렇게 단순히 밥을 먹지 않는 데서 나아가 은수의 생활을 관장하는 일관된 질서처럼 느껴졌다. 서너 벌의 옷을 돌려가며 입는다든가, 초창기 아이폰을 아직도 쓴다든가, 신용카드는 없고 지갑에 든 오천원짜리 한 장으로 하루를 버틴다든가 하는 모습은 절약도 절약이지만 어떤 결기로 무언가를 견디고 있는 듯한 인상을 주었다.

은수는 또 채식주의자였고 모기 한 마리도 죽이지 못하는 생태주의자이기도 했다. 비유가 아니라 정말 은수는 그랬다. 그래서 반드시 모기를 죽여야 하는 상황이 오면 보통의 사람들이 그러듯 손으로 탁 치거나 약을 뿌리지 않고 분무기로 물을 뿌려 날개를 젖게 한 다음 밖에다 놓아주었다.

내가 이렇게 전하는 은수에 관한 말들이 사장에게 어떤 영향을 주는지는 작업장의 변화를 통해서 짐작할 수 있었다. 일단 사장은 여름마다 LED 조명으로 모기를 유인해 감전사시켰던 창고의 해충퇴치기에 커버를 씌워놓았다. 그리고 작업장 전면의 유리창 앞에 행인이 삼 분 이상 서 있으면 나가서 비켜달라고 요청하라고 『소책자』에 적어놓았으면서 그린피스 사람들이 나와서 캠페인을 벌일 때는 가만히 놔두기도 했다. 사장의 소극적인 짝사랑에 비하자면 변화는 다소 거시적이었다.

그렇게 나는 먼 거리의 연인을 이어주는 전서구傳書鳩처럼 사장과 은수 사이를 오가는 신세가 되었다. 둘 사이의 어떤 일을 도모하는 것이 아니라 그저 '알아가게' 하는 것이었으므로 특별한 죄책감을 느끼지는 않았다. 대체 사랑이란 무엇인가. 무궁무진한 함수로 이어져 있는 미궁이 아닌가. 우리는 사랑해선 안 될 사람을 사랑한 죄인이 될 수도 있고 사랑해 마땅한 사람을 사랑하는 행운아일 수도 있고 세상에는 돌고래나 대형 수목과, 심지어 좋아하는 책상과 결혼한 사람도 있다. 그런 목재로 만들어진 반려자는 왁스를 먹여주는 일 이외에 별다른 관리가 필요하지 않고 상상력만 발휘한다면 다양한 스킨십도 가능하다고 책상과 결혼한 여자가 하는 말을 들은 적이 있었다. 그러니까 상상력만 있다면 불운한 사랑이란 없는 것이었다.

물론 나도 얻는 게 있었다. 택시비와 야근수당 그리고 유급휴가도 그렇지만 대화가 끝나면 대체로 기분이 좋아 보이는 사장이 나를 데리고 여기저기를 쏘다니며 남아 있는 갈망을 해소하려 했으므로 뜻밖의 소득은 늘어만 갔다. 가장 빈번한 건 쇼핑이었다. 우리는 늦게까지 근무하는데다가 직원들이 돌아간 뒤 은밀한 연장근무까지 해야 했으니까 갈 수 있는 곳은 동대문 쇼핑센터밖에 없었다. 자정이 넘어서 도착하면 주로 중국인들이 단체 쇼핑을 하고 있었다.

정작 사장은 매장에 들어와서는 열의를 잃었다. 자기가 오자고 했으면서 몇 걸음 걷다가 의자가 보이면 앉아서 얘, 한번 둘러보고 와, 할 뿐이었다. 그리고 일단 뭐라도 하나 사지 않으면 안 나가려고 해서 나는 최소한의 양심은 지키면서 쇼핑 기분은 낼 수 있는 싸구려 후드티나 레깅스 따위를 집어왔다. 그러면 또 사장은 그런 거 말구, 하면서 못마땅해했다.

"그렇게 편해서 입는 거 말고 원피스 같은 걸 사지 그러니. 빨강이며 분홍이며 많잖아."

자기는 오직 편하다는 이유로 멜빵바지와 셔츠로 사철을 버티면서 나더러는 왜 저런 옷들을 사라고 할까. 하지만 결국 나는 사장이 사주겠다는 옷들을 못 이기는 척 받아들였다가 나중에 교환했다.

이렇게 밤의 산책—걷기를 싫어하는 사장 때문에 대부분의 동선은 택시! 택시!로 이루어졌지만—을 나오면 사장이 자기를 언니라고 부르라고 시켜서 난감했다. 어쨌든 호칭은 상대가 원하는 대로 불러줘야 예의이니까 나는 별수없이 언니라고 했다. 하지만 사장의 외양이 언니 같지 않아서—생김새만 보면 대부분 남자라고 생각했다—점원들이 힐끔힐끔 쳐다보는 것이 문제였다. 나는 사장과 대화의 밤을 함께하면서도 친밀하다는 느낌은 없었지만 사람들이 쳐다보면, 그렇게 해서 사장의 어떤 면을 판단하려고 하면 묘한 반발감이 일면서 '언니' 편을 들고 싶어졌다.

사장은 이제 대화시간이 되면 은수와 나를 함께 불렀다. 직원들 두셋을 섞어서 자리를 마련하는 게 대화의 방식이니까 이상할 건 없었다. 은수는 사장이 자기를 좋아하는 걸 아는지 모르는지, 알아도 신경쓰지 않는 건지, 편안하고 자연스럽게 로커룸으로 왔다. 물론 사장도 별 내색은 하지 않았다. 일주일에 한 번 그렇게 은수와 나 그리고 사장이 삼자대면하면 안절부절못하는 건 도리어 나였다. 물론 내가 사장에게 전한 얘기는 은수에 관한 사소하고 세세한 일상들뿐이었지만 사실 걔를 그렇게 관찰하는 것마저 어떤 수탈에 협조하는 기분이어서 양심에 가책이 일었다.

대화시간에 읽는 『소책자』의 모든 문장이 뭔가 의미심장하게 들리는 것도 견딜 수 없었다. 나는 사장과 은수 사이의 '어떤 기류'에 지나치게 신경쓴 나머지 사장이 은수에게 읽으라고 한, "커피머신은 바리스타에게 있어서 고마운 존재다. 바리스타가 원하는 에스프레소를 손쉽게 얻을 수 있도록 해주는 조력자이자 파트너이기도 하다. 하지만 커피머신의 특성과 용량, 사용 방법 등 기본적인 사항을 모르고서는 양질의 에스프레소를 얻기가 어렵다. 커피머신은 항상 그 자리에 같은 모습으로 존재하지만 커피의 종류나 품질, 주위의 온도, 습도 등은 시시각각으로 달라질 수 있다. 이런 변화에 대해 기계는 스스로 대응하지 못하고 항상 같은 자리에서 주어진 방법을 되풀이할 뿐이다" 같은 문장들마저 무심히 넘겨지지가 않았다. 사랑이 그렇게 흔하게 치환 가능한 단어인지 나는 처음 알았다.

그렇게 대화는 이어졌지만 나는 마음이 더 괴로워졌다. 은수와 나의 만남은 편의점에서 함께 간식을 사먹거나 맥주를 마시는 정도였지만 시간을 보내면 보낼수록 나도 은수에게 인간적인 호감을 느꼈다. 그렇다고 뭐 대단한 일이 은수와 나 사이에 벌어지지는 않았다. 다만 은수와 이런저런 얘기들을 나눌 때 은수와 무척 가까운 사람이 된 듯했고 그래서 사장과의 대화가 부담스러웠다.

어느 날은 맥주 한잔을 하기로 하고 편의점에 앉아 있는데 은수가 휴대전화를 들고 계속 들락거렸다. 안주 하나를 먹을 때마다 일어서는 은수에게 무슨 일 때문에 그러냐고 하자 "엄마와 낮부터 통화가 안 돼서"라고 했고 뒤이어 자기가 하는 말이 정확히 어떤 공포에 대한 것인지 모르는 사람처럼 무구한 얼굴로 "이러면 걱정이 되거든. 아버지가 엄마를 죽였을까봐"라고 대답했다.

그 이야기를 전해주자 사장은 평소처럼 나와 함께 퇴근하거나 밤 외출을 하지 않고 먼저 가라, 하고는 로커룸에 남아 있었다. 내가 퇴근 준비를 다 하고 작업장을 나설 때까지도 로커룸의 등은 꺼지지 않았고 아침에 돌아왔을 때도 마찬가지였다.

그리고 크리스마스를 앞둔 어느 날 지하철역 벤치에 함께 앉아 있는데 은수가 책을 같이 읽어줄 수 있겠느냐고 물었다. 은수는 의외로 다독가였고 주로 읽는 것은 배우 지망생답게 희곡작품들이었다. 그런 걸 함께 읽는다는 건 뭔가 로맨틱하면서도 의미심장해서 거절하고 싶었지만—왜냐면 사장 생각이 나서—어쩐지 나는 그

대로 책을 받아들었다. 각 희곡작품들의 주요 장면만 발췌한 연기 학원 교재였고 남녀 성별에 따른 독백으로 이루어져 있었다. 대사를 주고받으며 맞춰주는 게 아니라면 함께 읽는 의미가 있을까 싶었지만 은수는 듣고 있는 것만으로도 대화는 충분하다고 했다. 그렇게 해서 우리는 몇 편의 희곡을 같이 읽었는데—내가 읽을 때는 은수가 듣고 은수가 읽을 때는 내가 들으면서—나는 감정이랄 것 없이 그냥 국어책을 읽듯 읽었고 은수는 정말 연극무대에 선 사람처럼 실감나게 읽었다.

마지막에 읽은 건 〈유리 동물원〉이라는 작품의 독백이었다. 은수가 "내가 대륙제화회사에 반한 줄 아세요? 아침마다 어머니가 내 방에 들어와 '일어나서 기운 내자!' '일어나서 기운 내!' 하고 소리칠 때면 난 혼잣말로, '죽은 사람은 얼마나 행복할까!' 한다고요. 그래도 난 자리에서 일어나 출근하는 거예요! 한 달에 육십오 달러를 벌기 위해 하고 싶은 것, 모든 꿈을 포기하고 말예요!"라고 읽었을 때는 한동안 아무 말도 할 수 없었다. 우리는 그렇게 침묵을 지키다가 각자 가방을 들고 반대 방향의 전철을 탔다. 우리는 정말 내일 출근을 해야 했으니까.

하지만 그렇게 멀어져 함께 있지 않는데도 내 귀는 길어지고 길어져 은수의 독백을 계속 듣는 기분이었다. 그 독백은 기억에서 나오는 듯도 하고 발끝 어딘가에서 올라오는 듯도 했는데 분명한 건 무언가가 마음을 내리누른다는 점이었다. 감동도 슬픔도 분노도 섞인 무언가가. 어떤 애틋함과 동질감의 무게를 더한 채로. 나는 내일은 또 사장에게 무슨 말을 하나 고민하다가 구직 사이트를 열어서 충동적으로 몇 군데에 이력서를 넣었다.

며칠 뒤 사장이 역 벤치에 앉아 있는 우리를 봤다며, 읽던 책에 대해 물었다. 감정을 드러내지 않고 담백하게 묻는데도 나는 어쩐지 미안해졌다. 사장이 카페를 떠나 지하철을 타고 군중 속의 고독을 느끼면서 쓸쓸히 혼자만의 아파트로 돌아가야 하는 순간이 하루 일과 중 가장 싫다고 말한 적이 있었기 때문이었다.

다음날 대화시간이 되어서 『소책자』를 들고 모였을 때 사장이 오늘은 좀 다른 걸 읽어보자고 했다. 그리고 은수가 연기 연습을 한다는 얘기를 들었다면서 그 책을 한번 볼 수 없겠냐고 부탁했다. 은수는 캐비닛에서 책을 꺼냈고 사장은 그걸 받아 주르륵 훑어보았다.

"연극 좋아하시나봐요?"

"대학 때 연극부였거든."

"주로 어떤 연극을 했는데요?"

"무섭고 슬프고 사람들이 한꺼번에 많이 죽고 화가 나 있는 이야기."

은수가 그전에 내 앞에서 읽었던 〈유리 동물원〉의 대사를 다시 읽었다. 낭독이 끝나자 사장은 짝짝짝 박수를 쳤다. 그러고는 좀 어색하게 나도 오랜만에 한번 읽어볼까, 하며 자기가 읽을 대목을 은수에게 골라보라고 했다. 은수는 셰익스피어의 〈십이야〉를 펼쳤고 그런데 그 대사를 하려면 모자를 벗는 게 좋겠다고 충고했다.

"모자를?"

사장이 되물었다.

"숙이면 얼굴이 안 보이고 모자만 보여서요. 괜찮으면 벗고요, 얼굴이 더 잘 보이게."

사장은 잠시 생각하더니 손을 머리 위로 올려 모자를 벗었다.

"운명이여 내 외모가 그이를 매혹시키지 않았기를! 나를 열심히 보았지, 정말 너무 그래서 그분의 눈이 할말을 잃었다는 생각이 들었어. 틀림없어. 그이는 날 사랑해. 앞으로 어찌될까?"

그렇게 사장이 사랑을 예감하는 사람의 목소리로 그 대사를 읽을 때 나는 로커룸의 조명을 받고 있는 사장의 모자 없는 머리 위로 어떤 것이 흘러내리고 있다고 생각했다. 그 명랑하고 쾌활한 대사로도 구원되지 않는 사장의 오랜 불행 같은 것. 이윽고 사장이 읽기를 마치고 고개를 들었고 조금 웃어 보였다. 분위기가 이상해진 듯해서 나는 다른 페이지를 더 읽어보자고 했지만 사장은 응하지 않았다.

그날 밤 사장과 나는 새벽까지 서울을 누볐다. 이자카야에 갔다가 쇼핑센터에 들렀다가 택시를 타고 서울을 한 바퀴 다 돌 태세로 폭주하듯이. 우리가 그렇게 밤의 도시를 떠돌며 사버린 것들, 싸구려 곰인형과 머플러와 두꺼운 티셔츠들, 펜던트와 엄지장갑과 군밤과 초콜릿 등을 잔뜩 들고 손을 흔들어 인사하며 돌아섰을 때 사장은 무슨 생각을 했을까.

그뒤 며칠이나 사장은 작업장에 나오지 않았다. 여태 없던 일이라서 직원들은 술렁였고 특히 매니저가 긴장했다. 전화를 받지 않았지만 나는 통화를 하고 싶어서 사장에게 여러 번 걸었다. 내가 그동안 누렸던 것들이 아쉬워서는 절대 아니었다. 다만 우리가 그 로커룸에서 머리를 맞대고 사랑에 대해 이야기하고 다시 거기에서 나와 모두 잠든 사이 택시를 잡아타고 서울을 누볐던 그 시간이 뭔가 특별하고 소중한 것이 아닐까 여겨졌기 때문이었다. 그리고 그렇게 서로가 특별해질 수 있었다면 그것이 멈춰져야 하는 데도 일종의 합의가 있어야 한다고 생각했다.

매니저는 사장이 어딘가로 여행을 떠났고 언제 돌아올지 알 수 없다고 했다. 갑자기 큰 매장을 떠맡게 된 그는 기대와 두려움을 동시에 지니고 있는 듯 보였다. 사장이 없으니까 뭔가 실전 연습을 하는 시간으로 유용하게 보낼 줄 알았더니 그렇지도 않았다. 이미 충분히 본 수업 영상을 돌려보면서 밤이면 멍하니 창고에 앉아 있었다. 빼곡하게 줄이 쳐져 다 너덜너덜해진 『소책자』를 만지작거리면서.

며칠 지나자 이력서를 넣은 백화점에서 연락이 왔고 나는 이직을 결심했다. 사장은 어쩌면 은수가 아니라 나를 피하고 있는지도 모르겠다는 생각이 들었다. 돌아왔을 때 사장의 로맨스를 엿듣고

염탐하고 이용도 했던 내가 있으면 안 될 것 같았다.

마지막 근무를 하던 날, 은수와 국수를 먹었다. 나는 은수에게 사장에 대해서 뭔가를 알고 있었니, 그래서 책의 그런 부분을 읽어 달라고 한 거야, 물으려다가 말았다. 대신 헤어질 때 나는 은수가 가지고 있는 책에서 한 페이지를 찢어 가져도 되겠냐고 물었다.

"찢는다고요?"

"응, 한 페이지만."

은수는 뭐 어려운 부탁이 아니니까 하며 책을 내밀었고 나는 사장이 성심성의껏 자기 마음을 담아 읽었던, 모자를 벗어 쥐고 자기 얼굴을 드러내며 했던 독백 부분을 찢었다.

그날 은수를 몰래 따라간 건 헤어지자마자 눈이 내리기 시작했기 때문이었다. 나는 비탈길에 매여 있다는 밧줄이 궁금했고 그것을 잡고 사람들이 빙판길을 오르는 장면이 못 견디게 보고 싶었다. 전철에서 내린 은수는 한참 걸었다. 이십 분이 넘는 거리라서 그 정도라면 버스를 타거나 할 법한데도 그냥 가방을 메고 이어폰으로 음악을 들으면서 뒤 한 번 돌아보지 않고 갔다. 상점의 간판 불이 다 꺼져 있는 거리를 지나자 정말 무시무시한 비탈의 시작이었다. 큰 눈이 이미 여러 번 왔는데도 어디에도 밧줄은 매여 있지 않았다. 더 올라가면 있겠지 생각했지만 없었다. 그런 건 그냥 은수의 상상 속에서만 가능한, 이를테면 은수가 기대하는 사랑의 한 형태 같았다.

이윽고 은수는 오래된 빌라로 걸어들어갔다. 앞 동과 너무 가깝게 붙어 있어서 창을 열면 맞은편 사람과 악수라도 할 수 있을 듯한 건물이었다. 망설이던 내가 계단을 더 따라 올라가 현관문 앞에 도착했을 때 집안에서는 은수 또래의 어느 여자애의 목소리—오늘 하루 있었던 일을 재잘대는 무구하고 따뜻한 목소리—가 들려왔다. 이윽고 텔레비전이 켜졌고 빨래 좀 걷어와! 라고 여자애가 소리쳤다. 얼기 전에 다 걷어와! 얼른!

그렇게 해서 나는 밧줄도 잡을 것도 없는 비탈길을 엉거주춤 균형을 잡아가며 내려왔다. 눈발은 전보다 더 세어져 있었지만 그래도 젖은 눈이라 앞사람이 밟고 지나간 뒤에는 그 발자국만큼 눈이 녹아 있었다. 그렇게 눈을 녹이는 것이었다. 붙들 것이 없다면 그냥 자기가 걸어서. 이만하면 그래도 나쁘지 않고 무사한 안녕이 아닌가. 골목을 다 내려온 나는 주머니에서 종이를 꺼내 찢었고 꽃가루처럼 공중으로 뿌렸다. 언제고 사장은 다시 돌아올 것이라고 생각하면서. 그때도 어김없이 모자를 쓰고 있을까, 하는 의문이 떠올랐지만 골목을 빠져나오는 동안 그건 아무래도 상관없다는 생각이 들었다.

* 커피 로스팅에 관해서는 이승훈, 『올 어바웃 에스프레소』(서울꼬뮨, 2010)를 참고했다.

오직
한 사람의
차지

* 소설의 제목은 정일서, 『더 기타리스트』(어바웃어북, 2013)의 '지미 헨드릭스' 장에서 착안했다.

몇 해 전 출판 마케팅 강의를 들으면서 가장 인상적이었던 얘기는 세상에는 이상한 천 명의 독자가 있어서 무슨 책을 내든 그만큼은 팔린다는 것이었다. 그 말을 한 사람은 『메모리얼—기억하는 습관』이라는 책을 내서 그 당시 꽤 성공한 출판사 사장이었는데, 지금 생각해보면 강의 준비를 제대로 안 했는지 잡다한 경험담으로 시간을 때우곤 했다. 그러다 마지막 수업이 되자 자못 진지한 얼굴로 지금까지 자기가 한 얘기는 다 잊으라고 했다. 십이만원이나 내고 들은 강의 내용을 잊으라니 말이 되는 소린가, 했는데 그는 출판 노하우를 전하기란 사실 불가능에 가깝다고 말을 이었다.

"1인 출판을 하려는 여러분은 독학자들입니다. 이제 여러분은 차가운 책상머리에 앉아 고독하게 세계를 해석하는 소수의 선지자들과 양서를 내고 그것을 알아보는 이상한 천 명의 독자들과 지성을 매개로 연대하는 것입니다."

천 명이라면 인쇄기 한 번 돌린 값도 안 나오는 판매량이지만 그래도 그 얘기는 용기를 불어넣어주었고, 낸 책이 연달아 실패하는 가운데에서도 나는 이상한 천 명의 독자들을 망망대해의 북극성처럼 여기며 삼 년을 버텼다. 하지만 거기까지였다.

"얼마만큼인지 알아?"

와이프인 기는 작은방 문을 열어 안을 가리키며 다시 말했다.

"이 방에 가득 쌓일 만큼 닭갈비를 팔아야 하는 돈을 네가 탕진한 거라구!"

기의 계산법은 이랬다. 기의 아버지, 그러니까 나의 장인은 고양시 외곽에서 닭갈빗집을 하는데 온갖 매체들이 소개한 유명 맛집이었다. 철판이 아니라 숯불에 직접 굽고 이백 그램 일 인분에 만천원이었다. 기가 가리킨 작은방은 십 평방미터쯤 되고 거기에 이백 그램짜리 닭고기를 쌓아올리면, 물론 닭고기는 표면이 단단하지 않아서 서로의 무게에 짓눌리기도 하겠지만 아무튼 닭고기가 척척척척 서로 눌려가며 얹히는 게 아니고 분명한 경도를 지닌다고 치면 딱 그만큼의 금액이라는 것이었다. 나는 문과라서 계산에 약하고 길게 이야기해봤자 손해니까 그냥 기를 잡아끌면서 책이랑 닭이랑 같니, 하고 말했다.

"뭐가 달라?"

기는 아예 시비조였다.

"너 직업에 귀천 두니? 너도 책 팔자고 나섰던 건데 못 팔면 그
게 후진 거야. 어디서 닭을 깔봐, 닭을. 네가 닭을 아니? 숯불닭갈
비에 대해서 아냐고, 네가. 우리 아빠와 닭의 노고를 아느냐고."

세상에는 돈 빌리는 많은 남자들이 있고 나도 신혼집을 마련할
때나 출판사를 시작할 때 은행 이자가 무서워 처가에서 빌렸지만
좋은 선택은 아니었다. 일상 곳곳에서 문제를 일으켰으니까. 기는
쩨쩨한 편이 아니고 장인도 돈 문제를 노골적으로 언급하거나—적
어도 출판사가 그렇게 되기 전까지는—은근히라도 부담을 주지는
않았지만 문제는 나 자신이었다. 뭔가 자발적인 복종과 협조의 상
태가 되곤 했다. 어쩐지 더 자주 농담하고 쇼핑에 따라가고 기가 좋
아하는 많은 것들—벤 폴즈 파이브나 김사월, 라이딩과 곤약조림,
심즈 프리플레이 등에 협조적이 됐다. 몸이 부서져라 협조했다. 기
는 언제나 집이 청결하게 유지되기를 바랐기 때문에 청소도 자주
했다. 백색 가전과 백색 벽지, 백색 가구와 백색 침구류 등으로 꾸
며져 어딘가 창백한 느낌의 집이 더 창백한 인상을 가지도록 청소
했다. 욕실 청소만 하더라도 노즐이 있는 욕실용 스팀 청소기로 타
일까지 문지르고 나서야 기는 활달해져 식사할까? 했다. 채소밥은
어때? 그리고 에이드를 만들자!

"기 말이지. 내가 잘 키웠어. 아주 잘 자라주었지."

결혼 전 인사를 하러 갔을 때 장인은 거나하게 취해 창고 옆으로 나를 부르더니 담배를 권했다. 끊었다고 하자 장인은 안경이 밀려올라갈 정도로 입꼬리를 올리며 흐뭇해했다.

"그랬겠지. 기가 싫어하니까 그랬을 거야. 하지만 자네랑 나랑 둘만 있으니까 남자끼리니까 괜찮아. 피워도 돼."

그때는 여름이라서 개구리와 풀벌레들이 입을 모아 합창하고 있었다. 그 소리는 나는 것이 아니라 구르는 것처럼 들렸다. 소리가 나는 것이 몸체와 바깥 사이의 단순한 진동 과정이라면 구르는 건 동력도 필요하고 공감각적이고 사건적이어서 전자가 자연의 문제라면 후자는 천체의 문제 같았다. 당시에는 기와의 결혼이 그렇게 느껴졌다. 일곱 살 때 피아노 학원의 여자친구에게 좋아해, 하고 속삭이며 시작된 수십 번의 연애를 정리하고 일부일처제의 거대한 질서로 편입되는 것이었다. 가족과 가족이 합쳐지고 돈과 돈이, 서로의 미래와 미래가 뒤섞여 사건적인 융합이 발생하는 것이었다. 그 첫발을 내디딘 여름을 기념하기 위해 환희에 찬 개구리, 풀벌레들이 떽떽떽떽 굴러대는 것이고. 나는 아홉시가 넘었는데도 주차장으로 끊임없이 들어서는 자동차 헤드라이트와 눈 맞췄다. 근처에 아웃렛 매장이 생기면서 식당은 더 호황을 맞았다.

"피우라니까, 남자끼리는 괜찮아."

"괜찮습니다."

"이 친구 아주 기 눈치를 엄청 본다. 자, 어서."

장인은 급기야는 큼지막한 손으로 내 팔뚝을 잡으며 담배를 쥐여주려 했다.

　"괜찮은데요, 진짜."

　"아, 안 보여. 가게 안에서는 안 보인다니까. 무슨 남자가 그렇게 배짱이 없어."

　"아뇨, 정말, 괜찮다니까요."

　나는 나도 모르게 담배를 쳐서 떨어뜨렸고 어색한 침묵이 장인과 나 사이에 흘렀다. 그 잠깐을 개구리와 풀벌레들이 떽떽떽떽 메웠다.

　"할아버지가 폐암으로 돌아가셨거든요."

　"그랬나? 거 무서운 병이지."

　"삼촌도."

　"삼촌도 그랬나?"

　"이주일도 그렇지 않았습니까?"

　"그랬지, 확실히 그랬지."

　장인은 허리를 숙여 담배를 줍다가 그래, 몸에도 좋지 않은 이것, 하면서 수풀로 던졌다. 잠깐 소리가 잦아들다가 이어졌다. 그 사이 기가 나와서 "둘이 뭐해?" 하고 소리쳤고 나는 "야, 별 봐라, 쏟아질 것 같아!" 하고 하늘을 가리켰다.

　그 이메일을 받은 건 출판사를 정리하고 나서도 한참 후의 일이었다. 그때 나는 친구가 만든 인터넷 매체의 운영자로 일하고 있었다. 필자를 섭외하고 인문 콘텐츠를 기획하며 종종 책 리뷰를 직접 쓰기도 하는 일이었다. 딱히 돈이 되지 않았지만 포털 쪽에서 인수 제안이 오면서 회사가 활기를 띠었을 때였다. '낸내'라는 아이디를 쓰는 그 사람은 자기가 내 출판사에서 냈던 두 권의 책을 가지고 있는데 교환하고 싶다고 했다. 독자가 말한 책은『곰의 자서전』이라는 생태 관련 서적과, 록 스타 지미 헨드릭스의 기타를 다룬 문화비평서인『오직 한 사람의 차지』였다. 비록 파본 교환을 요구하는 연락이었지만 나는 반가운 마음이 앞섰다. 정말 책은 수많은 우연과 필연을 거쳐 누군가의 손에 가닿는구나 싶었다. 그렇게 누군가는 삼만육천원의 돈을 지불하고 그 책을 사서 책장에 꽂아두고 한동안은 읽지 못하다가 어느 날 페이지를 넘기며 진리를 탐구해나가는데, 페이지가 백면이거나 해서 여정이 멈춰버리는 것이다. 그러면 속상했겠지, 김이 샜겠지, 얼마든지 교환해줄 수 있었다.

비록 망해버렸어도 나는 책의 물성이 지닌 아우라에 무심한 인간은 아니었다. 적어도 폐지상에 팔아버리지는 않았다. 그렇게 책들이 기계 속으로 들어가 곤죽이 되어 사라지고 마는 것은 상상만으로도 언짢은 일이었으니까. 하지만 기는 남은 책들을 절대 집안에 두고 싶어하지 않았다. 먼지다듬이라는 단어를 인터넷에 검색해 보여주며 고개를 저었다. 먼지다듬이는 책에 기식하는 자웅동

체의 벌레로 습도가 높은 곳의 종이류, 책, 가구 틈에 살며 박멸이 불가능하다. 기는 불가능이라는 단어를 손톱으로 톡톡 쳤다. 나도 먼지다듬이를 원하지는 않았다. 하지만 그렇다고 돈도 없는데 컨테이너 보관 서비스를 쓸 수도 없었다. 한강에 나가 싹 다 소각해야 하나, 그러면 소각은 공짜인가, 미리 구청에 허가를 받거나 아니면 수수료를 내야 하지 않나 등등으로 생각의 가지가 뻗어나가는데 기가 명쾌하게 대안을 제시했다.

"아빠 식당에 보관해. 거기 안 쓰는 대형 냉동고가 있으니까 책이 햇빛에 상하거나 하지도 않을 거야."

"그런 냉동고가 왜 있지?"

나는 아무런 뜻 없이 물었다.

"왜 있긴, 아빠가 봉천동에서 고기 뷔페 할 때 들여났던 거지."

기의 말에 가시가 표표히 섰다.

"고기 뷔페도 하셨구나."

"그것만 한 줄 알아? 우리 아빠가 고생을 얼마나 많이 했는데? 지금 성공했다고 내내 인생이 그랬는 줄 알아?"

"알지, 고생이 많으셨지."

"너는 그래도 우리집이라도 잘살지. 아빠는 자수성가했어. 혼자 다 이뤘단 말이야."

이야기가 그쯤 되니 나는 견딜 수가 없어졌다.

"말이 좀 그렇다. 속악하잖아."

"속한데 악하기까지 하면 다 갖췄네. 추하네."

"그렇지."

"아주 삼박자네, 되게 미안하네."

책은 기가 강의를 나가는 날 옮기기로 했다. 운전을 못하는 기는 고양까지 가기가 버거워서 늘 내가 모는 차를 타려 했는데 먼지다듬이가 득시글할지도 모를 책더미를 옮긴다고 하자 혼자 다녀오라고 했다.

고양으로 가는 날은 고독했다. 대학에서 자리잡기 위해 이리저리 눈치보며 아등바등하느니 살아 있는 교양과 인문의 세계에서 자정의 부엉이처럼 깨어 있자고 벌인 일이었다. 신생 출판사에 원고를 줄 국내 저자는 없으니까 우선 외서에 집중해서 밤낮으로 아마존 사이트를 들락거리고, 에이전시에서 던져주는 카탈로그들을 성경처럼 읽으며 버텨온 시간이었다. 하지만 강사가 말한 천 명의 이상한 독자마저 나타나지 않고 이렇게 냉동고로 책들을 옮기는 신세가 된 것이었다.

장인은 식당에서 일하다 말고 나와, 사륜구동 차에서 끝도 없이 옮겨지는 양장과 반양장, 무선 제본 책들을 흥미로운 듯 바라보았다. 식당이 번창하는 요즘에도 장인은 여전히 목장갑을 끼고 닭을 구웠다. 숯불을 쓰니까 조금만 방심해도 타버려서 신경을 써야 하는 음식이었다. 장인의 숯불닭갈비에는 집중과 타이밍과 숙련된 기술이 필요했다. 장인은 좀 쉬었다 하는 게 어떠냐고 말했지만 나는 이미 강변북로를 달리면서 기분이 가라앉았고 하늘이 꾸물꾸물한 것으로 보아서 언제든 비나 눈 같은 것이 와서 마음을 망쳐놓을 듯했기 때문에 일손을 멈추지 않았다. 허리가 뻐근하고 어깨가 쑤셨지만 차와 냉동고를 오가며 전력을 다했다. 장인은 멀찍이 서 있다가 와서 트렁크에서 떨어진 책을 주웠다. 『곰의 자서전』이었다.

"곰이 자서전…… 아차, 내가 생각을 못했네. 기가 막힌 아이디어가 생각났는데 자네한테 진작 말했으면 됐을걸."

뭐가 그렇게 안타까운지 장인은 혀까지 츳츳츳 찼다. 무슨 일이냐고 형식적으로라도 묻지 않을 수 없었다.

"우리 계모임이 있잖아. 〈생활의 장인〉에 나온 사장들 모임. 코엑스에서 그때 한류문화교류전에도 나가고 도쿄랑 베이징도 갔다오고, 우리가."

"네, 그러셨잖아요. 무슨 약인가도 사다주시고."

그 말을 하자 장인은 약간 쑥스러운 듯 얼굴을 붉혔다. 그건 정체를 알 수 없는 한약재로 만든 중국산 발기부전 치료제였다. 장인은 자기가 사지 않고 회원 누가 장난삼아 줬다고 다시 설명했다. 장인이 나에게 그걸 몰래 건네준 사실을 알게 된 기가 장인에게 무섭게 화를 냈을 때 한 변명과 같았다. 장인이 문득 기는 아직 아이 생각이 없지, 물었다.

"전혀요. 장인어른은 손주가 고프세요?"

"고프지, 나도 나이가 육십이 넘어가는데. 그런데 기는 공부도 더 해야 하고 자네도 아직 자리를 못 잡았고 요즘에는 기술이 좋아서 마흔에도 낳으니까 아직 여유가 없는 건 아니지."

기는 마흔이 되어도 출산에 의지를 보일 것 같지 않았다. 하지만 그건 기와 장인 간의 문제고 앞으로 육 년은 지나야 하는 일이니까 나는 굳이 말을 보태지는 않았다.

"우리 '생활의 장인' 사람들 다 자서전 하나씩은 쓰고 싶어해. 그런 눈물겨운 자수성가 스토리랑 대박집 성공 노하우를 섞어서 쓰면 사람들 심금도 울리고 장사도 되고, 내가 왜 그 생각을 진작 못했을까."

나는 매가리가 탁 풀리는 느낌이었다. 뭔가 집에서부터 팽팽하게 당겨졌던 신경줄이 강변북로에서부터 자유로를 거쳐 고양의 이곳까지 견디다 견디다 더는 장력을 이기지 못하고 부득부득 뜯기기 시작해 땡 끊어진 기분이었다.

"음식점 사장님들 자서전이요?"

"응 그래, 만들면 여기 식당에도 보기 좋게 진열해서 손님들 다 보게 하고."

"그런 거는 안 되고요."

"아 왜 안 돼? 팔린다구, 백 퍼센트 팔려."

"아뇨, 제 출판사에서는 그런 건 안 냅니다."

나는 목장갑을 벗어서 탈탈 털었다. 일을 시작하자마자 장인이

준 것이었는데 이왕이면 새것으로 주지 쓰던 걸 줘서 그을음이 이미 새카맣게 묻어 있었다. 그런데다 몇 년 묵은 냉동고 먼지와 책 먼지까지 합쳐지니까 장갑은 참 복합적으로 더러워졌다. 빨기 전까지는 구제가 안 될 듯했다.

"왜 안 되나? 곰 자서전도 내면서, 왜, 뭐……"

장인이 말을 더듬자 나는 일이 잘못 돌아간다는 것을 깨달았다. 수습을 해야겠는데 무슨 말을 해야 가능할 것인가. 우리는 이미 어떤 모욕을 주고받았고 나는 장인이 빌려준 돈, 십 평방미터 방을 가득 채울 만큼의 닭갈비를 팔아야 하는 돈을 갚지 못했는데. 그뒤로도 기는 계산에 열중해 닭갈비가 아니라 닭으로 환산하면 정말 끔찍할 정도야, 라고 말하곤 했다. 육천오백 마리라구! 닭갈비 그만큼을 얻기 위해서는 닭이 육천오백 마리나 필요해.

그렇게 살아 있는 것의 몸체를 빌려 말하니 실감이 크게 오기는 했다. 나는 옷방으로 쓰는 그 희고 작은 방이 조그마한 부리와 깃털과 모래주머니와 주름이 자글자글한 닭발을 가진 통통하고 체온이 있는 닭 육천오백 마리로 채워지는 상상을 했다. 더 괴로운 건 그런 상상이 미각을 자극한다는 것이었다. 그러니까 날갯죽지를 생각하면 종종 기가 양념해서 오븐에 굽는 그 요리의 기름지고 야들야들한 맛이 떠올랐고, 닭과 닭을 차곡차곡 쌓아올리기 위해 접어둔 다리를 생각하면 베트남산 고춧가루를 넣어서 맵게, 아주 맵게 구운 닭발의 쫄깃함이 떠오르면서 불쾌해졌다. 나는 출판사를 하기 위해 돈을 빌렸다가 갚지 못한 채무자에 불과했는데 그런 말을 들으니 난폭한 포식자가 된 기분이었다. 양서의 출간과 닭의 몰살을 연관 짓는 기의 기묘한 상상은 그렇게 이상한 스트레스를 주었다.

하지만 일단은 기분이 상한 장인을 어떻게 달랠까 고민했다. 다행히 기가 전화를 걸어왔고 나와 장인이 차례로 통화했다. 그 잠깐 덕에 우리의 갈등은 표면 아래로 잠겼고 나는 최대한 빨리 『곰의 자서전』을 장인의 눈앞에서 치우는 데 전념했다. 제목만 그렇지 거기에는 곰이 스스로를 설명한 말이라고는 단 한 줄도 없었다. 곰은 그저 어우어어욱억컹컹 할 뿐이고 반평생을 북미 산악지대에서 곰을 연구한 과학자가 거기에 자신의 논리와 정서를 이입해, 그날 밤 곰들은 훈풍을 앞세워 들이닥친 봄의 군대 앞에서 기분이 좋아 보였다, 라고 쓰는 식이었다. 나는 캐나다 불곰 네 마리가 동면에서 깨어나 산등성이를 오가며 봄을 축복하는 것을 전율과 감동 속에서 지켜보았다. 그들은 긴 시간 견뎌야 했던 겨울의 엄혹함에 대해서는 모르는 체했다. 다가올 행복으로 충만한 순간에 그런 과거는 무용하다는 듯이. 그러니까 헤어진 이유는 망각한 채 다시 만나 서로의 품으로 파고드는 순진한 기쁨의 연인들처럼.

"내가 강화에 땅을 봐놨다는 거 자네 아냐?"

저녁 손님들로 식당이 서서히 붐비기 시작하자 장인이 자리에서 일어났다. 이미 눈으로는 주방 아주머니들이 실수 없이 피크 타임을 준비하는지 살피고 있었다.

"전에는 안면도였잖아요."

"거기는 너무 멀더라고. 운전도 못하는데 기가 거기까지 어떻게 와?"

"그렇죠. 안면도는 힘들죠."

"강화에 집을 지을 건데 문 앞에다 트리를 세울 거야. 왜 미국 보면 엄청나게 큰 나무로 장식을 하잖아. 북미산 잣나무 한 삼 미 터짜리를 세워서 저기 동네 입구에서부터 기가 볼 수 있게 할 거 네. 아, 나를 기다리는구나, 아빠가 저기 있다, 이럴 거라고. 그러 려고 해, 내가."

장인은 자기중심적인 편이라 모든 것이 원하는 대로 착착 진행 되지 않으면 불같이 화를 냈다. 돌아가신 엄마를 그렇게 괴롭혔다 며 기는 장인을 미워하기도—물론 드러내지는 않고—했는데, 과 연 트리를 세우면 보상이 될까 모르겠지만 기라면 의외의 지점에 서 지극한 평정의 계기를 찾아내기도 하니까 그럴 수도 있겠다 싶 었다. 말을 마친 장인은 식당으로 들어갔고, 내가 책들을 냉동고 안에 다 넣고 돌아가기 위해 인사하자 멀찍이서 마치 곰의 앞발처 럼 손을 들어 보이고는 능숙하게 숯불을 올렸다.

독자를 만나기로 한 장소는 홍대 인근의 북카페였다. 그는 자 기가 항상 그 카페에 있고, 워낙 장소가 넓어서 차 한 잔쯤 시키지 않아도 잠깐 볼일을 볼 수 있다며 거기로 오라고 했다. 용건만 간단히 해결하려는 '쿨함'이 느껴졌다. 다행히 카페는 회사에서 가까웠다. 오십여 평은 되어 보였고 디귿 자 모양 서가에는 세계문학전집과 동서양의 고전을 원전 번역한 인문예술서 시리즈가 빼곡히 꽂혀 있었다. 서가는 천장까지 이어져 있어서 사다리를 타지 않고는 저 위에 있는 책들을 내릴 방법은 없어 보였다.

나는 미리 들은 대로 『곰의 자서전』과 『오직 한 사람의 차지』가 놓인 테이블을 발견하고 다가갔다. 거기에는 체스 입문서인 『체스 왕은 나의 것』과 『배우자! 타로점』, 조류 관련서인 『앵무새 언어의 쉽고 빠른 이해』, 보드게임 책인 『젠가 정복자』 등도 있었다. 우리 책을 읽는 독자라면 인문과 교양에 확실한 취향이 있을 줄 알았던 나는 그 일관성 없는 독서에 약간 실망했다. 경칩도 지났는데 독자는 아직 추운지 알록달록한 옷을 여러 겹 껴입은 차림이었다. 마침 그런 책 제목을 봐서 그런지 몸을 최대한 부풀린 금강앵무처럼 보였다. 우리는 소극적으로 인사를 나눴고 그가 책을 내밀었다. 그런데 교환이 아니라 환불을 원했다.

"트랜슬레이션, 번역 안 좋아서 평생 걸릴 것 같아서요."

영어 발음이 유창했는데 한국말은 서툴러 보였다. 당황스러웠지만 외국에서 살다 와서 물정을 모를 수도 있으니까 화를 내고 싶지는 않았다. 그래서 책이 멀쩡하고 단지 단순 변심인 경우라면 일주일 안에는 와야 환불된다고 설명했다. 아, 하고 그가 탄성을

76

냈다. 잘 몰랐구나 싶으면서도 외국의 서점은 그렇게 쉽게 환불해주는지 의문이 들었다. 우리의 경우는 일단 사가면 웬만해서는 돌이키기가 힘이 드는데. 아주 힘들지, 얼마나 들춰봤든, 얼마만큼의 애정과 소유욕이 남아 있든 되돌릴 수가 없어, 불가능해.

"알지만, 이런 말 있어요."

그 독자—낸내는 휴대전화를 꺼내 캡처 이미지를 보여주었다. 지금은 도메인 계약기간이 지나서 폐쇄되었을 출판사 홈페이지에 있던 소개글이었다. "출판사 '상태와 본질'은 번역 집단 '무국적의 말'과 함께 외서 번역의 새 지평을 열어갑니다. 독자분들의 질책을 환영하며 무한한 책임을 지겠습니다." 그 페이지를 대체 어떻게 발견했나 물었더니 구글링했다고 답했다. 내 이메일 주소도 그렇게 알게 됐다고 했다.

나는 그때의 책임과 환영이 어떠한 경우에라도 책을 환불해주겠다는 뜻은 아니었다고 설명했다. 어디까지나 자유롭고 우호적인 의견 교환을 통한 책임이다. 그러니까 비물질적인 말의 보상인 것이다. 낸내는 나를 가만히 주시하면서 중간중간 태블릿 PC로 무언가를 검색해 수첩에 메모했다. 얼핏 보니 모두 한자어들이었다. 그는 교환학생 프로그램이나 어학연수로 한국에 온 해외동포처럼 보였는데, 말은 해도 이해의 과정에는 스위스산 에멘탈 치즈처럼 구멍이 숭숭 뚫려 있는 듯했다. 단어 뜻을 내게 직접 안 물어보는 걸 보면 자존심이 센 친구였다. 나는 한국말을 들을 때마다 낸내의 머릿속에서 낙엽처럼 버석거릴 불가해를 떠올리면서 최대한 친절하게 설명하기 위해 노력했고 핵심 단어를 말할 땐 영어도 써봤지만 차가운 반응이었다.

"돈은 안 쓴다 이거잖아요. 공짜로 얘기는 하지만."

낸내는 자기 주머니에 손을 넣었다가 빼면서 엄지와 검지손가락을 비벼 지폐를 만지는 시늉을 냈다. 손톱은 길었고 검정이라고 해야 할지, 죽은 보라라고 해야 할지 모를 색으로 두텁게 칠해져 있었다. 외양만으로 본다면 낸내는 짧은 머리에, 루즈한 상의, 청바지 차림의 톰보이 스타일이었지만 손톱은 달랐다. 뭐랄까, 그 손톱만은 원치 않게 늙어버린 여자들의 형상을 하고 있었다. 폐업 신고까지 한 마당에 무슨 생각으로 여기까지 와서 사후 서비스를 하고 있나, 나는 기운이 빠졌다. 파본을 교환해달라는 줄 알고 식당까지 가서 책을 챙겨온 게 지난 주말이었다. 기는 나의 그런 감상적인 성격이 문제라고 했다. 인생이란 열기구와 같아서 감상을 얼마나 재빨리 버리느냐에 따라 안정된 기류를 탈 수 있다고. 아무것도 잃으려 하지 않으면 뭘 얻겠어, 하고 충고했다.

"영수증은 있으시겠지요?"

나는 그만 피곤해졌다. 두 권을 합치면 삼만육천원인데 가난한 교환학생에게 준다고 내 삶이 망가지는 것도 아니지 않은가. 하지만 그는 없다고 했다.

"그러면 내가 독자님이 얼마를 주고 구입했는지 어떻게 압니까? 책은 이렇게 저렇게 할인도 되고 헌책방에서 후려쳐서 샀을 수도 있는데."

그러자 그도 뭔가를 골똘히 생각했다. 나는 타이밍을 놓치지 않고 영수증이 없으면 어쩔 수 없다고, 증빙을 못하면 여기서 입씨름을 할 필요도 없다고 강조했다. 증빙, 낸내는 단어를 소리 내서 발음하더니 검색했고 마침내 그렇네요, 하고 수긍했다.

카페를 나오면서 나는 한국말도 모르는 여자가 왜 저런 생태 서적과 문화비평서를 골랐을까 생각했다. 장인처럼 자서전이라는 말에 착각한 건가. '오직 한 사람의 차지'라고 적힌 표지에 기타와 악보가 그려져 있으니까 음악책인 줄 안 건가. 그 책은 록의 분화와 증식, 반전, 히피, 소비자주의, 비트 세대 같은 개념들이 수두룩한, 사실 한국인이라도 읽으면서 그 난해한 숲속을 배고픈 불곰처럼 헤매야 하는 그런 책이었다. 나는 그렇게 녹록지 않은 지성과 인문의 세계를 두드렸던 출간 목록을 떠올리며 자부심에 젖었다. 하지만 어느 해장국집 앞을 지나며 진하고 매콤한 국물 냄새를 맡자 배가 고프면서 서서히 힘이 빠졌다. 출판사를 더 운영하지 못한 데 대한 회한이 몰려왔다. 포털에 회사가 인수되면 나는 어떻게 되는 것인가. 인터넷 업계에서 서른일곱은 적지 않은 나이일 텐데 과연 내 자리는 있는 건가.

나는 식당으로 들어가 뼈다귀해장국을 하나 시키고 침울하게 자리에 앉았다.

"이거 가져가요, 그럼. 스웨덴으로 돌아갈 거라서 필요가 없어요. 화물 오버차지도 그렇고."

고개를 돌렸더니 아까의 그 낸내였다. 지금 내 뒤를 밟아서 여기까지 온 건가. 비행기를 타고 스웨덴—이제 알게 된 그의 거주국—으로 갈 때 그 몇 푼 더 내야 하는 운송료가 아까워서 내게 책을 넘기려고. 그렇게 생각하자 견딜 수 없어졌다.

"그럼 버리세요."

나는 해장국을 빠르게 퍼먹었다. 뜨거워서 어흐어흐 하고 공기를 삼켜 자꾸 혀를 식혀야 했다. 하지만 낸내는 버리는 건 안 된다고 했다. 헌책방에 가서 팔라니까 그냥 낸 사람이 다시 가져가면 되잖아요, 하고 도리어 목소리를 높였다.

"이게 양장이고 비교적 신간이라 헌책방에 팔면 삼천원은 받아요, 삼천원은. 삼천원은 받는다니까."

나는 갑자기 울컥해져서 말을 멈췄다. 속에서 뭔가 묵직하고 뜨끈한 것이 올라왔으나 평소처럼 억지로 내리눌렀다. 그러니까 욕실에 들어간 기가 면도 후 세면대에 남은 내 짧은 수염을 젖은 휴지로 콕콕 찍어 들고 나오며 "이것 봐, 이것, 와 이것 보라고!" 할 때 치밀어오르는 것. 학교에서 회식을 마친 기가 만취 상태로 귀가해 옷을 벗다 말다 하면서 누구 말이야, 임용이 되었다고, 제주도라도 그게 어디야, 어디냐고, 할 때 "아니야, 제주도는 멀지, 너무 멀지, 장인어른은 어떻게 하라고" 하면서 "양말은 그래도 벗어야지, 아니, 단추를 풀어야지 그러다가는 옷이 다 찢어지지" 하고 말려야 할 때 치밀어오르는 것. 그리고 어느 날 아침 커피를 마시던 기가 문득 정색을 하며 너 그때 바람피운 거였지, 하고 묻고 내 대답도 기다리지 않고 안 들켰으니까 넘어간다, 들키면 이 집은 내 거야, 넌 서재의 저 책이나 용달에 실어서 사라져, 할 때의 급체한 느낌 같은 것. 하지만 누르니까 평소처럼 내려갔고 나는 생각을 바꿔 낸내가 건넨 책을 묵묵히 수거했다.

금세 갈 것 같던 낸내는 옆 테이블에 가방을 내려놓고 앉았다. 그리고 해장국을 시켰다. 외국인도 해장국을 먹나, 외국인에게 이정도는 너무 맵지 않나 싶었는데 아니었다. 땀까지 흘리는 나와 달리, 낸내는 여전한 포커페이스를 유지하며 한 그릇을 싹 비웠다. 밥은 서로 다른 자리에서 먹었지만 식당에서 나와 지하철역까지는 같이 걸었다. 헤어질 때쯤 낸내가 사실 그 책은 자신이 산 게 아니라고 털어놓았다. 선물받았다는 것이었다. 낸내는 뭔가를 더 설명하려다가 말을 멈추고는 "환영과 책임, 감사" 하고 인사인지 평가인지 모를 말을 남긴 뒤 개찰구로 들어갔다.

집으로 와서 나는 기가 잠든 후에 다시 책들을 펼쳐보았다. 이제 보니 흐릿하게 줄이 그어져 있고 메모도 되어 있었다. 이런 책을 환불하려 했다니. 메모는 『오직 한 사람의 차지』 에필로그에 가장 많았는데 거기서 저자는 이렇게 말하고 있었다. 생각해보면 스물일곱 살에 약물중독으로 세상을 떠난 헨드릭스의 손에는 아무 기타도 들려 있지 않았다. 열다섯 살에 아버지가 선물한 오 달러짜리 어쿠스틱 기타가 최초의 모습이었던 헨드릭스의 기타는 왼손잡이였던 그 스스로의 타고남을 뒤집는 역전의 대상으로, 화형되어 없어지거나 신체의 일부와 단속적으로 접촉하여 그 둘의 맞부딪침으로 소리를 만들어내는 기이한 대상으로 전화되었다. 1969년에 열린 우드스톡 페스티벌에서의 기타는 더욱 특별했다. 뉴욕 근교의 어느 농장에서 펼쳐진 그 히피와 자유로운 섹스와 불법 약물의 트라이앵글 속에서 헨드릭스의 기타는 가장 분절되고 분노에 찬 미국 국가를 연주했다. 소읍의 개간지나 양철의 여물통이나 헛간의 똥들 사이에서 그 펜더 스트라토캐스터는 머지않아 우리를 뒤덮을 세상을 암시했다. 그러니까 모든 것이 잦아들 것임을, 꽁무니를 뺄 것임을, 우리가 외치는 자유와 프리섹스와 해방을 빨아들일 거대한 흡입구가 나타나 모두가 매시트포테이토처럼 갈려버릴 것임을 그 전자기타의 음은 들려주었다. 그렇게 해서 헨드릭스가 사망 후 어떤 기타도 없이 그저 손끼리만 맞잡은 상태로 시애틀의 공동묘지에 묻히고 그의 기타들이 다시 아버지의 손으로 넘어가 경매 최고가를 경신할 때 1969년 우드스톡 페스티벌의 관중이었던 베트남 참전 해병의 이 말은 지독한 고별사가 되는 것이었다. 우리는 더러워진 모포 속에서 야생의 소리를 들으며 밤을 보내다가 아침이면 처음 보는 누군가와 키스하고는 했어요. 하지만 주소나 번호를 교환하지는 않았죠. 어차피 아무도 편지하지 않을 것인데 그런 교환이 왜 필요하겠어요!

그리고 봄이 흐르는 동안 나는 홍대의 북카페에서 낸내를 종종 만났다. 어디 가면 으레 누군가 있다는 건 대단히 의미심장했다. 스무디나 프라푸치노가 먹고 싶어서, 안부가 궁금해서, 전철을 타려다가 밥을 먹으러 가다가 퇴근을 하다가, 혹은 회사에서 진 빠지는 일이 있거나 비가 오거나 흐릴 때 등등의 날들에 그곳으로 찾아갔다. 우리는 어딘가 잘 통한다고 생각했는데 그건 자기 세계에 대한 충만과 고독, 그리고 왠지 모를 열패감이 뒤섞인 이상한 동질감이었다.

알고 보니 낸내는 강습자와 교습자를 연결하는 중개 사이트에 등록해 아르바이트를 하고 있었다. 스웨덴어와 영어를 쓰면서 다양한 취미생활을 강습하는 일이었다. 물론 스웨덴어를 원하는 사람은 여태껏 한 명도 없었다. 낸내가 취미활동을 강의에 넣는 이유는 그런 시장 상황에서 비영어권 출신 강사라는 핸디캡을 보완하기 위해서였다. 수강생의 그 다양한 취미를 어떻게 다 맞추냐고 했더니 자기는 인텔리전트한 편이라 책을 약간만 읽으면 강습 정도는 할 수 있다고 했다. 사실이라면 대단한 독학자였다.

수업은 역시 그 북카페에서 진행됐다. 대부분 십대 여자애들이었는데 그때만은 그들의 생기 있고 발랄하고 뭔가 어수선한 활기가 낸내에게도 옮겨가는 듯했다. 카드를 섞거나 블록을 조립하거나 컬러링 북을 채우면서 낸내는 고무줄로 묶은 꽁지머리가 흔들리도록 웃었다. 북유럽 음악처럼 음울하고 스산하던 평소 분위기와는 달랐다. 그런데 출국한다더니 왜 긴 시간 동안 여기 있는 것인가. 정말 그렇게 독학으로 잡다한 분야들을 섭렵할 수 있는가. 책은 누구에게 선물받았고 그때 왜 그렇게 처분하지 못해 곤란해했는가. 어떤 과거의 날들을 보냈고 요즘 무슨 생각을 하는가, 정말 떠날 건가. 그렇다면 그것으로 끝인 건가.

낸내를 만날수록 내게는 그런 질문들이 떠올랐고 그때마다 기 생각이 났다. 그런 의문들은 감상적인 것이고 기의 동력으로 겨우 꾸려나가는 우리의 결혼생활을 아슬아슬하게 만드는 것이었다. 하지만 그 궁금함은 이미 일상에 깊은 자국을 내고 있었다. 그것은 낸내를 만나러 갈 때마다 깊어져 구덩이가 되더니 스산한 바람이 통하고 원주가 넓은, 마침내 곰 한 마리는 넉넉히 살 만한 굴의 형태로 바뀌었다. 나는 그것을 사랑이라거나 속되게는 바람이 났다는 식으로 받아들이고 싶진 않았지만 침대에 누워 천장을 보고 있으면 문득 혼자 있고 싶어지면서 기에게서 좀 떨어지게 몸을 돌렸던 게 사실이다. 하지만 그렇다고 그 순간에 그 여자, 낸내가 똑 떨어지게 그리웠던 것도 아니었다. 어쩌면 내게는 그렇게 몸을 누일 굴이 있다는 것, 어딘가에 그런 것이 있다는 감각만이 중요했는지도 몰랐다.

결국 나는 스웨덴어 강습까지 낸내에게 받았다. 설산과 푸른 하늘, 그리고 이케아의 나라였을 뿐인 스웨덴은 갑자기 반드시 알아야 하고 배워야 하는 곳이 되었다. 마지막날에는 5월인데도 기온이 29도까지 올라갔다. 우리는 그늘이 한줌 얹어진 공원의 벤치에서 아이스크림을 먹었다. 수업이 있을 때마다 낸내는 스웨덴 록 밴드 이름인 '켄트Kent'가 쓰여 있는 티셔츠를 입었는데 그날도 그랬다. 드레스 코드를 맞추는 것도 강습자로서의 의무라고 했다. 그런 연출까지 왜 필요해요, 하고 묻자 낸내는 연출이 어때서요, 하고 대답했다.

　　"그런 것도 다 부지런하고 노력하는 사람이 하는 거예요."

　　"거기는 잘살지 않아요? 이렇게까지 아등바등 안 해도 되지 않아요?"

　　"그렇죠. 맥도날드 알바만 해도 시급이 이만원이 넘는데."

　　"그런데 뭘 왜 그렇게 열심히 알바를 해요?"

　　"여기는 한국이잖아요."

　　"갈 거잖아요."

　　"그건 아직 잘 몰라요. 누굴 다시 만날지도 모르고."

　　낸내는 켄트 티셔츠에 손을 닦으며 피식 웃었다. 나는 평소에도 궁금했지만 스웨덴어-한국어 사전에 검색해도 나오지 않던 '낸내'가 스웨덴어로 무슨 말이냐고 물었다.

　　"그거 한국말인데, 스웨덴어 아니고."

낸내는 한동안 아이스크림만 할짝댔다. 건물들을 허물고 지하철을 내면서 만든 인공의 숲길로는 자동차와 오토바이의 소음이 끊임없이 끼어들었다. 공원 끝까지 산책로가 아주 반듯하게 나 있었지만 그 일관된 형태는 도리어 이곳이 언젠가는 동일한 이유로 사라질지 모른다는 회의감을 불러일으켰다. 낸내는 다 먹은 아이스크림 스틱을 아무데나 던져버리면서, 자기는 아주 어려서부터 엄마에게 회초리로 맞곤 했는데 그때 '맴매'라는 엄마 말이 '낸내'라고 들렸다고 했다.

"맴매는 원래 하나도 안 무서운 말이잖아요."

"다들 그렇죠, 나는 아니었지만."

낸내는 자리에서 일어서며 좀 있으면 비가 올 거라고 했다. 유럽인인 자기는 비가 와도 그냥 맞고 다니지만 그쪽은 우산이 있어야 할 거라고. 아니면 적어도 우산이 필요한 사람처럼 걷게 될 거라고.

집으로 가는 전철에서 나는 그러면 낸내는 본명이 뭘까 생각했다. 물어봐도 알려주지 않고 우리 관계는 호칭도 애매한데 계속 이렇게 불러도 되는가. 그때 나를 구글링으로 찾았다는 말이 떠올랐다. 이메일 주소와 '낸내'라는 아이디로 열심히 검색한 끝에 나는 그가 칠팔 년 전부터 중고 거래 사이트에서 전자기타와 청소기와 청바지 같은 것들을 꾸준히 사고팔았던 기록을 찾아냈다. 어느 영화사에 스태프로 지원하는 게시판 글과 어학원의 레벨 테스트에 대한 문의 글도. 최지은이라는 이름으로 공연의 프리뷰를 신청하며 자신을 광양에 사는 누구라고 소개한 페이지도. '켄트' 팬클럽에 남긴 장황한 리뷰도. 아무리 봐도 낸내는 한국에서 오랫동안 살아온 평범한 한국인 같았다.

이후 여름날은 고요하고 느리게 지나갔다. 포털의 인수는 흐지부지되었고 기도 지원한 대학의 모든 자리가 물건너가면서 집안 분위기는 더 좋지 않았다. 여름이면 어떻게든 여행 계획을 짜던 기는 올해는 교토나 다녀올까 묻다가 에이 말자, 했다. 기는 우울해했다. 장성이라는, 평생 한 번 가본 적도 없는 지방까지 원서를 들고 갔다가 기선생은 애는 낳을 생각이 있나, 한동안은 학과 일을 전담하다시피 해야 하는데 당장 출산휴가 내고 그러면 곤란한데, 같은 말을 듣고 올라온 뒤로는 더욱 우울해했다. 어차피 출산 계획은 없지만 그렇게 말하니 자기가 번식장의 무슨 관리동물 같은 것이 된 기분이었다고 했다. 에이 그렇게 생각하면 심하지, 라고 하자 기는 심하지, 그래 심하다고 할 줄 알았어, 라고 중얼거렸다. 그러고 무릎 위에 자기 머리를 얹고 울면서 그런데 더 화가 나는 건 뭔지 알아, 물었다. 그런데도 내가 그 대학의 전화를 기다린다는 거야.

어느 밤에는 갑자기 나를 끌어안으면서 우리 아이 낳을까, 하고 묻기도 했다. 나는 아이를 원하지 않았고 기도 마찬가지라고 생각했는데, 기가 그렇게 말할 때마다 어린 낸내의 손등이나 팔뚝을 회초리로 때렸다는 그 여자가 생각났다. 물론 기는 그런 부모가 될 리가 없고 어떻게든 강화 전원주택의 삼 미터짜리 북미산 트리를 갖게 될 사람이었다. 기가 갖게 된다면 나도 갖게 되고 우리가 낳을지 말지 모를 아이도 갖게 되는 것이었다. 하지만 그 안정된 기류를 비행하는 기분에만 몰두하려 해도 불현듯 마음이 엉망이 되면서 뭔가 서글프고 허무해졌다.

나와 낸내가 재회한 건 며칠 뒤였다. 그 공원에서였는데 만나자마자 낸내는 책을 돌려달라고 했다.

"무슨 책?"

"내가 맡긴 책이요."

그때 분명히 내게 책들을 떠넘기며 마음대로 처분하라는 식이었던 것 같은데 이제는 '맡긴'이라는 표현을 쓰고 있었다. 책이 서울에 없다고 하자 낸내는 약간은 초조하게 그러면 언제 자기가 '돌려받을' 수 있느냐고 물었다. 그 책을 선물한 사람과 재회하게 되었다면서.

사실 최근에는 기도 고양에 가는 데 시들했기 때문에 언제가 될지 몰랐다. 그리고 내가 왜 책을 갖다줘야 한단 말인가. 누구 좋으라고 무엇을 위해서. 나는 그러면 어렵겠네요, 하며 돌아섰지만 걸으면 걸을수록 내가 그렇게 누군가에게서 멀어지고 있다는 것이 똑똑히 느껴졌다. 내 뒤통수가 길어지고 길어져 긴 꼬리를 가진 연처럼 길어져 바람을 타고 있는 것 같았다. 그렇게 벌어지는 간격이 눈으로 보인다면, 연의 얼레가 풀리고 풀리듯 멀어짐이 물리적으로 측정이 된다면 남은 사람에게는 그것 역시 특별한 상처가 되겠구나 싶었다. 그래, 그렇다면 당신 정체가 뭔지나 알자 싶은 생각이 왈칵하는 미움과 함께 들었고 나는 다시 돌아가서 지금 가지러 가겠느냐고 물었다. 차를 같이 타고 가면서 나는 교환학생이에요, 뭐예요, 광양이 집이고 스웨덴은 간 적도 없지, 하고 따져 물을 말을 끊임없이 떠올렸다. 하지만 낸내는 마치 드라이브를 하는 사람처럼 창밖이나 구경하더니 도로 이정표를 가리켰다.

"개성이라네요. 그건 한국에 없는 도시 아닌가."

"그렇죠, 거짓말이지. 아무나 못 가는데 저렇게 적어놓고."

말문을 연 김에 지금껏 날 속인 것에 대한 책임을 물어야겠다고 벼르고 있을 때 낸내는 그렇지는 않아요, 라고 했다. 저렇게 개성이라고 써놓으니까 정말 갈 수 있을 것 같잖아요, 그 방향으로 달리고 있는 동안에는 다 거기로 가는 사람이라고 믿을 수도 있을 것 같지 않아요. 고양에 도착했을 때는 주변 상가도 다 닫고 어둠뿐이었다. 식당에 같이 갈 수는 없고 어떻게 할까 고민하는데 낸내가 편의점을 가리키며 차를 세웠다. 자기는 여기서 기다리겠다고 했다.

장인이 창고를 열어주었지만 하필이면 형광등이 나가 있었다. 나는 손전등으로 냉동고 안을 비추며 찾다가 곧 포기했다. 그러기에는 그 안이 너무 넓었다.

"이 냉동고 작동이 되나요?"

내가 소리쳐서 물었다.

"어—, 그럴 거야."

먼 데서 장인이 대답했다. 전원을 꽂자 냉동고는 웅웅, 하는 소리를 내면서 켜졌고 불이 들어왔다. 나는 이 한여름에 손까지 곱아가며 책을 뒤졌다. 습기가 차면 책들이 썩지 않나 하는 생각에 마음이 급해졌다. 빛을 좇아 냉동고로 날아드는 날벌레들도 문제였다. 나는 그 환희에 찬 여름 벌레들과 엄청난 기세로 쏟아지는 영하 15도의 찬바람과 싸우느라 기진맥진해졌는데 그때 장인이 다시 와서 이 사람, 냉동 기능을 끄라구, 하면서 스위치 하나를 내려주었다.

책을 찾고 나서도 나는 식당을 곧장 빠져나가지는 못했다. 주차장 파라솔 아래 앉아 장인과 잠깐이라도 대화를 나누어야 했다. 숯불을 정리했는지 장인의 머리 위에는 재가 떨어져 있었다. 때아닌 흰 눈이 내려앉은 듯했다. 그렇게 겨울이 갑자기 온다면 모든 것이 정지될 것이었다. 그러면 올해도 어김없이 들려오는 저 동력을 지닌 풀벌레 소리도 멈추고 식당으로 손님들도 오지 못하고 수입도 끊기고 우울한 기는 더 우울해지고 낸내도 기다리는 누구와 재회

할 기회를 영영 지나쳐버린 채 독학자의 생활을 이어가야 한다. 하지만 그런 일은 일어나지 않아서 여전히 여름은 여름이고 나방은 춤추고 숯은 숨을 골랐다가 쉬었다가 고르고 그러는 동안 붉은 불씨들이 날아가고 닭은 구워지고 그것은 일 인분에 만천원으로 환산되고 나는 여전히 빚을 지면서 살고 있었다. 어쩌면 원래 산다는 것이 그런 걸까. 전혀 상관없을 듯한 천체의 무엇인가에까지 계속 빚을 지고 가늠도 못할 잘못들도 하면서 사는 것일까.

장인은 언젠가 그날처럼 담배를 꺼냈지만 권하지 않고 혼자 피웠다. 그리고 계속해서 장모와 기에 대한 추억을 늘어놓았다. 그 옛날 청평이나 경포대 해수욕장으로 갔던 여름휴가며, 기가 가장 먼저 읽은 한글이 '나비의 상실'이었다는 일. 장모가 자주 가던 의상실 간판의 상호를 어린 기가 그렇게 띄어서 읽었다는 말이었다. 앞으로의 어떤 고독한 삶을 예감이라도 하듯이.

나는 장모가 죽은 후에도 장인에게 여러 애인과 동거인들이 있었던 것으로 아는데 오늘은 왜 이렇게 약한 소리를 하는가 생각했다. 근 십 년 동안에는 장모의 기일에도 납골당을 찾아가지 않아 기가 이를 갈고 있는데. 이윽고 장인의 넋두리가 잠깐 멈춘 틈을 타서 나는 작별인사를 했고, 내리막길을 달린 끝에 편의점 의자에 여전히 앉아 있는 낸내를 발견했다. 낸내는 무슨 책인가를 읽고 있다가 자동차 헤드라이트가 눈부신지 잠깐 눈을 감았다.

*

그 많은 책을 장인에게 부탁하고도 나는 정작 그것이 처리되는 현장에는 있지 못했다. 감기를 핑계로 가지 않았다. 나 대신 기가 그사이 익힌 운전 실력으로 고양으로 가서 장인을 돕고 왔다. 장인은 책이 훨훨 잘 탔다는 말을 전해주었다. 냉동고를 한동안 열어 건조시켜달라는 내 당부를 장인은 까마득히 잊어버렸고 그렇게 해서 밀폐되어 있던 책들은 젖고 썩어버렸다. 이제는 폐지상에 팔려야 팔 수도 없었다.

한동안 버리는 삶, 소유하지 않는 삶, 미니멀한 삶에 관한 책과 다큐를 보던 기는 집을 팔고 팔 년간의 결혼생활로 비대해진 살림을 정리해 더 작은 집으로 옮겨가자고 했다. 그렇게 해서 남는 돈으로는 아빠 돈을 갚고 생활비로도 쓰자고. 더이상 대학 자리에 연연하지 않겠다는 게 기의 결심이었다.

"원래 교수가 목표는 아니었어."

기는 덤덤하게 말했다. 올라탄 자전거에서 내리지 못했던 것뿐이라고. 우리가 집 판 돈으로 만든 변제액—전체는 아니고 일부—을 송금한 날, 장인은 닭이 아니라 옆 가게에서 사온 장어를 직접 구워주었다. 그러고는 살 수 있겠니, 너네 그렇게 고정 수입 없이도 살 수 있겠어, 걱정하다가 그래도 그 돈이 봄이면 짓게 될 강화 집의 지붕과 테라스 정도는 될 수 있겠다며 치하했다. 그리고 그 이야기—삼 미터나 되는 트리를 세울 원대한 계획에 대해서 기에게 선물하듯 들려주었다. 기는 별 감흥 없이 듣고 있더니 "헛돈 쓰지 마, 아빠"라고 했다.

그날 돌아오는 길에는 밤안개가 꼈다. 교통사고로 장모를 잃은 기는 차를 무서워했고 그래서 핸들을 잡지 못했던 것인데 그 안갯길을 무섭게 주시하며 운전했다. 마치 자기 자신만 이 공간에 있는 것처럼 다른 모든 힘의 간섭을 무화시키며, 차와 자신과 그것을 이끄는 동력만 감각하는 물아일체의 집중력이었다. 밖은 캄캄하고 차들은 최대한 멀찍이 떨어져 간격을 유지했다. 그 사이를 대기중에 은은하게 떠 있어 무게와 부피와 높이를 가늠할 수 없는 안개가 메웠다. 나는 장인이 주는 뭔지는 몰라도 남자에게 그렇게 좋다는 정체불명의 과실주를 받아 마신 터라 곯아떨어졌는데 비몽사몽간에 기가 말하는 걸 들었다. 뭐야 저 차들을 좀 봐, 저렇게 다들 안개등을 켜고 가니까 꼭 별빛 같잖아. 이런 속도로 가다가는 집까지 두 시간은 걸릴 것 같은데 이 곡예운전이 대체 어떻게 끝날지도 모르는데 기는 그렇게 말했다. 마치 동면을 지속해야 겨우 살아남을 수 있던 시절은 다 잊은 봄날의 곰처럼, 아니면 우리가 완전히 차지할 수 있는 것이란 오직 상실뿐이라는 것을 일찍이 알아버린 세상의 흔한 아이들처럼.

레이디

죽은 자들

유나와 내가 친해진 건 유나가 노래를 잘했기 때문이고 그즈음 내가 모든 감정의 발산을 음악 듣기와 뭔가를 끄적이는 일로 해결하고 있었기 때문이다.

학교가 끝나면 함께 다니던 친구들끼리 사십 분쯤 걸어 집으로 돌아가면서 우리는 유나의 노래를 들었다. 유나는 모든 노래를 잘했지만 특히 R&B에 강했고 노래로 우리를 전율시켰지만 웃기기도 했다. 그중 하나가 가사를 엉뚱한 데서 끊어버리는 것이었다. 당시 한국 최고의 가수로 치던 김건모의 〈핑계〉를 부르다 "혼자

남는 법을 내게 가르쳐준다" 하고 평서형으로 노래를 마치거나 전
람회의 〈기억의 습작〉을 애절하게 부르다가 "너의 마음속으로 들
어가볼 수만 있다" 하고 갑자기 선언하듯 마치는 식이었다. 신기
하게도 노래를 그렇게 자르는 일만으로도 연가는 더이상 연가가
아니게 되거나 적어도 애절함의 온도가 낮아져 시시해졌다. 그건
점심시간마다 담벼락 가까이 몰려와서 지시하는 게 뭔지 제대로
알지도 못하면서 섹스했냐, 섹스, 하거나, 좋아하는 여자애들 이
름을 하굣길 아스팔트 위에 백묵으로 커다랗게 '존나 사르' 하고
써놓는 옆 학교 남자애들을 볼 때만큼이나 마음이 시들해지는 일
이었다.

유나가 그렇게 노래를 절단 낼 때마다 애들은 웃긴다며 와르르
엎어졌지만 나는 불쾌했는데 그 사랑 노래들을 사랑 노래인 채로
더 듣고 싶었기 때문이었다. 그러니까 사랑이 그렇게 시시해지기
를 원하지 않았다. 왜냐면 그게 아니라도 세상에는 시시한 것들
투성이니까. 하굣길의 마지막에는 옆집에 사는 유나와 나만 남았
다. 노래 때문에 기분이 상한 날이든 별일이 없는 날이든 일단 나
는 둘만 있으면 침울하고 우울한 정조를 만들면서 나란히 걷지 않
고 몇 발자국 앞서 걸었다. 그러면 유나는 어디 가― 하고 소매를
잡아끌듯 뒤에서 물었고 나는 묻는 말이 반가우면서도 대답을 않
거나 혹은 어디 가, 라고 짧게 끊은 말로 돌려주었다. 말끝을 올
리고 내리는 것으로 누군가는 남겨지고 누군가는 옮겨가는 사람

이 된다는 것, 어쩌면 세상의 많은 일들은 그런 사소한 변별을 가지고 있을 뿐이라는 것에 대해 그후로도 오랫동안 생각해왔다. 그러니까 내가 그 무렵 펜팔을 하고 있던 오사카의 요시키가 자신을 소개하며 나는 일본인과도 미세하게 다르고 한국인과도 미세하게 다르지, 했던 것처럼. 그런데 그런 변별이 지금의 오사카의 요시키를 만들었어, 하는.

사실 요시키는 재수없는 애가 분명하다고 생각했다. 우리는 펜팔을 주선해주는 잡지에서 엑스재팬의 팬이라는 인연으로 만나 이 년째 연락을 주고받고 있었지만 마음을 나누는 교류는 아니었다. 편지는 그냥 우리가 할 수 있는 가장 허황된 말들과 각자의 자랑으로 채워지기 일쑤였다. 펜팔에서 나는 정아가 아니라 엑스재팬의 멤버인 히데의 이름을 썼다. 요시키에게는 나 말고도 엑스재팬 각 멤버들의 역할을 맡은 다른 펜팔 친구들이 있었는데 나에게는 히데 역할을 맡겼다. 내가 그 밴드를 좋아한다고 해도 어떻게 히데의 편지를 쓴단 말인가. 하지만 요시키는 그냥 네 이야기를 쓰고 이름만 히데라고 적으면 된다고 했다. 그러면 나도 편지봉투에 요시키라고 적을게. 그것만으로도 우리는 꽤 행복하리라고 요시키는 말했다.

애석하게도 나는 요시키의 편지를 좋아하지 않았다. 처음 약속과 달리 요시키는 자기가 정말 엑스재팬의 리더인 양 편지를 보내왔으니까. 그 과장되고 유치한 상상력으로 완성된 편지는 눈뜨고

보지 못할 정도였다. 하지만 펜팔 친구를 다시 구해 구구절절 내 소개를 하기란 피곤하니까 "너네도 그렇겠지만 한국의 입시 문제는 정말 심각해, 우리는 고등학교에 들어가기 위해 열 과목이 넘는 시험을 보아야 하지. 존나 후진국이다" 같은 말만 잔뜩 쓴 뒤 히데, 라고 써서 보냈다. 히데ヒデ, 마쓰모토 히데토松本秀人.

유나와 내가 남아 걷는 하굣길에는 순교자들의 성지가 있었다. 천주교가 들어올 때 박해를 받은 천여 명을 기리는 곳이었고 '여숫골'이라고도 불렸다. 그 당시 깊은 밤 사람들의 눈을 피해 모여든 신자들이 예수와 마리아를 부를 때 그 소리가 꼭 '여수 머리'처럼 들려서 붙은 지명이라고 안내판에는 쓰여 있었다. 우리는 그 안내를 매번 반복해서 참을성 있게 읽었다. '여수'는 여우를 가리키는 고향 말이었다. 들리는 이에 따라 마리아가 여우가 되고 여우가 마리아가 된다는 것. 어느 밤 누군가들에게는 여우가 그토록 간절하고 여우가 그렇게 힘이 세며 여우가 그렇게 귀하다고 여겨질 수 있다는 것. 하지만 사실은 여우가 아니라 마리아가 그토록 간절하고 마리아가 힘이 세며 마리아가 귀한 것이었다는 것. 그 작은 착각이 이 무자비한 학살을 만들어냈을지도 모른다는 생각이 들면 사는 게 으스스해졌다.

죽은 자들의 공간을 지나면 이 소읍의 유일한 공원이 나왔다. 공원이라고는 하지만 조금만 걸으면 정비된 풍경은 사라지고 무수한 자갈과 돌덩이들만 쌓여 있는 강가였다. 나무와 수풀도 없이 황량했고 햇볕 아래 자갈들은 흰 것은 더 희게, 노란 것은 더 노랗게 채도를 높였는데 그건 어쩐지 보고 있는 사람을 멍청히 얼빠지게 하는 풍경이기도 했다. 우리는 그렇게 좀 무기력하게 앉아 있다가 둘 중 하나가 우리 햄버거나 먹을까, 하면 다시 움직였다. 대개는 유나였다.

우리가 좋아했던 햄버거집은 차양 위에 만국기를 걸어 어딘가 외국풍의 느낌을 주려 했던, 반은 점포이고 또 반은 보도를 점령한, 숍과 노점의 경계에 있는 곳이었다. 우리는 거기서 주인이 먼지나 티끌이 아무리 내려앉아도 표가 나지 않을 듯한 시커먼 철판에 원형 패티를 지글지글 굽는 것을 지켜보았다. 그리고 빵빵하게 부푼 빵을 집어, 채 썬 양배추와 피클을 넣은 다음 케첩과 마요네즈를 섞은 소스를 뿌리는 광경을. 그 빨간 고무 통은 잘 나오다가도 후직 하는 바람 빠지는 소리를 내며 소스를 엉뚱한 데로 흩뿌렸고 우리는 그때마다 미간을 잔뜩 찌푸렸다. 햄버거를 건네주며 사장은 가끔 학생, 공부하느라 힘들지, 말을 걸었다. 그런데 공부는 해야 해, 지나보니까 그런 생각을 하거든. 아 그때 공부 왜 안 하냐고 후려 패는 부모라도 있었으면 좋았겠다, 내가 그 생각을 하거든. 그러면 유나는 듣고 있다가 자영업이 뭐 어때서요, 하고 무표정하게 대꾸하곤 했다. 아저씨 저도 대학 갈 생각은 없어요, 하고.

유나는 상업고등학교에 진학할 예정이어서 나처럼 성적에 예민하지는 않았다. 나는 자신의 미래에 약간은 무신경해 보이는 유나를 보면서 보석상을 하는 아버지를 둔 덕분이라고 샘을 내기도 했지만 유나의 그런 면이 아니었다면 그렇게 옆에 있고 싶어하지도 않았을 것이었다. 아무튼 햄버거를 받아든 우리는 시장을 통과해 집으로 계속 걸었다. 유나는 몇 걸음 앞에서 뒤로 걸으며 햄버거까지 먹는 묘기를 보이기도 했다. 나는 어른들이란 거칠고 난폭하며 특히 시장에서 더하다고 생각했기 때문에 마음이 조마조마했다. 저러다 분명히 누군가에게 욕을 먹지 싶었지만 그렇게 마주보고 걸으면서 눈을 맞출 수 있는 순간을 어쩌면 종일 기다려왔기 때문에 바람이 불어서 얼굴로 넘어와 있는 유나의 머리카락을 홀린 듯 바라보았다.

그러던 어느 날 유나가 너 방학 때 바다 갈래? 하고 물었다. 그렇게 유나가 바다라는 말을 꺼내는 순간 나는 거세게 불어닥친 바닷바람을 실제로 맞은 기분이었다. 바다라고 하면 언제나 그렇게 파도가 아닌 바람으로 구성된 공간처럼 느껴졌다. 채워졌다기보다는 비워진 곳이었다.

"아빠가 허락하지 않을 거야. 절대 그럴 리가 없어."

주말에 친구들 만나러 외출하는 것도 좋아하지 않는데 친구와 바다를 가다니. 부모는 내가 무슨 꿈같은 얘기를 하나 싶을 것이었다.

"우리 둘만 가자는 게 아니야. 엄마, 아빠가 계모임 하는 사람들이랑 여름마다 서해를 가거든. 텐트를 치고 야영을 하는데 같이 가고 싶어. 내가 전화통화를 해보라고 할게."

나는 얘기를 들으면서 입가에 묻은 그 시큼하고 달달한 소스를 연신 닦았는데 힘 조절을 못했는지 입가가 화끈거렸다.

요시키 군,

사랑을 해본 적이 있는가. 내 마음 찢기게 하고 미쳐가게 하는 이 고통의 현실에서 삶의 끝을 본 적이 있어. 터질 것 같은 내 심장은 날 미치게 만들 것 같았지만, 나는 그 사람을 사랑한다. 사랑이 날 구할 거야.

그날 밤 나는 요시키에게 편지를 썼다. 소녀들을 잔혹하게 살해해 자신의 영원한 아름다움을 위한 제물로 삼은 헝가리의 유명한 귀부인 이야기를 노래로 만든 엑스재팬의 명곡 〈로즈 오브 페인〉을 들으면서였다. 그리고 거기다 내 또다른 우상인 서태지와 아이들의 〈컴 백 홈〉 가사를 적당히 베껴가며 일본어와 한국어로 편지를 썼는데 보름이 지나자 요시키에게서는—역시 노래 가사를 이용한—이런 답장이 왔다.

나는 이미 너무 많은 여자들과 자봤어. 육체의 포식자가 되어

정복했다. 하지만 구원이란 없었어. 몸뚱이에 깔린 채 그런 척 해봤자 천국엔 갈 수 없다는 걸 명심해.

두 멋쟁이

잘 가, 하며 손 흔들고 나서도 우리는 완전히 헤어지는 것이 아니었다. 내 방에서 담장 하나를 건너 유나네 부엌이 있었다. 사 남매가 사는 그 집 부엌은 언제나 시끄러웠고 언제나 무언가를 조리 중이었다. 우리집과는 달랐다. 부모는 맞벌이를 하며 야근이 잦았기 때문에 내가 먹을 음식들은 대체로 냉장고에 차갑게 보관되어 있었다. 그것을 전자레인지에 간단하게 데워 먹고 학원에 갔다가 돌아와도 여전히 그 집에서는 시끌시끌한 인기척이 느껴졌다. 나는 지쳐서 침대에 누웠다가도 유나네 집에서 나는 소리나 냄새에 촉각을 세워보곤 했다. 때론 그만 먹어! 하고 소리지르는 유나 목소리가 들리기도 했다. 이 돼지들아 내 몫을 남겨두란 말이다! 유나네 남동생들은 평균의 중학생들보다는 잘생기고, 훤칠하니 몸매도 좋은 편이었다. 하지만 유나는 오히려 그래서 남동생들을 싫어했고 걔네들의 그런 장점에 대해서도 반감이 있었다.

어쩌면 유나 부모의 태도 때문일지도 몰랐다. 그들은 유나에게 다정했지만 남동생들에게 보여주는 어떤 열의랄까 기대랄까 하는 것이 없었다. 유나가 대학을 가지 않겠다고 했을 때도 마치 그런 것이 그 시절 여자애들이 택할 수 있는 흔한 선택지인 것처럼 큰 반대 없이 받아들였다. 어쩌면 유나의 언니가 이미 상업고등학교에 진학해 잘 다니고 있었기 때문일지도 몰랐다. 유나는 부모가 자신의 미래에 그렇게 욕심을 부리지 않는다는 사실을 특유의 쿨함으로 넘기려 하면서도 때때로 서운함이 이는 듯했다. 아주 죽이 잘 맞는들, 하면서 집안 분위기를 요약하곤 했다.

내가 사랑에 대해서 언급한 뒤로 요시키에게서는 더 진하고 에로틱하고 노골적인 묘사가 든 편지가 도착하곤 했다. 남자애인지 여자애인지 아리송했지만 아무튼 얘는 성욕을 이런 식으로 편지에다 푸나 싶을 정도였다. 나는 요시키가 보내는 그 얼치기 같은 편지를 코웃음을 치면서도 열독했는데 다 읽고 나서는 매번 고개를 흔들면서 유치하군, 아주 소름 돋도록 유치해, 하고 혹평했다.

여름의 바캉스를 준비하는 일은 놀라울 정도로 순조로웠다. 적어도 내 부모의 허락을 받는 데는 그랬다. 부모는 유나의 부모와 전화통화를 해 그 여행이 4박 5일이라는 것, 서해의 해수욕장을 가리라는 것, 함께 가는 구성원은 네 가족인데 우리 또래의 남자애들은 한 명도 없다는 사실을 확인했다. 유나의 남동생들은 어느 단체에서 하는 캠프에 갈 예정이라고 했다. 유나의 부모가 여행비를 따로 낼 필요가 전혀 없다고 했는데도 부모는 뭔가 값을 치르고 싶어했다. 고민하다가 보낸 건 외삼촌이 직접 농사지은 참외였다. 그 참외가 너무 맛있어서 밤새 먹은 유나는 배탈이 나서 학교까지 하루 빠져야 했다. 나는 그것이 외삼촌이 정품 참외가 아니라 B급을 보냈기 때문이라고 생각했다. 외삼촌은 하우스를 하다보면 꼭 B급 참외가 나오고 물에 넣어보면 상태를 알 수 있다고 했다. 그래도 그런 참외들의 처리를 고민할 필요가 없는 것이 트럭 장사를 하는 사람들이 하우스를 돌아다니며 사들이기 때문이었다.

외삼촌은 조부의 땅을 물려받아 농사를 지어 웬만한 살림을 일군 사람이기는 하지만 도시로 나가지 못했다는 아쉬움과 자괴감에 시달리며 종종 폭음을 했는데 그런 외삼촌이 멍한 얼굴로 벽에 기대어 앉아 '내는 왜 학교를 안 보내줬는데' 하는 신세한탄을 시작할 때면 그래도 인근 도시에서 다들 학교를 마칠 수 있었던 다른 외삼촌들은 얼마간은 들어주다가 지겹다 마, 하고 고개를 돌려버리곤 했다. 듣기 좋은 꽃노래도 한두 번이다. 그렇게 해결되지 못한 외삼촌의 분노는 아주 단단하고 오래된 것이어서 꼭 이렇게 물 찬 참외를 형제들에게 보내게 한다는 생각이 들었다. 수확한 참외 중에서 시들시들한 녀석들을 가져다가 고무 다라이에 넣고 참외들이 동동 떠오르기를 기다리고 있는 외삼촌 얼굴이 상상되었다.

결국 누군가의 그런 복심으로 배탈이 나버린 유나를 대신해 양손으로 유나의 노트와 내 노트에 필기를 하면서 나는 그런 복잡한 일가를 속으로 저주했는데, 그러다가도 양손잡이인 내가 그런 묘기를 부릴 때마다 유나가 나의 손을 진기한 보물을 다루듯, 혹은 어느 외계 행성에서 온 괴생명체의 실체를 살피듯 조심스럽게 두 손으로 잡아서 자기 쪽으로 끌어당겨보던 생각이 나면서 마음이 출렁거렸다.

물론 모든 휴가가 그렇듯 약간의 차질이 있기는 했다. 여름방학을 한 주 앞둔 날 유나와 내가 싸우고 만 것이었다. 그것은 웃어넘길 해프닝에 지나지 않을 일이기는 했지만 또 그렇게 넘기기에는 뭔가 마음에 진동을 일으키는 사건이기도 했다. 엉뚱하게도 쉬는 시간 화장실에서 일어난 일이었다. 친구들과 우르르 화장실에 몰려갔다가 내 순서가 되어 들어갔다 나오자 유나가 무슨 농담을 해서 친구들이 웃고 있었다.

"유나가 화장실 문에 기대고 있다가 문득 생각해보니 자기가 그 소리를 듣고 있더래."

"무슨 소리?"

내가 묻자 친구들이 와아 웃었다. 유나는 평소에도 누군가를 잘 놀리니까 친구들은 장난으로 받아들였지만 나는 웃음이 나오지 않았다. 홱 돌아서 교실로 가버리자 그제야 유나가 심상치 않다고 느꼈는지 쫓아와 사과했다. 그런데 그 말 역시 애매했다. 정아야, 일부러 들은 건 아니야, 그냥 들으니까 물소리가 들려서, 들려서 그랬어, 들려서.

나는 그런 유나의 변명에 마음이 풀리기는커녕 얼굴에 더 열이 올라 팩 자리를 피했다. 그러면 유나는 좌절했다가 수업이 끝나면 만회를 원하는 패전 복서처럼 비장하게 자리로 와서 정아야, 미안해, 미안해, 정아야, 했다. 나는 사실 그렇게 웃기지는 않았어, 안 웃겼는데 애들 앞이라 세게 말하고, 사실 누구나 화장실을 가고 화장실을 가면 당연히 그렇고 너도 싸고 사람들도 싸고 다 싸는데— 그만해! 점점 더 아슬아슬해지는 사과의 파고를 견딜 수 없어 소리지르자 유나는 바로 입을 다물었다. 누군가 잠그지도 않고 달아나버린 수도꼭지에서 물이 흐르는 운동장 개수대 앞이었다. 나는 단추를 잠그지 않아 U자로 유순하게 벌어진 유나의 셔츠 깃이며 초조한지 무릎을 굽혔다 폈다 하면서 아이처럼 조르는 유나의 얼굴을 쏘아보았다. 볕이 드는 운동장은 진기가 있는 붉은 흙으로 된 황무지였고 어디선가 매미들이 한 번에 울었다가 또 한 번에 멈췄다. 얼마 후 나는 좀 거만하게 손을 내밀었는데 아이고 살았다, 하면서 유나가 그걸 잡아 품에 안았다. 그때 나는 아직 보름도 더 남은 바캉스가 벌써 시작된 기분이었다.

해수욕장에 쳐진 텐트는 여섯 개였다. 나는 유나의 부모와 함께 텐트를 써야 할까봐 긴장했지만 다행히 그렇지는 않았다. 우리는 혼자서 이 바캉스에 참가한, 유나가 '란제리 이모'라고 부르는 여자의 텐트로 배정되었다. 이모는 공동으로 사용하기 위해 텐트들 중앙에 설치한 캐노피에 주로 나가 일행들과 어울렸기 때문에 우리 둘만의 텐트나 다름없었다. 유나는 한 평도 안 되는 텐트 안을 꼼꼼하게 정리했다. 물놀이를 나갔다 오면 수영복을 나뭇가지에 널었고 가슴에 넣는 패드는 텐트 안으로 가져와 말렸다. 나는 여기가 낯선 곳, 낯선 사람들 속이라는 이유로, 딱히 낯을 가리지도 않으면서, 소극적인 태도로 일관하느라 유나를 돕지도 않았다. 그러면 유나는 걸레로 바닥을 밀면서 나에게 옆으로 좀 가봐, 다리 좀 들어봐, 야, 너 바지가 흙으로 엉망이다, 하면서 투덜댔다. 우리가 과자를 먹고 우리가 수다를 떨고 우리가 물장구를 치러 나갔다가 돌아와 수영복을 갈아입으며 키득거리고 있으면 바람에 그늘막이 부풀어올랐다가 내려앉으며 입으로 모래 알갱이가 날아들어와 씹히곤 했다. 나는 입안에서 모래들을 굴리면서 어떻게든 녹여보려고 했다. 아무 맛도 없이 그저 혓바닥 안으로 들어와 그 작고 까슬함만으로 모—래—라는 것을, 가볍고 작아서 존재조차 없는 듯하지만 분명히 있어서 그것이 모—래—임을 끊임없이 상기시키는 알갱이들과 싸우듯 고집스럽게 입속에서 굴리다가 결국은 뱉었다.

　서해의 그 해수욕장은 주기적으로 바닷길이 열려 맞은편의 작은 섬까지 걸어갈 수 있는 곳이었다. 우리 일행이 그 날짜에 여행을 온 것도 '모세의 기적'이라는 그 현상을 보기 위해서라고 했다.

예보대로라면 이틀 뒤 바닷길이 열릴 것이었다. 해수욕장에서 휴
가객들을 휩싸는 기대나 흥분이란 그 정도인 것 같았다. 핫도그
나 번데기 따위를 사러 노점에 갔다가도 행락객들은 그거 언제 열
리지요? 하고 괜히 물었고 그러면 파는 사람도 모레면 될 거예요,
벌써 물이 좀 마르잖아요, 하고 응수해주었다. 나는 보름달이 차
면 열린다는 그 기적의 길이나 물 빠진 갯벌에서 잡을 수 있다는
물고기나 조개 따위에는 관심이 없었다. 그저 유나가 옆에 있다는
사실에 집중했을 뿐이었다. 나는 튜브를 끼고 바닷물에 둥둥 떠다
니면서 물결에 따라 가까워졌다 멀어졌다 하는 유나를 보면서 요
시키에게 보낼 편지의 문장들을—요시키는 내 마음을 들려줄 수
있는 유일한 상대이니까—수면에 써보곤 했다. 예뻐, 눈이 부셔,
부드러워, 키라키라 히카루 소노 히토미, 반짝반짝 빛나는 그 눈
동자. 하지만 손가락을 아무리 길게 뻗어 써도 사랑의 문장은 다
지워지고 없었다. 손가락이 잠겨 있던 수면의 온도만이 남을 뿐이
었다. 이제 밤이 올 것이었고 그전에 먼저 석양이 물들었다. 우리
는 상추라도 씻으라는 어른들의 말을 듣지 않고 둘이서 가능한 한
해변의 가장 끝까지 걷기로 했다. 그렇게 야영장에서 멀어져 마침
내 우리만 남게 되었을 때 붉은 하늘과 지겹도록 밀려오는 파도
사이에서 유나는 노래를 불렀다. 인기 팝송을 모아놓은 컴필레이
션 앨범에 실려 있던 재닛 잭슨의 노래였다.

　"정아야."

유나는 해변에 밀려와 있는 깡통 하나를 다시는 나오지 못하게 하려는 듯 모래밭 속으로 묻으며 나를 불렀다.

"어."

"왜 어, 라고 해. 응이라고 하지 않고."

"어, 나는 어가 좋아."

"어가 좋아?"

"응."

"야 너 지금은 왜 응이라고 해?"

"지금은 응이 좋아서."

"정아야, 재닛 잭슨이 사실은 마이클 잭슨이 여장한 거래."

"말도 안 돼."

"말이 안 되지?"

"안 돼, 초능력자도 아니고 그 스케줄을 어떻게 다 소화해?"

"그래도 그런 일이 벌어지면 신기하지 않겠어?"

"뭐가 신기해?"

"마이클이기도 하고 재닛이기도 하다면 말이야."

나는 마이클이기도 하고 재닛이기도 한 누군가의 노래를 부르는 유나의 목소리에 가만히 귀기울였다. 다행히 노래는 갑자기 끊기지 않고 계속 들려왔다. 캔을 다 묻은 유나는 가자, 하고는 이 긴 산책을 마치려고 다시 텐트 쪽을 가리켰는데 그때 해변의 바위 언덕 위로 아저씨 두 명이 무슨 음악인가를 틀어놓고 춤을 추는 장면이 눈에 들어왔다. 한 명은 너무 말라서 볼품없는 몸이었고 한 명은 헐렁한 하와이안 셔츠를 풀어헤친 거구였는데, 바람에 옷이 날려 배가 다 드러나든 말든 팔을 까불고 다리를 제멋대로 흔들어젖히며 막춤에 빠져 있었다. 노을이 지는 해변가 절벽에서 그렇게 사생결단의 몸짓으로 춤을 추고 있는 두 명의 댄서를 우리는 홀린 듯 바라보았다. 그들이 빠져 있는 무아지경의 춤사위를. 그러다 멋지네, 하는 유나의 중얼거림을 신호로 그들을 등지고 다시 텐트 쪽으로 걷기 시작했다.

진흙

고기를 구워먹고 텐트로 돌아와 싸우는 건지 왁자하게 떠드는 건지 알 수 없게 계속되는 어른들의 대화를 피해 텐트에 누워 나는 밤은—으로 시작하는 문장을 생각해보았다. 밤은, 이라고 입을 열면 무수한 말들이 장작불의 불씨처럼 떠올랐다가 사라졌는데 그렇게 문장을 잇지 않고 그냥 두는 것만으로도 충분히 애틋해졌다.

"유나야."

나는 괜히 불렀다. 할말이 있다기보다는 파도 소리가 너무 가깝게 들리고 우리는 어른들의 캐노피에서 떨어져 있으며 유나가 밀착해 있었기 때문이었다. 그 고립감은 소중해서 눈물이 날 것 같았고 마치 햇볕에 달궈진 모래밭을 밟았던 아까의 낮처럼 몸이 따뜻해지는 느낌이었다. 그렇게 따뜻해진다는 것은 어쩌면 나 자신이 별이 된다는 것은 아닐까. 측정할 수 없는 정도의 열기를 갖게 되어 눈부시게 밝아진다는 것은 아닐까. 그래서 나는 유나에게 무슨 말이든 하고 싶었는데 텐트의 천장을 보고 있던 유나가 고개를 돌리지는 않고 손을 뻗어 내 손을 잡았다.

"정아 너 서울 한강에 괴물 사는 거 아냐?"

"정말이야?"

"그래도 서울 갈 거지?"

"한강에 가까이 안 가면 되지."

"서울 살면서 한강에 어떻게 안 가?"

"안 간다면 안 간다. 내가 줏대 빼면 시쳅데."

"근데 너 밤에 화장실 가면 물 내리지 마라."

"왜?"

"화장실 귀신이 깬다잖아, 싸기만 하고 물은 아침에 내려."

"야."

"왜?"

"그 단어 쓰지 마라, 그거 쓰지 마, 금지어야."

유나는 내 손을 끌어당겨 자기 입술 위에 올려놓고는 미안해, 라고 했다. 그때 누군가가 자갈밭을 밟으며 가까이 오는 소리가 들리더니 텐트 앞에 쪼그려앉았다.

"얘들아, 나 들어간다."

"이모 끝났어요?"

"그래, 파장했다, 시마이."

나는 손을 놓으려고 했지만 유나는 그러지 않고 다만 까슬한 홑
이불 아래로 감췄다. 이모는 텐트의 랜턴을 환하게 켜고 크림을
발라 화장을 지웠다. 은근한 오이 냄새가 나는 크림이 이모의 얼
굴을 덮자 유나가 이모, 그거 무슨 크림이에요, 하고 물었다.

"이거? 콜드크림."

"이름이 콜드크림이에요?"

"응, 콜드크림이야."

"이름이 왜 그래요?"

"이름이?"

이모는 그렇게 물으며 취기와 번들번들한 크림과 지워지다 만
화장이 남은 얼룩덜룩한 얼굴로 그 주먹만한 크림 통을 들여다보
았다. 마치 처음 보는 사람처럼 의아하게.

"원래 그런 걸 뭘."

이모는 약간 새침하게 결론 내리고 얼굴을 닦아낸 뒤 양팔을 위
로 올려 기지개를 켜더니 이내 코를 골았다. 얼마 후에 누군가가
와서 미자씨, 미자씨, 자요? 하면서 텐트를 흔들어서 놀랐는데 퍼
뜩 잠이 깬 이모는 아 작작 좀 먹고 자요, 한시가 넘었어, 하고 짜
증을 냈다. 그러자 그 남자는 해변이 이렇게 좋은데 왜 잠을 자고

있어요, 죽어서 실컷 잘 잠을, 하면서 자갈을 밟으며 돌아갔다.

그리고 남자의 말대로 그렇게 좋은 해변의 밤이 흐르는 동안 우리는 이모가 깨지 않게 소곤소곤 속삭이며 누군가들에 관한 흉을 보고 괜히 과격하게 그 기지배를 없애버릴 거야, 같은 선언을 하다가 누가 먼저랄 것이 없게 서로의 뺨에 손을 가져다댔는데 안경을 벗어서 시야가 흐릿해진 가운데 거기 유나가 있다는 것을 확실히 느끼기 위해서는 만져볼 수밖에 없었다. 곱슬거리는 유나의 머리카락 안에 손을 넣으면 거기는 분명 다른 곳과는 다르게 따뜻했고 한 손에 다 들어오는 가슴이나 걱정스러울 만큼 좀 차가운 듯한 배—배앓이를 하면 어쩌지!—그리고 유나가 내 쪽으로 몸을 완전히 밀착해서 꼭 껴안았을 때 나는 텐트의 벽 쪽으로 밀리지 않게 그 체중을 감당했는데 그뒤로도 우리는 우리가 할 수 있는 다양한 방법으로 가까워지기 위해 애썼다. 나는 요시키식의 육체의 포식자는 아니었지만 성애를 표현할 수 있는 방법을 물론 알고 있었다. 하지만 적어도 그런 것들을 유나를 대상으로 어떤 흥분에 사로잡혀 두서없이 사용하고 싶지는 않았다. 나는 그저 입고 있던 파자마와 속옷을 벗고 맨다리로 유나를 끌어안았다. 그러자 유나도 옷을 벗고 나를 자기 쪽으로 끌어당겼는데 문득 유나가 이제 어떻게 하지? 하고 귓가에 속삭였다.

"어떻게 하고 싶은데?"

내가 작은 소리로 되물었다.

"최선을 다하고 싶어."

나는 그 진지한 말투가 우스워서 폭 하고 웃고 나서 그래, 최선을 다하자, 하고 대답했다.

해변의 관광객들은 전날보다 더 늘어 있었다. 그들은 대개 자그마한 플라스틱 통을 들고 왔지만 길이 열리지 않은 지금은 필요 없어서 그것들은 각자 다른 깊이로 모래밭에 처박혀 하릴없이 바람을 맞을 뿐이었다. 어른들은 낮에도 내내 술을 마셨는데 그러다가도 수평선 어디를 가리키며 거기서 일어날 일에 대해 이야기했다. 사실 그 옛날 모세라는 인간이 보여준 기적이란 고작 그런 조수 간만의 차를 이용한 것이 아니었겠냐고 했다. 결국 위대한 성인이 아니라 사람들의 무지와 맹목이 기적을 만들어낸다고. 그런 말을 한 건 어제 텐트 앞까지 와서 이모를 부르던 어느 회계사 사무실 직원으로 일한다는 남자였는데, 분위기로 봐서는 이모와의 소개팅 삼아 계원 중 하나가 데려온 듯했다. 아주 앙상하게 마르고 안경을 쓴 그치는 자리에 있는 모든 남자들을 사장님이라고 불렀고 여자들은 여사님이라고 했는데 이모에게만은 미자씨, 라고 했다. 그러면 이모는 약간 정색을 하며 나도 사장이라고 불러요, 나도 지하상가 사장이야, 했다.

점심을 먹고 나서 유나가 다른 집 꼬맹이들과 공놀이를 하는 동안 나는 텐트 안에서 요시키에게 편지를 썼다. 중고서점에서 산

한일사전을 펼쳐가며. 아마 오사카에서는 요시키가 일한사전을 펼쳐가며 편지를 쓰고 있을 것이었다. 요시키는 한국어를 알아 불행해졌다면서도 한국어를 편지에 꼭 섞어 썼다. 재일동포인 자기 부모는 어떤 놀람, 비보, 경고, 힐난, 성적 뉘앙스, 부채 등을 부부 사이에 논할 때만 한국어를 썼는데 부모의 짐작과는 달리 요시키는 이런저런 방법을 통해 이미 한국어를 꽤 익혀서 상당히 알아듣는 상태였다. 그러니 불행은 불행이었다. 나는 전날 밤 그 경이로운 사랑의 경험을 어떻게 전할까 궁리했다. 언제부터인가 받아들고 나면 축축하고 시큼한 땀내 같은 것에 젖어 있는 듯 상상되는 요시키의 편지들을 상쇄할 수 있을 만큼 힘있게. 나는 연필 뒤 꼭지를 자근자근 물었고 나무 부스러기가 나오면 퉤퉤 뱉었다.

요시키에게
사랑이란 무적의 함대가 닻을 내려서 육지에 상륙하듯 누군가를 차지하는 것이 아니란다. 그래서 히데인 나님이 노래했지. 허리를 돌리는 횟수를 세어봐도 기분이 나질 않잖아. 네가 좋아하는 식스티나인이 만일 사랑이라면 그건 가짜. 우리는 파도가 끊이지 않듯 최선을 다해 노력할 뿐.

나는 그렇게 알쏭달쏭하게 어젯밤을 요약하면서 어차피 요시키 같은 애야 못 알아들어도 상관없다고 생각했다. 어른들은 유나와 나를 앞세워 이모와 남자더러 해변 산책을 하라고 했다. 둘만의 시간을 만들어주고 싶었던 어른들은 우리가 중학생인 것도 잊었는지, 우리가 무엇을 관찰하지도 알아채지도 못하고 훌륭한 화동 역할을 해주리라 생각했는지 그 산책을 주선했다. 우리는 어제 춤추는 두 멋쟁이들을 보았던 절벽에 가볼까 했지만 남자가 완전히 반대쪽을 가리키며 저기 해변에 팔각정이 있다고 했다. 여기서 보아도 그 팔각정은 너무 멀고 아무도 없어서 가봐야 시시할 것 같은데 남자는 그것이 아주 중요한 듯 팔각정이 있는 데는 이유가 있다고, 그곳에는 분명 굉장한 경관이 있으리라고, 그렇지 않으면 사람들이 그것을 세웠을 리가 없다고 주장했다.

결국 우리는 절벽에서 춤추는 두 멋쟁이들을 보았던 편과 완전히 반대쪽으로 걸었다. 나는 남자와 이모를 위해서가 아니라 간밤에 있었던 우리의 행위를 유나와 이야기하기 위해서 그들과 거리를 유지해 걸었다. 우리와 가까운 어른들은 언제든 '예수 마리아'를 '여우 머리'로 알아들을 수 있고 우리는 누가 그러고 누가 그러지 않을지 알 수 없으니까. 그건 들키면 안 된다는 두려움이라기보다는 내보이고 싶지 않다는 의지에 가까웠다. 뒤따라오는 남자와 이모의 대화는 대체로 술에 관한 것이었다. 남자가 계속해서 막걸리 안주로는 에이스예요, 에이스라니까요, 하면 누가 궁상맞게 에이스를 먹어요? 막걸리 안주로는 늙은호박전이죠, 하고 이모가 대꾸해주었다.

"호박전이랑은 다릅니까?"

"아주 다르죠. 단맛이 남다르죠."

"늙은호박이 달아요?"

"달죠."

"호박이 얼마나 늙으면 늙은호박이 됩니까?"

그러자 이모는 다리를 벌려서 갯바위를 건너다 말고 하하하 하고 웃었는데 실크로 된 이모의 노랑 치마가 바람에 아주 거세게 탈탈탈 흔들렸다.

"그거 아예 다른 거예요. 호박이 늙는다고 늙은호박이 되지를 않는다고요. 똑똑한 양반인 줄 알았더니만 아니네."

이모의 핀잔은 공격적이었지만 그것이 또 에너지가 되어서 대화에 활기를 불어넣었다. 둘은 서로의 대화에 집중하느라 우리 따위에게는 신경쓰지 않았고 그제야 우리는 겨우 간밤의 일에 대해 이야기할 수 있었다. 한낮의 태양 아래 점점 머리가 뜨거워졌지만 그래도 눈앞에 보이는 팔각정까지는 가야 했기 때문에 걸음을 멈출 순 없었다.

"몸이 안 좋아?"

"열이 나는 것 같아."

나는 팔을 내밀어 유나를 잡았고 땀이 나서 미끌미끌한 그 팔은 잡기에는 너무 가늘고 연약하다고 생각했다. 그러자 좀 슬퍼졌는데 우리가 뭘 가진 것이 없다는 생각 때문이었다. 그건 빈곤함에 대한 자각 같은 것이었다. 우리가 몸을 만질 때나 함께 걸을 때나 사랑해, 라고 표현하고 싶을 때마다 나는 마음에 비해 그걸 드러낼 방법이 없다는 생각을 할 수밖에 없었는데 그건 원래 없다기보다는 우리의 무지와 연결되어 있는 것 같았다. 애초에 없는 것이 아니라 가지지 못한 것 같았다.

팔각정은 경사진 바위 언덕에 있었다. 마침내 언덕에 올랐을 때 우리는 난간의 일부가 부서져 있는 정자와 소금기 있는 바람에 녹이 슨 채 한편으로 기울어져 박혀 있는 해수욕장의 안내판을 발견했다. 해변가의 식당들에서 긴 호스를 연결해 거기로 생활하수를 배출하고 있는 것이 보였다. 밥풀과 미역 줄기 같은 것들이, 생선 가시와 채소의 껍질들이 썩어가고 있었다. 남자는 자신의 확신이 틀렸음을 인정하지도 않고 굳이 읽을 필요가 없는 안내판을 크게 소리쳐 읽었다.

이곳의 양질의 천연 바다 진흙은 미네랄이 풍부하고 게르마늄, 벤토나이트 등 인체에 유익한 성분이 함유되어 남녀노소 모두 즐길 수가 있으며 백사장 길이 1.5킬로미터 수심 1~2미터 수온 섭씨 22도, 경사도 4도의 해수욕장은 매월 음력 보름날 기적의 바닷길이 열려 아이에서 노인까지 가족 동반 행락객들이 끊이지 않는다. 젊은 연인들에게는 추억 만들기의 장소로서 가족 단위 휴양지로서 해양 스포츠의 메카로서 외지인의 발길이 끊이지가 않으며 서해안 최고의 휴양지이자 국제적 관광명소로 자리매김하고 있다. 젊음과 낭만, 안락함과 자연미가 함께 어우러진 이곳은 1928년 서해안 최초로 개장된 해수욕장이다.

돌아와 점심을 먹는데 이제 다른 일에는 흥미를 잃었는지 일행들이 나에게 질문을 던지기 시작했다. 나와 유나 중에서 누가 더 공부를 잘하는가 하는 시시한 질문이었고 유나는 당연히 정아가 더 잘한다고, 얘는 어쩌면 고등학교를 서울에서 다닐지도 모른다고 했는데 그렇게 우리가 비교되는 것이 불편했는지 유나의 엄마가 빈 그릇에 반찬을 더하며 요즘 애들은 다 저렇게 똑똑해요, 똑똑하다니까 우리 유나만 어리숙하지, 라고 말했다.

"유나 하나도 어리숙 안 해요. 학교에서 잘해요, 유나도……"

나는 그렇게 유나 편을 들기 위해서 그간 거의 한 번도 열지 않았던 입을 열었는데, 그 뒤에 이어야 할 말이 갑자기 떠오르지 않았다. 학교에서 유나란, 유나의 그 생기란 쉬는 시간 아이들과 어울려 떠들거나 농담할 때 가장 빛을 발하는데 그 순간 우리에게 그것이 얼마나 소중한가를 말로 전하기는 어려웠기 때문이다. 하지만 어른들은 드디어 이애의 목소리나 좀 들어보겠구나 하는 호기심이 깃든 표정으로 나를 바라보면서 기다렸다. 그러니까 바캉스 일행들이 간밤의 안주를 모아서 끓인, 그들조차도 '잡탕찌개'라고 부르는 음식을 먹다 말고 불쑥 대화에 끼어든 열여섯 여자애의 대답을. 나는 그렇게 매번 휴가를 같이 오고 그렇게 다들 늙었으면서도 유나가 얼마나 훌륭한지조차 알지 못하는 어른들이 멍청하다고 생각해 속을 끓이면서 시간을 끌다가, 이윽고 노래를 잘해요, 라고 했다. 어른들은 아 노래, 하면서 내 말투를 따라 하고는 슬쩍 웃었다.

하늘이 흐려진 건 그날 저녁이었다. 예보와는 다르게 먹구름이 짙게 끼더니 곧 큰비라도 올 듯 바람이 불었다. 나는 열이 심해져 바닷물에 들어가지 못했다. 몸이 아프자 다른 모든 기척들에 예민해져서 혼자 텐트에 누워 있는데 나를 두고 유나가 어디선가 잡아 온 물고기를 구우려는 제 아버지 옆에만 있는 것이 신경쓰였다. 점심의 그 대화가 지나고 유나가 차라리 말을 말지, 하고 불평했기 때문에 더 그랬다. 거기서 노래 얘기가 왜 나와, 라고.

유나의 아버지가 유나에게 기지배가 다리통이 그렇게 굵어가지고, 너 그렇게 싸가지가 없어서 시집을 어떻게 가니 같은 말을 자꾸 하자 유나도 거기에는 지지 않아서 다리통은 아빠 닮아서 그런 걸 어쩌라고, 시집 안 갈 건데 대주보석 이어받아서 천년만년 아빠 옆에서 살 건데, 같은 말로 되받아쳤는데 그러다가도 죽이 맞아서 신문지를 더 가져와라, 생선을 뒤집어라 하면서 힘을 합쳤다. 그제야 나는 여기가 바닷가, 내 가족이란 한 명도 없는 낯선 이들만 가득한 해안가라는 사실이 실감났고 집이 그리워졌다. 담장 너머로 유나네 집의 기척을 살피며 밤을 나던 때와 그리 다르지 않은 느낌이었다. 이윽고 생선을 다 구웠는지 유나가 텐트 지 퍼를 열고 밥을 먹으라고 했지만 나는 먹지 않겠다고 했다. 유나 는 나를 살피더니 알았어, 좀 자, 하고는 밖으로 나갔고 자기 엄마 에게 전달하는 소리가 들렸다. 다 들은 유나 엄마가 외동딸이라 부모가 너무 과보호를 했나봐, 공부를 잘하면 뭐하니 저렇게 사교 성이 없어서, 하는 소리가 텐트까지 들려왔다. 그리고 유나가 무 심하게 응 엄마, 좀 그렇지, 하는 것이.

비가 내리면서 다들 텐트 안으로 들어갔다. 다만 그렇게 허투루 밤을 보낼 수 없는 남자만이 이모를 붙들어 앉히고 캐노피에서 맥 주를 마셨다. 비가 얼마나 오는지 한 번씩 불룩하게 배가 나온 천 막을 빗자루로 쳐서 물을 비워야 할 정도였다. 이모는 남자를 좀 한심해하는 편이었지만 그래도 텐트 안에서 시간을 보내고 싶지 는 않았는지 새우깡 봉지를 몇 개씩 뜯어가며 대거리를 해주었다. 유나는 자기 부모의 텐트에 가서 돌아오지 않았다.

어떤 슬픔과 분노 같은 것에 사로잡혀 있던 나는 텐트의 방충망 까지 나와, 완전히 우리를 휩쓸고 지나가버릴 것처럼 퍼붓는 비와 그 속에서도 구애의 밤을 이어가기 위해 고군분투하는 남자의 안 달난 마음 그리고 이모가 그의 얘기를 듣다 말다 하면서 손가락으 로 자기 파마머리를 쓸어올리는 풍경을 바라보았다. 이윽고 두 사 람은 자리에서 일어섰고 서로 같은 방향으로 걸어가려다가 부딪 치자 남자가 아우 레이디 퍼스트이지요, 하고 마치 공주를 모시듯

이모에게 허리를 숙여 방향을 가리켰다. 텐트로 들어온 이모는 콜드크림을 척척 발라 화장을 지우다가 그게 뭐가 그렇게 인상적인 단어였는지 레이디, 하면서 피식 웃었다. 그리고 랜턴을 끄려다가 나와 눈이 마주치고는 너 얼굴이 왜 그래, 하고 놀라서 물었다.

"제 얼굴이 왜요?"

이모는 그 어둑어둑한 랜턴 불빛 아래에서 나를 뚫어지게 응시하다가 이내 "너무 슬퍼 보인다, 얘"라고 했다.

그 밤 이모가 수건을 여러 번 갈아가며 열을 내려준 덕분에 버틴 나는 바캉스 팀의 골칫거리가 되었다. 병원을 데려가려 해도 그랬다가 다시 이 빗구덩이의 텐트로 데려온다는 게 말이 안 되고 집으로 데려다주려고 해도 그렇게 누군가가 휴가를 포기해야 하는 상황은 곤란한 것 같았다. 말을 직접적으로 하지는 않았지만 유나의 부모는 그냥 감기잖아, 감기인데 뭘, 하면서 내게 아침에 신김치를 넣어 끓인 국을 떠주며 아줌마가 간호해주면 괜찮지? 감기쯤은 이겨낼 수 있지? 하고 달랬다. 그러자 유나도 정아야, 괜찮지? 할 수 있지? 하고 용기를 북돋웠는데 나는 유나의 그 말 때문에라도 더이상 버틸 수 없을 것 같은 기분이었다.

다행히 비는 그쳤고 다시 해변은 아주 뜨거워졌다. 약속한 시간이 되자 정말 바닷물이 저편에서 누군가 세게 잡아당기듯 줄어들기 시작했고 이미 그때부터 사람들이 해변에 줄을 서기 시작했다. 나는 해변가의 벤치에 앉아 열이 올라 욱신욱신한 귀의 통증을 참아가며 바닷물이 사라지고 이윽고 드넓은 갯벌이 드러나는 것을, 수면 아래 안전하게 잠겨 있던 물고기며 갯지렁이 같은 것이 그 뜨거운 태양 아래 적나라하게 드러나면서 관광객들이 경쟁하듯 양동이를 들고 뛰는 장면을 지켜보았다. 유나는 자기도 뭔가를 잡아오겠다며 손을 흔들고 갔는데 그렇게 해변의 벤치에 나와, 아까부터 조는 듯 아닌 듯 고개를 아래로 떨구고 앉아 있는 노인만 남았을 때 나는 담요에 얼굴을 묻고 엉엉 울었다. 그 기적의 길을 걷지 못한 채 끝나는 여름 바캉스가 아쉬워서가 아니라, 몸살 때문이 아니라, 세상이 지금 저 광경처럼 아주 거대한 반구 모양의 세숫대야에 불과하다면 손을 담그고 마구 흔들어 진흙탕으로 만들어버리고 싶은 충동과 함께, 그런 맹렬한 적의와 분노로 이제 모든 게 철저히 망가지거나 훼손되어 다시 찾을 수 없을 것 같다는 예감이 들었기 때문이었다.

애러비

그뒤로 나는 그 소도시에서 사 년간 더 산 끝에 서울로 대학을 오면서 그곳을 떠났다. 그 도시에 살았다기보다는 그 집에서 살아냈다는 말이 더 사실에 가까울 것이다. 변화를 싫어했던 부모는 바캉스에서 돌아온 내가 안방과 공부방을 바꿔달라는 요구를 하

는데도 무심히 흘리다가 성적이 떨어져 연합고사를 망치고 나서
야 실행에 옮겼다. 초등학생 때부터 쓰던 방이라도 도저히 그 방
에 있을 수 없는 감정이 별안간 생겨나기도 한다는 걸 부모는 끝
끝내 이해하지 못했다. 갑자기 그런 것이 어떻게 생겨나 이토록
난폭하게 마음을 뒤흔드는지. 나는 더 나이가 든 뒤에야 그런 마
음이 두려움 때문일지 모른다는 생각을 했다. 결국 유나와 내 관
계에서 상대를 믿지 못한 건 내가 아니었을까, 하는. 연가가 연가
가 아니게 되면서 무섭게 종결되는 순간이 싫었던 것은 그게 내가
만성으로 젖어 있는 상태이기 때문이 아니었을까 하는. 하지만 이
미 말했듯이 그 모든 이해는 나중의 일이었다.

유나와 멀어지면서 나는 새벽 공기에 민감한 아이가 되었다. 아
침에 일어나 냉장고의 반찬으로 대충 도시락을 싸서 들고 손잡이
를 돌려 다시 현관문을 열 때마다 얼굴을 덮는 그 공기. 그리고 혹
시 유나를 마주치지 않을까 싶어 등에 비늘처럼 돋던 긴장 같은
것. 내 앞에 펼쳐지는 골목 풍경이 어떠한가에 따라 그 공기는 아
주 다르게 느껴졌다. 그러니까 유나네 집에 불이 켜져 있는가 꺼
져 있는가 아침에 배달되는 우유 주머니가 비어 있는가 채워져 있
는가 발자국이 있는가 눈이 오는 날에 또는 비가 와서 진흙길이
된 날에 260밀리미터에 가깝게 발이 커서 언제나 다른 애들보다
두어 걸음 앞서나가는 듯 느껴졌던 발자국이 골목으로 나 있는가.
그런 하루하루는 더이상 유나와 내가 가깝지 않다는 점에서는 변

별되지 않는 일상이었지만 아무리 그래도 어떤 사소한 변별조차 없는 새벽은 없었다. 현관문을 열고 밖으로 나가는 매 순간 유나가 떠올랐고 그것이 내 마음을 흔들면서 그 여름의 바캉스도 무수한 순간 무수한 장면으로 기억 속에서 변주되었다.

대학을 다니고 아르바이트를 하며 정신없이 이십대를 보내는 가운데 기억들은 희미해져도 이런 물음만은 더더욱 선명해져갔는데 그것은 엉뚱하게도 한강에 괴물 사는 거 아냐, 하던 유나의 말이었다. 나는 과외를 하고 2호선을 타고 강북으로 돌아올 때나 교수들과 함께 일식집 어느 다다미방에 앉아 사케 따위에 취해갈 때면 늘 그 말이 생각났다. 더러는 취해서 정말 한강변에 가서 어떻게든 정신을 차리기 위해 아이스바 따위를 빨면서 강을 지켜보기도 했는데 그럴 때는 정말 어두운 수면에 무언가가 동동 떠오르는 것 같기도 했다. 대체로 그런 부유물들의 정체는 알 수 없거나 깡통 같은 쓰레기, 혹은 물고기이거나 그저 환상이었다.

우리가 가능한 한 가까워지기 위해 파자마를 벗고 서로를 끌어당겼던 밤과, 마치 상관없는 사람 얘기를 하듯 엄마의 혹평에 유나가 동의했던 어느 밤, 그리고 회계사 사무실 직원에게 들은 레이디, 라는 단어가 여름 빗소리를 뚫고 반짝이던 밤 사이에는 어떤 공통점이 있는 건가. 아니면 어떤 변별이 있는 건가. 그렇게 생각하다보면 그 모든 기억이 간직할 필요도 없는, 아주 상스럽고 볼품없는 외삼촌의 물 찬 참외나 다름없는 것들로 느껴져 버리고 싶은 충동이 들기도 했다. 하지만 그럴 수 없었던 건 끝까지 남겨 두었던 요시키의 마지막 편지가 그 모든 폐기에 저항하기 때문이었다.

마쓰모토 히데토 군,
난 빗속을 걷고 있어. 멈추지 않는 비가 내 마음의 상처를 적셔. 증오와 비애를 잊게 해. 즐거운 날들과 슬픈 날들이 서서히 내 곁을 지나가고.
붙들려고 하면 사라져버리는 당신.

내가 답장을 쓰지 않게 되자 몇 년간 편지하지 않던 요시키는 엑스재팬의 명곡인 〈엔들리스 레인〉의 가사를 마음대로 변형하거나 중간에 끊지 않고 끝까지 적어 보내왔다. 히데가 죽은 해에 도착했기 때문에 나는 다른 편지는 다 버렸지만 그것만은 간직했다. 그리고 히데가 죽은 것은 정말 사실이었기 때문에 당연히 답장은 쓰지 않았다. 죽은 사람에게서는 더이상 아무런 소식도 전해지지 않으니까. 그래서 요시키의 마지막 편지는 내 십대 시절과 유나를 증명하는 유일한 물건이 되었다.

고향에 머무는 동안 학교에서 멀리 뒷모습을 본 것 이외에는 한 번도 유나를 마주치지 않았다는 건 이후에 생각해도 좀 기이한 일이었다. 바로 옆집인데 어떻게 한 번 문이 마주 열리지를 않았을까. 그 숱한 날들 중 하루쯤 그런 우연이 작동했다면, 유나를 보거나 적어도 그 집 어딘가에 놓인 유나의 물건들이라도 보았다면, 그 작은 차이로 일었을 변화에 대해 상상하는 일은 마음의 문제인 동시에 언제나 몸의 문제였다. 그래서 나는 그 집의 초인종을 누르거나 해서 유나를 불러내지 못한 것이었다. 옆집에 사는 유나, 마음만 먹으면 어디 가— 하고 부르는 것만으로도 다시 대면할 수 있는 유나, 함께 순교자들의 성지에 쓰인 여우가 아닌 마리아에 대한 설명을 반복해서 읽어내려가던 유나가 그리워지던 날에도.

하지만 그런 재회는 결국 이루어지지 않았고 나는 그것이 기적과도 같은 불행이었다고 생각했다.

문상

부음을 듣고 대구로 내려가면서 송은 희극배우의 잘못된 선택
들에 대해 생각했다. 희극배우는 자기 인생이 그런 선택의 연쇄이
며 그런 연쇄들 끝에 희극배우가 됐다고 했다. 시작은 아주 작은
세포 덩어리에 지나지 않았을 때 실수로 남자가 돼버린 것이었다.
송이 그런 걸 기억해요? 그런 걸 어떻게? 하고 마지못해 궁금해하
자 희극배우는 진지한 표정을 지으며 기억합니다. 라고 말했다.
　　"나는 코가 자라는 줄 알고 잡아당겼어요. 그랬다가 그만 남자
가 된 거죠."
　　"남자가 왜요?"
　　"남자라서 괴롭습니다."
　　"남자가 뭐가 괴로워요? 여자가 죽을 맛이죠."

"아니에요, 정말 남자란, 괴롭습니다."

실제로 희극배우는 우울한 사람이었다. 무기력했고 일 처리에 능숙하지 못했으며 건망증도 심했다. 계절에 상관없이 옷을 입고 늘 불면에 시달렸다. 그런 건 우울증의 증상이라고 송은 생각했지만 쉬셔야 해요, 쉬셔야 한다고요, 라고만 충고했다. 그러면 희극배우는 젖은 빨래처럼 축 처져 있다가도 자리에서 일어나 어디론가 사라졌다. 그래봤자 극단의 소극장으로 돌아가거나 시장에서 순대 한 접시를 놓고 술이나 마실 거면서 말로는 바빠요, 일이 많아요, 하며 스위치가 켜진 로봇처럼 뻣뻣하게 걸어갔다. 그러지 않으면 삼십 분이고 한 시간이고 재단 사무실에 앉아 신세한탄을 하니까 어쩔 때 송은 그만 가주었으면 하는 생각에 쉬셔야 해요, 하고 한마디했다. 사람이 고장난다고요.

재단에서는 사 년째 희극배우의 연극을 지원하고 있었다. 그가 사무장을 맡고 있는 극단은 일 년에 두세 차례 공연을 올리기는 했지만 그보다는 재단의 지원에 적잖게 기대고 있는 상황이었다. 그래도 극단에서 매년 기획하는 시민참여형 연극만큼은 꽤 유명하고 호응도 좋았다. 시민들의 참가신청을 받아 여름부터 연습하고 연말 무대에 올리는데 사실 희극배우의 수입이란 그 과정에서 받는 기획료가 전부였다. 송이 매해 그 사업의 담당자였기 때문에 그와 가장 친했고 그래서 멀리 문상을 가게 된 것이었다.

오랜만에 기차를 탄 송은 승강장 입구에서 표 검사를 하지 않아 놀랐다. 하기는 대학에서 엠티를 간 이후로 기차를 탄 적이 없었다. 여행을 잘 가지 않기도 했지만 기차를 좋아하지 않는 편이기도 했다. 오늘도 차를 정비소에 맡기지 않았더라면 운전을 했을 것이었다. 송은 어리둥절한 얼굴로 좌석에 앉았다. 역방향 좌석이라서 출발과 동시에 어디론가 거꾸로 빨려들어가는 기분이었다. 아버지가 부산 출신이라서 어린 시절 송은 자주 기차를 탔다. 무궁화이거나 비둘기이거나 하는 이름이었을 그 기차의 좌석은 푸른 벨벳 천으로 되어 있었다. 그 보드라운 천에 얼굴을 대고 장시간 버텨봤자 송을 맞는 것은 아파서 늘 누워 있던 조모의 무관심한 눈길뿐이라서 그 여행이 그렇게 좋지는 않았다고 송은 기억했다. 조모가 불행하게 세상을 떠나서일지도 몰랐다. 송이 열한 살때 조모는 스스로 목숨을 끊었다. 삼촌들이 조모의 거처를 장남인 송의 아버지가 있는 서울로 옮기기로 결정한 날의 일이었다. 그것은 남은 이들에게 좋지 않은 영향을 주었다. 송 역시 그 일에 대해 생각하다보면 마음이 난폭해지곤 했다. 그것은 실체가 있는 대상이 아니라 실체는 없지만 힘은 가지고 있는 무언가를 향한 것이었다. 이를테면 바람, 막 출발한 동대구행 KTX가 달리면서 일으키는 이 광포한 바람, 흩날리는, 승강장 사람들의 머리카락과 현수막, 그리고 바람이 멈춘 뒤 찾아오는 정적 사이에서 느껴지는, 살아 있다는 것. 진행되지만 실감할 수는 없는 그것을 모멸하고 난폭하게 굴고 싶은 마음.

기차는 한 시간도 안 돼 대전에 도착했다. 기차가 정차했다가 떠나는데 가락국수 부스가 보였다. 부산에서 서울까지 오다보면 기차는 대전에서 길게 정차했고 그러면 송의 아버지는 가락국수를 사왔다. 아버지가 기차에서 내려서 국수를 사들고 올 때까지 송은 아버지가 기차를 놓칠까봐, 영영 승강장에 남게 될까봐 긴장했다. 그래서 사람들 사이를 비집고 들어가는 아버지의 뒷모습을 눈으로 애타게 뒤쫓곤 했다. 아버지는 1980년대 남자들이 대개 그랬듯 귀밑까지 좀 길게 머리를 기르고, 마르고, 까맣고, 값싼 천의 양복바지를 입었으므로 얼마 못 가 더는 구별되지 않았다. 한번은 아버지가 미처 못 탔는데 기차가 출발한 적도 있었다. 그때 아버지가 급하게 다른 칸에 올라탄 줄도 모르고 송은 새파랗게 질려 울었다. 어린 시절 자신의 그런 애착에 대해 생각하는 것을 송은 좋아하지 않았다. 마음이 엉망이 되곤 했기 때문이다.

송은 희극배우가 보낸 문자메시지를 확인했다. 오시기 전에 연락을 주세요. 형제들이 다 똑같이 생기어 분간을 못합니다. 송은 피식 웃으면서 지금이 농담할 상황인가, 생각했다. 알겠습니다 하고 답장을 보냈지만 먼저 연락하고 나타날 생각은 없었다. 원래 문상은 경황이 없는 상주를 짧게 일별하고 오는 것이니까. 그런 것이니까, 문상은.

동대구역에 내려서는 곧바로 택시를 탔다. 아직 오후라 그런지 장례식장에는 사람이 거의 없었다. 희극배우와 그의 형들은 정말 생김새가 비슷했지만 헷갈릴 일은 전혀 없었는데 희극배우만 상복을 입지 않았기 때문이었다. 왜 그런지 짙은 파란색 양복을 입고 있었다. 희극배우는 형들 옆에서 주눅이 든 사람처럼 서 있다가 송을 보자 송혀엉, 했다. 송은 가방에서 부의금이 든 봉투들을 꺼내 함에 넣고 절을 했다. 육개장과 편육, 떡을 가운데 두고 희극배우는 송과 마주앉았다. 혼자 온 송이 마음에 걸리는지 조문객이 와서 형들이 곡을 하는데도 가지 않았다. 가만히 보면 뭔가 할말이 있어서 그런 것 같지는 않고 오히려 무슨 말을 듣고 싶은 것 같았다.

"손님 왔는데 가보셔도 돼요."

"나는 곡 안 해요."

"왜요?"

"크리스천이에요."

"교회를 다녔나요?"

"어제부터 다닙니다."

"어제요?"

"다니기로 했습니다."

"왜요?"

"귀신 소리 내기 싫어서요."

희극배우는 파마기가 있는 머리를 귀 뒤로 넘기면서 희잉희잉

웃더니 시무룩하게 편육 한 점을 집어먹었다. 정말 종잡을 수 없는 사람이라고 송은 생각했다.

"아버지는 정정했어요. 얼마나 정정했냐면 형들이 치매 등급을 받아 정부 지원을 좀 받을 요량으로 아버지한테 치매인 척하라고 했거든요. 그런데 보건소 사람들이 오면 더 또릿또릿하게 묻는 말에 대답하려고 노력한 겁니다. 이게 뭐예요? 거울! 몇 살이세요? 일흔! 실제론 더 됐지만 아버지는 언제나 일흔, 칠학년, 이라고 했으니까. 등급이 안 나와 지원을 못 받으니 형들이 평생 살던 고향에서 시내 요양병원으로 보내버리더라고요. 형들은 그게 치매라고 하던데요. 그렇게 하기로 꿍꿍이를 꾸미는 거 사람이면 다 하는 건데 이해를 못하니까. 송형 생각은 어떻습니까?"

"네? 뭐를요?"

"온정신이에요, 아니에요?"

희극배우는 화가 나 있는 것 같았다. 상처받은 것 같았고 상처 주고 싶은 것 같았다. 그런 사람의 마음은 조급하고 불안하다. 그때 형제 가운데 가장 풍채 좋은 남자가 희극배우를 불렀다. 한 무리의 문상객이 새로 왔는데 그중 아재라 불리는 노인이 있었다. 희극배우는 안 가려다가 노인이 부르자 잠깐만요, 하며 자리에서 일어섰다.

노인은 이기 막내 맞제, 하면서 희극배우 앞으로 다가섰다. 희극배우가 인사를 하고 노인이 손을 내밀어 악수를 하는 동안 희극배우가 어려서 아주 공부 잘하는 아이였다는 얘기와, 여기서는 서울에서 교수를 한다고 알려져 있다는 얘기가 문상객들 사이에서 흘러나왔다. 희극배우는 연극을 전공했지만 무언가 정치적인 이유에서 공부를 그만뒀다고 알려져 있었다. 그 정치적 이유가 무엇인지는 정확하지 않았다. 희극배우는 보수적인 색채의 예술단체에서 사무국장으로 일한 적이 있었고 그 반대편 단체 사람들과도 가깝게 지냈기 때문이었다. 송은 사실 그렇게 학교를 그만둔 이유가 정치적이라기보다는 괴팍한 성미 때문이 아니었을까 추측하고 있었다. 어느 밤, 술에 잔뜩 취한 희극배우가 보도블록에 걸터앉아 누구와 통화하면서 알잖아, 나 젊었을 때 알잖아, 하는 말을 들었기 때문이다. 벚꽃이 하늘하늘 지는 봄밤이었는데 희극배우는 바닥에 길게 다리를 뻗고 나 옛날에 나쁜 놈이었잖아, 나빴잖아, 넌 알잖아, 하고 따졌다. 너무 진지하고 간절하게 물어서 지나가던 송이라도 그래, 넌 나빴어, 아주 나빴어, 동의해주고 싶을 정도였다.

"호상은 무슨 호상입니꺼? 호상 아입니더, 죽상입니더."

노인이 형제들에게 이만하면 호상이라고 인사하자 희극배우가 불쑥 말했다.

"죽상?"

"지 얼굴이 죽상 아입니꺼."

희극배우의 말에 아무도 웃지 않고 오로지 송만이 사이다를 마시다가 훅, 하고 사레가 들었다.

"나는 형들이 나쁘다, 아부지한테 아주 나쁘게 했다, 이래 생각합니다."

이어서 희극배우는 송에게도 한 이야기를 아버지 말투—마치 큰 새의 우짖는 소리 같은—를 흉내내며 전했는데, 의도와 달리 문상객들은 물결처럼 잔잔하게 웃었다. 치매 등급을 받으려는 아들들의 분투와, 그런 것에 아랑곳없이 아버지는 한 인간으로서 자신이 그렇게까지 되지는 않았음을, 그렇게까지 모든 것을 잃지는 않았음을 증명하려는 상황이 충돌하면서 웃음을 자아냈다.

"살아생전에 좀 잘하지, 코빼기도 안 비차노코는 말은 많다."

형들 중 한 명이 면박을 줬고 장례식장은 다시 웅성임이 이는 원래의 분위기로 돌아갔다. 그 틈을 타 송이 일어섰고 배웅을 하려는지 희극배우가 따라나섰다.

"서울로 갑니까?"

"네, 그래야죠."

적당한 순간에 인사를 하고 택시를 타려는데 희극배우가 계속 따라왔다. 배웅하려는 게 아니라 그 자리가 싫어서 나와버린 모양이었다. 언제 인사를 해야 하나, 언제쯤, 서울 올라가서 다시 봐요, 하면서 언제. 큰길로 나와 송이 인사를 하려고 하자 희극배우가 잠깐 시간을 내줄 수 있느냐고 했다. 송은 거절하려다가 좀전의 상황도 있고 해서 그래요, 하고 승낙했다. 문상을 온 길이니까 한두 시간 늘어진다고 그렇게 나쁜 상황이 되는 건 아니었다.

올 때는 몰랐는데 장례식장 바로 옆이 서문시장이라고 하는 큰 재래시장이었다. 희극배우는 어디 조용한 데 가서 이야기하자면서 송을 시장 안으로 데리고 들어갔다. 시장은 송이 그때껏 봤던 어느 시장보다도 커서 길이 끝도 없이 분화되고 연결되었다. 낡은 건물동에는 수십 개의 보세 상점들이 입점해 있었는데 그 건물과 건물 사이도 공중 다리로 연결되어 있었다. 국수와 순대 같은 간식거리들을 파는 노점을 지나면서 송은 어떤 익숙한 냄새를 맡았고 두리번거리며 어디서 나는 냄새인지를 찾았다. 오래 끓인 무의 냄새에 아주 진한 국간장 냄새가 뒤섞였는데 그냥 뒤섞인 것으로는 충분하지 않고 그 뒤섞임이 반복되고 반복되어서 주변에 완전히 배어버린, 그래서 솥이 끓지 않아도 마치 환각처럼 그 짜고 물큰한 내가 맡아질 정도로 오래오래 달여진 국물음식의 냄새였다. 이를테면 송이 부산에 내려가 조모의 부엌에서 맡았던 그런. 희극배우는 그렇게 송이 잠깐 흔들려 무언가 상념에 빠지는 순간을 놓치지 않았다. 왜, 뭘 찾아요? 물었지만 송은 더이상 설명하지 않고 그냥 옛 생각이 나서요, 저도 경상도 사람이라, 라고만 했다.

"송형 경상도 출신입니까?"

"아버지가 부산 분이시고 저도 부산 출생."

"멀리 왔네요, 부산에서 북쪽 끝까지 말입니다."

"끝은 아니죠, 평양도 있고 개마고원도 있는데."

"송형 지금 농담합니까?"

"농담이요?"

"지금 농담하는 겁니까. 사 년 만에 농담도 듣고 고향도 알고 좋은데요. 또 말해봐요."

"아이고, 배우님, 잘 아시면서 뭘 그래요. 뭘 모른다고."

"양주임하고는 어떻게 되었어요?"

"양주임이요?"

송이 걸음을 우뚝 멈췄다. 시장 길도 끝나 있었다. 어깨를 치며 지나가던 그 많은 인파도 사라지고 하루 장을 마친 노인들이 버려진 푸성귀의 이파리들을 정리하고 있었다. 송은 갑자기 나타난 대로를 사람들이 신호도 지키지 않고 건너가는 것을 보고 있었다. 그러다가 좀 짜증을 내듯이, 억울한 누명을 쓴 아이들이 울음과 신경질을 참으며 내뱉듯이 말했다.

"양주임이 뭐요, 뭐, 뭐라고 해요?"

"양주임 때문에 어쩌면 연극이 안 올라갈 수도 있겠어요."

서문시장을 빠져나오자 북문길과 남문길이라는 표지판이 보였다. 양주임 이야기를 꺼내놓고 희극배우는 그답지 않게 한동안 말이 없었다. 양은 송과 재단에서 함께 근무했던 동료인데 사 년 가까이 끌어온 송과의 연애가 끝나면서 사표를 냈다. 그러다 여름에 나타나서는 시민참여형 연극에 참가신청을 한 거였다. 그 소식을 듣고 송은 양이 재회를 바란다고도 생각해봤지만 겨울이 오기까지 양과 마주친 적은 한 번도 없었다. 양과 송의 연애는 사내연 애인데다, 사이가 끊임없이 위태로웠기 때문에 주위 사람들에게는 알릴 상황이 못 됐다. 송은 양에게 애정을 느끼다가도 어떤 대상과 가까워질 때마다 드는 복잡한 결의 불편함을 끝까지 참아내지는 못했다. 자기 내부에서 느껴지는 냉소, 환멸, 혐오감 같은 것들, 부담들을. 그런데 양주임하고는 어떻게 되었어요, 하고 질문을 받은 것이었다. 송은 놀랐고 희극배우가 어디까지 알고 있는지 알아야겠다고 생각했다. 그래서 희극배우가 앞산공원 안 갈래요, 대구에서 유명한데요, 했을 때 잠자코 버스를 따라 탔다.

공원까지는 버스에서 내려서도 산길을 한참 올라가야 했다. 바람은 매섭고 빠르게 칼칼칼칼 하며 불어닥쳤다. 코트도 입지 않은 희극배우가 덜덜 떨어서 결국 송이 머플러를 건넸다. 양에게 선물 받은 머플러라는 걸 의식도 못하고 있다가 희극배우에게 건넬 때에야 떠올렸다.

"송형, 아버지를 잃어봤습니까?"

희극배우는 취하지도 않았으면서 길을 이리저리 갈지자로 걸었고 그때마다 목소리가 가까워졌다 멀어졌다.

"아닙니까?"

송은 몸이 떨리고 숨이 차서 대답하지 않았다. 화가 났는데 여기까지 자신을 끌고 온 희극배우에게가 아니라 엉뚱하게도 양에게였다. 양이 미웠고 양이 원망스러웠다. 자기가 지금 춥고 힘들게 산길을 올라가는 게 모두 양의 탓처럼 느껴졌다. 단순히 느낌만이 아니라 실제로 그럴 만한 이유들이 있지 않은가. 연극에 왜 참가신청을 했어, 그런 엉터리 연극에. 연극을 통해 상처를 치유하고 자신감을 회복하자는 취지였지만 이렇게 우울한 희극배우가, 정작 자기 마음도 다잡지 못해 어디로 튈지도 모르는 희극배우가 그런 걸 정말 이루고 있는지는 알 수 없는 일이었다. 송은 양이 사 년간의 연애를 희극배우에게 다 말했을지도 모른다고 생각했다. 한 번의 낙태를 포함해서. 그 일은 송과 양에게 상처로 남았다. 송은 아직 부모가 될 준비가 되지 않았었고 양도 동의했지만 그 일은 다툴 때마다 서로에게 휘두르는 흉기가 되었다.

"송형, 귀순용사 이웅평을 압니까? 83년에 이웅평이 올 때 내가 여기 앞산공원에 있었거든요."

희극배우는 혼자 전망대 앞에 있다가 사이렌 소리를 들었다고 했다. 이것은 실제상황입니다, 하는 확성기 방송이 나오자 사람들이 썰물처럼 공원을 빠져나갔다. 희극배우는 함께 왔던 아버지가 어디를 가서 돌아오지 않았으므로 움직일 수 없었다. 나중에는 다리를 덜덜 떨면서 무서워서 오줌을 쌌는데 그때까지도 아버지는 오지 않았다. 희극배우는 그날 아버지가 자신을 버리려 했다고 생각하고 있었다. 그때 그의 아버지는 전 재산을 털어 어느 섬에선가 양파를 사들였는데 그 배가 가라앉으면서 모든 것을 잃었다.

결국 아버지는 대구로, 근처의 가장 크고 복잡한 도시로 아이 하나를 버리기 위해 왔다는 것이었다.

"부친은 돌아왔잖아요? 돌아왔는데 왜 애를 버리려고 해요? 오해죠."

"전쟁이 나는 줄 알고 돌아왔겠지요. 아버지는 참전용사였으니까 전쟁고아가 어떻게 되는지 잘 압니다. 차마 돌아오긴 했어도 날 버리려고 했었다, 이 말입니다. 아버지도 그런 적이 있었다."

둘은 공원에 올라 케이블카를 탔다. 일정한 진동으로 흔들리면서 겨울 산을 거슬러올라갔다. 케이블카가 지나는 곳만 밝아지면서 마치 창처럼 날카로워 보이는 겨울나무의 세세한 생김새가 드러났다. 무슨 생각이 났는지 희극배우는 죽은 사람이라도 삼 일 동안 귀는 열려 있다고 말했다. 듣는 능력은 그러니까 심장이 멈춘 뒤에도 사라지지 않고 유지된다는 것이었다.

"그러니 돌아가야 할까요?"

"어디를요?"

"장례식장으로요."

"그럼요, 가셔야죠. 상중 아닙니까."

케이블카에서 내리자마자 둘은 자판기 코코아를 뽑아들고 목을 축이면서 대구의 야경을 구경했다. 도시를 둘러싸고 있는 산이 눈에 들어왔다. 둥근 형태의 도시였다. 대구는 분지였고 몰려들어온 열기가 빠져나가지 않는 더운 도시였다. 비록 지금은 참을 수 없게 춥지만.

희극배우는 종이컵을 쥔 채 덜덜 떨면서 자기가 제작했던 코미디 연극들에 대해 이야기했다. 그나마 좀 알려진 작품으로 〈실패한 선택을 하는 남자〉가 있었다. 연극은 남자주인공이 자동차 사고로 죽는 데서 출발해 그 남자가 어떤 선택을 하면 죽지 않을 수 있었을까의 관점으로 과거를 돌아보는데, 어떻게 해도 남자는 똑같은 사고로 죽는다. 자동차 대신 전철을 타거나 야당 대신 여당에 투표하고, A라는 여자 대신 B라는 여자와 데이트를 해봐도 매번 남자는 죽게 되는 것이다. 그렇게 이런저런 선택들을 한 끝에 남자가 죽으면 객석에서는 웃음이 터졌다고 했다.

"이상한데요, 안 웃긴데."

"웃깁니다, 송형. 송형이 보지 못해서 그렇지 웃겨요. 정말 웃깁니다."

"아니 그런 얘기가 웃겨요? 사람들이 다 웃는단 말예요?"

"코미디잖습니까? 물론 배우는 안 웃어요. 배우가 안 웃어야 더 웃기죠."

희극배우는 낄낄거리다가 침울하게 "아버지를 잃어봤습니까?" 하고 물었다. 송은 아니라고, 자신의 아버지는 일흔도 되지 않았다고 대답했다. 여전히 일을 하며 돈을 번다고.

"하지만 언젠가는 아버지를 잃겠지요?"

"네?"

"송형도 아버지를 잃을 거라는 말입니다."

"그렇긴 하겠지요."

송은 왜 갑자기 남의 아버지를 들먹이나 싶어서 떨떠름하게 동의했다.

"송형은 아버지가 죽기를 바란 적이 있습니까?"

"네? 뭐라고요? 왜 그런 말을 해요?"

희극배우가 자판기로 돌아가 코코아 한 잔을 더 뽑았다. 그리고 좀 서둘러 마시다가 혀를 데었는지 급하게 입에서 떼다가 머플러에 쏟고 말았다. 송이 머플러를 빼앗아서 급하게 털었다. 벌써 바알간 물이 들어 있었다.

"죄송합니다. 세탁해드릴게요."

"아니, 배우님, 왜 이렇게 나를 괴롭게 합니까. 여기까지 끌고와서 대체 나한테 왜 그래요? 왜요?"

송이 와락 화를 내자 희극배우가 시무룩하게 송형, 미안합니다, 정말, 하고 사과했다. 송은 머플러를 더 털어보다가 포기했다. 희극배우가 눈치를 보며 가져가 닦아보다가 다시 목에 둘렀다.

"그리고 아까 양주임은 왜 물어봤어요? 양주임이 왜, 뭐라고 해요?"

"아무 말 한 거 없어요."

"근데 뭐요? 우리 사이가 뭐 어쩌구 했잖아요."

"그건,"

"뭐라고 했죠? 거봐요, 뭐라고 했잖아, 뭐래요? 뭐?"

"송형, 그러지 말아요. 이제 다 상관없게 됐습니다. 양주임은 곧 이민을 간다니까요."

희극배우의 말을 들은 송이 놀랐다. 연락을 끊은 지 일 년이나 되었으면서도 이제야 그 부재를 깨달았다는 듯이, 심장이 묵직해질 정도로.

"난처하게 됐어요. 연극에서 중요한 역할인데요."

"어디로 간답니까?"

"미국."

"미국 어디요?"

"그게 중요합니까? 이제 여기 없을 건데 그게 왜 중요해요?"

말이 끊겼고 둘은 다시 케이블카를 타고 공원으로 내려왔다. 둘은 같은 방향으로 나란히 섰다가 케이블카가 불안하게 흔들리는 것 같아서 다시 마주보고 섰다. 마주보면서 송은 희극배우의 나이가 몇이더라, 생각했다. 자기보다 많게는 열 살쯤 많을 것이다. 자기도 십 년이 지나면 저렇게 되어 있을까, 다시 생각했다. 저렇게 불안하고 우울하게 안정감 없게 외롭게 가진 것 없게 내쳐진 채 나쁘게, 살게 될까. 송은 희극배우가 확실히 나쁘다고 생각했다. 왜 나쁘냐면 지운 흔적이 없기 때문이다. 뭔가 옛일을 완전히 매듭짓고 끝내고 다음의 날들로 옮겨온 흔적이 없었다. 그의 날들은 그냥 과거와 과거가 이어져서 과거의 나쁨이 오늘의 나쁨으로 이어지고 그 나쁨이 계속되고 계속되는 느낌이었다. 그러니까 그는 어떤 선택을 하든지 어차피 나빠질 운명인 것이다. 선택이 실패한 것이 아니라 실패가 선택되는 것이다.

공원으로 내려오자 희극배우가 택시를 불렀다. 택시 안에서 송은 이제 몇 주 안으로 한국을 떠나는 양에 대해 생각했다. 양의 금테안경과 칼귀와 자신의 명치까지밖에 오지 않는 작은 키에 대해 생각했다. 그런 양이 아주 여기를 떠나 살 수 있으리라고는 생각되지 않았다. 송이 알기로 양은 미국에 친척도 없는데, 그렇다면 결혼인가. 희극배우는 얼마 가지 않아 택시를 세웠다. 저녁을 먹고 가자고 했다. 송은 싫다고 이제 서울로 가겠다고 했고 희극배우는 여기까지 왔는데 그냥 이렇게 보낼 수는 없다고 말했다.

"형, 송형, 대구까지 왔는데 이렇게 가면 내가 형 얼굴을 어떻게 또 봅니까?"

하는 수 없이 송은 따라 내렸다. 수성못 앞이었다. 유원지로 들어가기 전에 송은 안내판에서 백 년이 넘은 인공 연못이라는 설명을 읽었다. 일본인 미즈사키 린타로가 축조, 축조라는 말을 되새기며 송은 오리구이와 숯불갈빗집, 독일식 맥줏집과 한식당들을 지났다. 건물들은 야경을 위해서인지 알록달록한 알전구로 장식되어 있었다. 그 알전구는 최대한 건물의 실루엣을 따라 설치되어야 했겠지만 불행히도 어긋나 삐뚤빼뚤한 직선과 곡선을 이뤘다. 호수는 꽝꽝 얼었고 그 얼음 속에 오리배가 기울어진 채로 잠겨 있었다. 희극배우는 걷다가 통나무로 된 경양식집으로 들어갔다. 포크 가수가 노래를 하고 중년의 남녀들이 돈가스 따위를 먹고 있었다.

"뭐 뜨끈한 거나 먹지요, 에? 남자 둘이서 경양식은요?"

"날도 날이니까 오늘은 좀 다른 걸 먹읍시다."

희극배우는 메뉴판도 제대로 보지 않고 옆 테이블을 가리키며 음식을 시켰다. 수프가 나왔고 송은 하는 수 없이 후룩 마셨다. 이제 보니 희극배우는 굉장한 대식가였다. 돈가스 한 접시를 추가하더니 자기 혼자 해치웠다. 많이 걸어서인지 송도 공복감이 채워지지 않았다. 수프를 더 달라고 해서 먹었다. 희극배우가 고기를 씹으면서 식전 빵을 더 시켰다. 송이 피클과 샐러드를, 희극배우가 감자튀김을 리필했다. 송과 희극배우는 그렇게 음식들을 먹어치우면서 재단의 이런저런 사람들을 흉봤다. 대표이사와 팀장들, 시설관리팀과 구내식당 운영자들을 평소 생각보다 더 부풀려서 욕했다. 그런 얘기들은 열도를 가지고 있었다. 지금까지 대구를 돌아다니면서 느끼지 못한 열기였다. 대구는 세숫대야처럼 오목한 도시였고 한번 들어온 것이 잘 빠져나가지 않아 언제든 부글부글 끓는 도시였다. 송은 텔레비전에서 어느 여름 대구의 아스팔트에 달걀을 깨서 익히는 장면을 본 적이 있었다. 대구는 그렇게 뭔가가 끓고 열이 오르는데 밖으로 나갈 수 없는 도시였다. 그래서 이렇게 문상이 길어지는지도 모르겠지만.

그러는 사이 다시 양에 관한 이야기가 나왔고 송은 맥주를 마시며 좀 취하다가 희극배우가 양에 대해 너무 많이 안다는 생각에 정신이 확 들었다. 희극배우는 양이 우는 모습에 대해 묘사하고 있었다. 양주임은 어떤 기미도 없이 갑자기 눈물을 흘리지 않습니까. 그렇게 조용히 우는 사람은 본 적이 없어요. 양주임은 조용히 우는 사람입니다. 옷장을 열어본 적이 있습니까? 양주임은 세 벌의 블라우스로 직장을 다녔던 사람입니다. 양주임은 어깨가 오른쪽으로 비딱한 사람이지요. 정자세로 서 있어도 어깨가 비뚜름……하게, 자기도 모르게 돌아간다고. 내가 알려주면 배우님, 소용없어요, 저는 어차피 이렇게 어깨가 외로 나가서, 나가버려서 돌아오지가 않아요. 그렇게 조용히 울면서.

　"그만해!"

　송이 소리를 질렀다. 노래하던 가수가 멈출 정도로 큰 소리였다. 양이 아무렴 이런 인간과 가까웠을 리는 없다고 생각하면서도 송은 기분이 상했다. 희극배우의 말은 하나 틀리지 않았지만 그런 말을 할 자격이 없지 않은가. 그럴 만한 사람이 아니지 않은가. 그 말은 정말이었지만, 양은 그런 사람이지만, 그 사실이 희극배우의 입에서 나오니까 손쓸 수 없이 비극적으로 느껴졌고 송의 어떤 죄책감을 건드렸다.

　"대체 양주임이랑 뭔 사이예요?"

　희극배우가 뭐라고 말했지만 기어들어가는 목소리라서 송에게는 들리지 않았다.

"네? 뭐라고요?"

"조용히 우는 사이."

송은 그 말이 너무 유치하고 어이가 없어서 일격을 당한 듯 웃기 시작했다. 그건 송이 대구에 온 뒤로 희극배우에게서 들은 어떤 말보다도 웃긴 말이었다. 희극배우는 더이상 아무것도 먹지 않고 송의 웃음소리를 들었다. 온몸이 뻣뻣하게 굳어서는 무언가를 견디면서 들었다. 그렇게 견디고 있다는 걸 알면서도 송은 웃음을 멈추지 않았고 희극배우가 정말 웃길 줄 아는 사람이라고 생각했다.

둘은 계산을 하고 나와 서로 꽤 먼 거리를 유지한 채 유원지를 통과했다. 희극배우가 빨리 걸었고 송은 천천히 걸었다. 바람이 불어서 나무가 우우, 하고 흔들리는데 얼어버린 연못은 비현실적일 정도로 넓었다. 축조된 무언가가 저렇게 얼음으로 변하면 거기에 무엇을 축조했는지 실감이 없어지고 텅 비어버린다고 송은 생각했다. 먼저 가던 희극배우는 풍선 다트 게임 부스 앞에 서 있었다. 상품 중에 머플러가 있다고 했다. 희극배우는 다트를 수십 번 던졌지만 풍선을 맞히지는 못했다. 그걸 묵묵히 지켜보던 송이 이천원을 내고 다트를 던졌다. 송은 몇 개의 풍선을 터뜨릴 수 있었다. 그것이 빵! 하고 터질 때마다 희극배우가 윽! 하면서 추임새를 냈다. 빵! 윽! 빵! 윽!

동대구역에 도착하자 희극배우는 기차에서 먹으라며 군밤을 사주었다. 역 앞에는 군밤을 굽는 노파들이 연탄난로를 하나씩 끼고 앉아 있었다. 노파들은 작고 둥글었다. 연탄불은 발갛고 부채질을 할 때마다 흰 연기와 함께 검은 재가 일어나 공중으로 떠올랐다. 희극배우는 군밤을 만원어치나 사면서 노파에게 건강하게 오래 사세요, 하고 인사했다.

　"오래 살긴 뭘 오래 사노, 얼른 죽어야지."

　노파는 퉁명스러웠다.

　"아니, 아니요, 오래오래 사셔야 합니다. 꼭 그래야 합니다."

　희극배우가 군밤 봉투를 들고는 가지도 않고 떼를 쓰듯 말하자 비로소 노파가 알았다, 고마워서 눈물이 다 난다, 했다. 하지만 노파가 그렇게 말했을 때 정작 눈물을 흘린 것은 노파가 아니라 희극배우였다. 희극배우는 조용히 눈물을 닦으면서 군밤을 송에게 내밀었고 창구로 가서 표를 사왔다. 기차가 올 때까지 송은 희극배우와 대합실에 나란히 앉았다. 상점들은 문을 닫고 춥고 피로한 얼굴의 사람들이 텔레비전을 응시하고 있었다.

　"송형, 아버지는 치매였을까요?"

　송은 대답하지 않았다.

　"치매였겠죠? 그러니까 맨정신이어서 모든 거를 말입니다, 우리가 그러듯이 다 그렇게 느끼고 생각하지는 않았겠지요. 그러니까 의사들이 입원을, 그렇지 않습니까? 마지막 면회에서 아버지는 촌으로 가게 해달라고 사정을 했다는데…… 우리가 보기에는 안 그래도 의사들은 전문가들이니까, 그렇지 않습니까?"

"배우님, 죽은 분은 죽은 분이시고 산 사람은 살아야죠. 정신을 똑바로 차리세요. 무엇보다 생활을 단정히 하세요. 남들처럼요. 술도 줄이고 아무거나 막 드시지 말고 잠도 자고요, 낮에 일하고 밤에 자고 추운 날에는 코트를 입고요, 장갑도 끼는 겁니다."

"송형은 그렇게 삽니까?"

"그럼요."

"그렇군요…… 하지만 나는 바빠서요. 바쁩니다, 송형은 잘 모르겠지만요."

대화는 거기서 끊겼고 송과 희극배우는 일어나 승강장 입구를 지났다. 이제 그만 돌아가보라고 해도 희극배우는 가지 않았다. 송은 정말 악몽 같은 하루라고 생각했다. 기차가 승강장으로 들어왔고 송이 지친 몸으로 거기에 오를 때 희극배우가 송형, 하고 다시 불렀다. 송이 뒤도 돌지 않고 손을 휘휘 내저어 인사하는데 "제가 나쁩니까?" 희극배우가 물었다. "내가 이번에도 나빴습니까, 그렇지요?"

송이 탄 뒤로 출입문이 덜컥 잠겼고 그제야 송은 뒤를 돌아보았다. 기차가 떠나고 있었다. 그 방향으로 희극배우가 몇 걸음 걸어오다가 얼굴을 일그러뜨리는 것이 보였다.

송은 휴대전화로 뉴스를 읽고 동영상을 검색하면서 잊으려고 애썼다. 오늘 하루 희극배우가 늘어놓았던 말들, 시답지 않은 농담과 우울한 개그들. 하지만 기차가 빠르게 대구를 벗어날수록 그런 말들은 머릿속에서 길게 이어져 결국 송은 양에게 전화를 걸었다. 정말 여기를 떠나는지, 이제 아주 떠나서 다시는 만날 수 없는지 궁금했다. 마치 죽은 사람처럼. 그렇게 만날 수 없는 사이란 죽은 사람이나 다름없으니까. 양은 전화를 받지 않았다. 전화하기까지는 망설였지만 송은 어차피라는 생각으로 몇 번 더 걸었다. 그때부터 어딘가 무너지는 것 같던 마음은 대전이 다가오자 이상한 긴장 속으로 빠져들어갔다.

송은 조모의 장례식을 기억하고 있었다. 그렇게 불행하게 간 조모에게도 죽음의 절차는 다르지 않았다. 다른 망자들처럼 대형 버스를 개조한 운구차에 실렸고 상복을 입은 자식들이 함께 탔다. 조부가 묻혀 있는 시립묘지까지 갔는데 장지가 마련되어 있지 않아서 한동안 장례는 중단되었다. 인부들이 착오로 다른 묫자리에 터를 판 것이었다. 욕설과 싸움이 오가고 남자들은 다시 조부의 묘 옆에다 땅을 파기 시작했다. 가족들은 일정한 간격으로 울음을 반복했다. 노모의 부양을 거절했던 숙부들도 울었고 숙모들도, 검고 늙은 얼굴을 한 익명의 친척들도 울었다. 송도 따라 울었다. 하지만 단 한 사람, 송의 아버지는 울지 않았다.

오후가 되어서도 인부들은 터를 다 파지 못했다. 지친 송은 층

층의 묘지를 내려가 운구차 그림자 아래 앉아 있었다. 거기서도 못자리를 파고 있는 마르고 검은 남자들이 보였다. 그들이 곡괭이나 삽을 움직일 때마다 시뻘건 흙이, 너무 시뻘게서 싱싱하기까지 해 보이는 흙이 파헤쳐졌다. 6월의 태양 아래 그것은 아주 나른하고 지루한 광경이었다. 송은 그런 생각을 하며 흙장난을 하다가 다시 조모가 죽었고 죽은 조모는 이 버스에 실려 있지 않은가, 생각하며 울었다. 조모를 생각하면 겁이 나니까 조모를 뺀 조모의 모든 것, 낡은 보료나 옥색 비녀, 부엌의 짠내, 장판의 검게 탄 자국들을 떠올렸다. 그렇게 울다가 멈추다가 노곤하게 오후의 피로에 젖어들어갈 무렵 아버지가 지나갔다. 처음에 무심히 지나는 듯 보이던 아버지는 다시 돌아와 눈물로 엉망이 된 송의 얼굴을 무섭도록 냉랭한 눈으로 쏘아보았다. 그렇게 차갑고 분노에 찬 얼굴을 송은 그전에도 이후에도 본 적이 없었다. 그리고 아버지는 송에게 걸어와 뺨을 후려쳤다. 송의 고개가 팩 돌아갔고 아버지는 다시 팔을 들어 송을 갈겼다. 왜 우냐, 엉? 왜, 왜? 어린 송이 우는 것은 조모가 죽어서였지만 입이 떨어지지 않았다. 무언가 공포와 분노와 배신감이 뒤엉킨, 그전에는 느끼지 못했던 감정이 홧홧하게 치밀어 대답할 수 없었다.

아버지를 말릴 사람은 아무도 없었고 그후로도 아버지는 비명에 가까운 소리로 왜, 왜, 우냐, 왜, 하면서 송의 따귀를 계속 갈기다가 묘지로 홱 돌아 올라갔다. 송의 두 뺨은 부풀어올랐고 쓰라렸지만 송은 억지로 울음을 참았다. 눈물을 닦았고 그 일을 아무에게도 말하지 않았다. 마음에서 차갑고 무거운 것이 일어나고 있었다. 인간으로서의 자존감이나, 모멸에 대한 명백한 거부 같은 것이었다. 송은 그러다 사람은 죽어서도 삼 일간은 귀가 열려 있다는 희극배우의 말을 떠올렸다. 그게 지독한 농담인지 과학적 사실인지는 알 수 없어도 만약 그렇다면 죽은 조모가 모든 것을 듣고 있었을 것이다. 그렇다면 조모가 마지막으로 들었던 것은 조금씩 파괴되어가는 자신의 육체가 내는 소리가 아니라 그렇게 폭력적으로 드러날 수밖에 없는 누군가의 고통과 죄책감이었을 것이다.

"왜 전화했나 해서."

대전이 가까워졌을 때 양에게서 전화가 걸려왔다. 일 년 만의 통화인데도 둘은 어제까지 연락을 주고받은 사이처럼 데면데면한 말투로 대화했다. 할 이야기가 없을 것 같았는데 엉뚱하게도 사소한 것들—언젠가의 여행에서 지불하지 않은 고속도로 통행료 고지서가 날아왔다는 얘기나, 양의 집에 두고 온 송의 소지품들, 책이나 CD들에 대한 이야기가 끼어들면서 말은 길어졌다. 송은 양이 먼저 말해주기를, 동시에 말하지 않기를 바라면서 계속 대화를 지연시켰다. 선물한 머플러를 잃어버렸다고 하자 양은 별다른 감흥 없이 같은 걸 또 구할 순 없을 거라고 대답했다. 여행지에서 산 것이기 때문이었다.

"그래, 연극은 잘되어가고?"

기차가 역에 섰을 때 송은 여기를 떠나느냐는 질문을 그렇게 바꿔 물었다. 양은 한동안 말이 없었다. 송은 내려올 때처럼 유리창에 얼굴을 대고 밖을 보았다. 가락국수 부스는 셔터가 내려지고 간판의 불도 꺼져 있었다. 마치 상자를 봉하듯 완전히 봉합되어 있었다.

"걱정이야, 마지막 장면에서 독창을 해야 하거든. 어디 이민이라도 가야지 싶다니까."

양은 수백 명의 시선이 오직 자기에게만 꽂힐 것을 생각하면 어쩐지 자꾸 울고 싶어진다고 덧붙였다. 그렇게 말하는 양의 목소리가 담담하고 심드렁해서 그제야 송은 희극배우가 농담을 잘못 전했음을 깨달았다. 그 의도에 대해서는 알 수 없어도.

"조용히 우는 사람이잖아."

송이 말했다.

"내가?"

양이 하하 웃었고 재밌는 말이네, 했다. 다시 기차가 움직일 때 송은 문득 내가 나빴지, 하고 묻고 싶었지만 그러지 않았다. 그런 나쁘지 않음에 대한 기대, 이를테면 속죄 같은 것은 그 공허한 질문에 대한 답변을 듣지 않을 때 가능한 것이 아닌가 싶어서. 전화를 끊고 송은 가방에서 군밤을 꺼냈다. 뜨겁던 군밤이 식으면서 봉지는 축축하게 젖어 있었다. 깨물었더니 구웠다기보다는 생것에 가까웠다. 송은 생각보다 무르지도 달지도 않은 밤을 우걱우걱

씹어서 삼켰다. 삼키는데 헛웃음이 나와서 송은 좀 웃었고 문득
자신의 웃음과 희극배우의 깊은 우울은 관계가 있지 않을까 하는
생각을 했다. 기차는 숱한 경계들을 넘으며 상행중이었고 자정이
넘어 이제 하루가 지나 있었다. 희극배우의 불운을 위로하기 위해
간 문상길이었다.

새 보러 간다

김수정이 그동안 만난 사람 가운데 가장 이상한 남자는 윤이었다. 그녀는 윤을 필자로 섭외하기 위해 처음 만났다. 윤은 프리랜스 큐레이터로 미술에 관한 잡다한 글을 블로그에 연재하고 있었는데 테마는 이런 식이었다. '미술과 개'. 여기서 개는 도그dog가 아니라 피스piece였다. 한 개 두 개 석 삼 너구리 할 때의 그 개 말이다. 그건 회화나(주로 회화였다) 조각, 설치미술 등에 등장하는 수에 관한 글이었다. 예를 들어 유명한 현대 작가인 현석경의 작품에는 '3'이 반복해서 등장한다. 사과가 세 개 나오고 세 줄로 된 블루 스트라이프가 쓰인다. 인물의 손가락은 주로 세 개만 보이며 시선은 세 초점으로 나뉘어 있다. 왜 그런가? 결론은 좀 빤했다. 균형이나 완전체에 대한 갈망 뭐 그런 것이었다. 독특한 발견도 있었다. 역시 현석경의 작품에는 '8'의 모티프가 나오는데 앞의 예처럼 단순하게 개수가 반복되는 것이 아니라 두 원이 연이어 붙어 있는 이미지로 보인다. 8은 8이 아니라 무한대의 ∞, 끝없음, 영속에 대한 갈망이다.

사실 윤의 블로그를 보고 인상을 받은 사람은 김수정이 아니라 팀장이었다. 그날 다른 미팅이 갑자기 잡히는 바람에 그녀가 나간 것이었다. 윤을 만나고 나서 김수정은 똥 밟았다고 생각했다. 만나본 필자가 그리 실력도 없는 또라이라면 시간 낭비, 에너지 낭비라서 똥 밟은 셈이고 또라이인데 글을 잘 쓴다면 이후 작업의 고난이 불 보듯 빤하니 똥 밟은 셈인데 윤의 경우는 둘 다였다. 무엇보다 그 종잡을 수 없는 성정이 문제였다.

윤과 처음 만난 날 김수정은 종로에서 인사동을 거쳐 대학로까지 끌려다녔다. 차 한잔하면 충분한 미팅에서 윤은 김수정에게 저녁을 먹자고 하더니 연극을 같이 보자고 졸랐다. 너무 말라서 움켜쥐면 바스러질 듯한 사람이, 성적 뉘앙스는 느껴지지 않지만 그리 친교의 효과도 내지 못하는 자기, 자기, 라는 호칭을 쓰며 부탁하니까 매서운 거절이 힘들었다. 찻값과 저녁값은 당연하다는 듯 김수정이 냈고 연극은 윤이 보여주겠다고 했다. 무료 초대권으로 본 그 작품은 수준 이하였다. 영문도 모른 채 큐브에 갇힌 남녀의 심리를 그렸는데 무대, 연기, 음악 뭐 하나 괜찮은 요소가 없었고 깊이, 깊이, 잠들지 마, 라는 대사만 귀에 남았다. 깊이, 깊이, 잠들지 마. 하지만 윤은 잠들었다. 자기가 보자 해놓고 코까지 골았다. 연극이 끝나고 나가는데 스태프들이 윤을 보고는 어, 하고 알은척을 했다.

"형, 여기 웬일이에요? 아프다더니 다 나았어요?"

묻는 사람들은 한결같이 친절한데 이상하게 윤은 뾰로통하게 시선을 피했다. 나갈 때는 "허섭스레기 같은 연극 잘 봤다, 니들"이라고 소리쳐서 김수정을 아연실색하게 했다. 집으로 돌아가면서 김수정은 이런 인간과는 엮이지 말아야겠다고 결심했다.

윤은 뭐랄까. 터지기 직전의 팝콘 같은 사람이었다. 빠르게 정신없이 그리고 흥분에 차서 자기 말만 늘어놓았고 연극을 보며 잠들었던 구십 분 남짓을 빼고는 언제나 흥, 칫, 쳇, 헷, 쌍 같은 말로 적대와 분노를 드러냈다. 김수정은 초등학생 때 이런 남자애와 짝이 된 적이 있었다. 이름이 기억나지 않는 그 아이는 언제나 친구들의 관심을 원하면서도 거절이 두려워 겉돌면서 크고 작은 악의를 드러냈는데, 담임은 그 반에서 가장 차분하고 착한 편이었던 김수정을 옆에 앉힘으로써 골칫거리를 해결하려고 했다. 효과가 있긴 있었는지 어느 순간 남자애는 김수정에게 마음을 열었고, 종업식 날에는 이별을 아쉬워하며 선물까지 건넸다. 작은 자라 두 마리였다.

김수정은 그 자라들을 가져와 방에다 놓고 한참을 들여다본 끝에 자라들이 당장 죽었으면 좋겠다고 생각했다. 자라들을 보며,

지우개 가루를 김수정에게 후— 불고 땋은 머리를 잡아당기던 남자애를 떠올리게 될 날들이 끔찍했다. 하지만 자라는 당연히 죽지 않았고 그래서 김수정은 죽었으면 하는 마음을 포기하고 열심히 키웠다. 그 자라가 죽은 때는 불과 삼 년 전, 김수정이 서른 살이 되고 나서였다.

윤은 공교롭게도 김수정과 멀지 않은 도시에 살아서 전철도 함께 타야 했다. 윤의 수다에 지친 김수정에게 윤은 SNS를 하느냐, 아이디는? 블로그는? 하고 물었고 몇 번의 조작으로 김수정의 온라인 사회관계망에 끼어들어 친구와 팔로어가 되었다. 김수정은 일 관계로 만난 사람들과 그런 친분을 맺고 싶지 않았지만 책 만드는 일이 그렇게 되지가 않았다. 그런 과도한 친교 활동까지 해야 하느냐고 생각하면서도 필자를 만나면 어느덧 팔로우를 하고 친구로 추가해 성실히 좋아요를 누르고 있었다. 김수정은 편집자 일이 자기 적성에 맞지 않는 게 아닐까, 종종 생각했다. 그저 조용히 활자나 다루면서 고독하지만 생산적으로 인생을 보내고 싶을 뿐이었는데.

윤은 다행히 얼마 안 가 먼저 내렸다. 김수정이 정작 계약 이야기는 하지 않았다는 생각이 나서 "책을 낼 의향은 있는 거죠?" 확인하자 윤은 확답은 못하지, 했다. "그래야 또 만나줄 거 아냐. 잘 가, 자기." 윤은 양팔을 들어 과장되게 인사하면서 인파 속으로 사라졌다.

그다음날 회의시간에 김수정은 난처한 상황에 놓였다. 윤은 분명 이상한 남자였는데 뭐가 이상한지 사람들에게 납득시킬 수가 없었다. 김수정은 팀의 막내였고 다들 이삼 년 위의 선배들이었다. 그동안 산전수전을 겪어서인지 김수정이 어떻게 말해도 저자들이 대개 그렇잖아, 하는 시큰둥한 반응이었다. 차와 저녁을 사야 했어요, 하면 법인카드로 처리했지? 했고 내 말은 듣지 않고 자기 말만 했어요, 하면 좋잖아, 침묵하는 저자가 더 난처해, 했고 연극을 보러 가서는 지인들에게 그렇게 말하고 사라졌어요, 했을 때는 그래도 저자가 뭔가 답례를 한 셈이네, 하는 말을 들었다. 김수정은 선배들 말에 전혀 동의할 수 없었지만 물린 음식을 삼키듯 하고 싶은 말들을 억지로 밀어넣었다.

김수정은 팀장과 둘이서 윤에게 어떤 원고를 받아올지를 상의했다. 정작 필자를 만났으면서도 원고에 대한 확답을 받아오지 못해 김수정은 의기소침했다. 김수정이 알아온 정보란 윤이 히스테리와 흥분을 팝콘처럼 터뜨리며 했던 시시콜콜한 과거 이야기들밖에 없었으니까. 윤을 따돌렸던 친구들이나 방관했던 교사들, 유학 시절 외국어에 서툰 윤에게 잘못된 정보를 알려주어 곤경에 빠뜨렸던 동기들, 큐레이터를 하면서 만났던 실력 없고 교활한 예술가들과 실력도 없으면서 여기저기 줄을 대어 관장이 된 여자와 남자들에 관한 이야기 말이다.

심지어 윤은 이런 말까지 했다. 그쪽 출판사에서 그동안 낸 미술책들을 잘 안다. 그 책들 중에는 사실상 내가 쓰다시피 한 베스트셀러도 있다. 큐레이터로 일할 때 바쁜 관장을 대신해 자료수집을 해주었는데 나중에 보니 적당히 윤문해 출간했더라는 것이었다. 더구나 거기에는 윤만이 가지고 있는, 윤이 파리에서 유학하며 힘들게 수집한 자료가 출처 표기도 없이 실려 있었고. 그따위로 책을 만들다니 그쪽 출판사도 알조이지만 늦게라도 나를 찾아왔으니 그런 민감한 부분을 따지지는 않겠다. 김수정이 망설이다가 그 말을 전하자 팀장은 놀라지도 않고 화를 내지도 않았다. 그저, 그래? 했을 뿐이었다.

"원래 예술가들이 그래. 오리지널리티 같은 것, 그런 것에 대한 망상들이 다 있지."

"윤은 예술가가 아니잖아요?"

"애호가들, 수집가들은 더하고."

그날 김수정은 자기 페이스북에 이런 글을 썼다. 나는 아주 이상한 남자를 최근에 만났는데 왜 이상했는지를 오늘은 까먹고 말았다. 그렇게 휘발된 이상함이란 참으로 이상한데 이상함의 내용은 텅 비어 있으니 참으로 이상하도다. 그 글에는 세 개의 좋다는 반응이 달렸는데 하나가 윤이었다.

윤을 두번째 만나던 날, 김수정은 좀더 단단히 준비를 하고 나갔다. 절대 대화의 목적을 놓치지 않으리라 생각했다. 튀는 팝콘들을 주워다 지퍼백에 넣어버리리라, 지퍼를 채우리라, 입에 그냥 지퍼를. 그러다 김수정은 누구 입을 재봉틀로 박아버리겠다는 어느 작가 겸 정치인의 말이 생각났고 자기가 그런 과격한 상상을 했다는 데 자책했다. 김수정은 잠깐 기도하며 용서를 빌었다.

그날은 늦잠을 자서 운전을 해서 출근했고 시내에도 차를 가져갈 수밖에 없었다. 윤을 만나기로 한 곳은 광화문의 대형서점이었다. 서점이 있는 빌딩은 주차료가 비싸서 책을 구입해도 두 시간 이상은 무료주차를 제공하지 않았다. 김수정은 만나는 장소를 다른 곳으로 바꾸어볼까 하다가 주차료를 핑계로 미팅을 빨리 끝낼 수 있겠다 싶어 그대로 강행했다. 적어도 그때는 그런 상식이 먹히리라 생각했다.

윤은 해외서적 코너에서 기다리고 있었다. 김수정을 보자 손을 척 들고 이리 오라고 까딱까딱했다. 김수정이 가자 윤이 두툼한 화집을 가리켰다. 유럽 현대미술관들의 상반기 전시 목록을 정리한 백서였다. 윤은 그 도마처럼 무거운 책을 들고 계산대로 갔다. 그리고 뭐하느냐는 듯이 묵묵히 김수정을 바라보았다. 김수정이 개인 카드를 꺼냈다가 법인 카드로 계산했다.

"꼭 필요한 자료라서. 고마워."

윤이 친근함을 표현하려는 듯 김수정의 어깨를 주먹으로 콩콩 두드렸다. 김수정은 어색하게 웃었지만 마음속으로는 부글부글

끓고 있었다. 윤과 김수정은 서점을 나가면서 어디서 차를 마실지 이야기했다. 김수정은 자기 차가 이 빌딩에, 이 주차료가 엄청난 빌딩에 있다는 말을 서너 번이나 반복했지만 윤은 그게 뜻하는 바가 뭔지 관심도 없고 알지도 못하는 듯했다. 김수정은 서점 위층의 카페에서 이야기하고 싶어했고 윤은 인사동으로 가서 전시를 보자고 했다. 하지만 김수정은 그렇게 해서 한없이 길어질 미팅이 싫어서 강경히 버텼다. 그러는 동안 십 분이 지났고 십 분을 허비했다는 사실이 견딜 수가 없어서 김수정은 또 초조해졌다. 마음 같아서는 될 대로 되라며 여기를 벗어나고 싶었다. 꼭 윤과 책을 만들어야 할 이유가 있는가. 이런 정도의 필자가 윤만은 아니지 않은가. 윤도 화가 난 눈치였다.

"김수정씨, 그게 뭐가 어려워? 거기 가서, 응? 미술의 현장에 가서 미술 이야기 하자는 게 뭐가 그렇게 힘든 일이야? 뭐가 어려운 일이야? 정 없다, 정 없어. 그냥 우리는 비즈니스라 이거지? 그냥 일 관계라 이거지? 갑을 뭐 그런 거? 좋아. 알았어. 계약서 가져왔어?"

윤이 지하의 서점에서 지상으로 올라가는 외부 계단에서 담배를 꺼내 물었다. 금연이라고 똑똑히 적혀 있고 벌금을 매기겠다는 안내문이 붙어 있는 이곳에서 설마 불을 붙이진 않겠지, 김수정이 생각하고 있는데 윤이 정말 라이터를 꺼내 코앞으로 가져갔다. 김수정은 구두의 앞코부터 정수리까지 긴장으로 몸이 굳었다. 그러

170

면서 내부의 어딘가에서 간질간질한 초조가 느껴졌다. 김수정은 평소에도 그렇게 규칙을 어기는 것, 모두에게 비난받아 마땅한 어떤 행동을 하는 것은 질색이었다. 이성적으로 판단해서 옳지 않기 때문에 하지 않는 게 아니라 본능적으로 일어나는 심각한 거부였다. 더럽고 기분 나쁜, 이를테면 똥을 밟았을 때의 느낌과 마찬가지였다.

그래서 김수정은 자기도 모르게 손을 올려서 라이터를 든 윤의 손을 탁, 하고 때렸다. 라이터가 틱, 하고 떨어졌고 담배가 구석으로 날아갔다. 윤은 코를 맞고 곧 코피를 쏟았다. 김수정은 자기도 모르게 눈을 감으며 앞으로 쏟아질 윤의 분노를 각오했지만 이상하게도 조용했다. 윤에게서는 아무 말도 없었다. 윤은 시무룩하게 바닥을 내려다보며 손등으로 자기 코를 닦고 있었다.

"이걸 써."

김수정이 가방에서 휴지를 꺼내 건넸다. 윤은 자꾸 손등으로 피를 닦아내면서, 그렇게 해봤자 피는 더 묻을 뿐 멎지는 않는데도, 김수정의 호의를 받아들이지 않았다. 김수정은 휴지를 탁탁 뽑아다 윤의 손에 억지로 쥐여주었다.

"우리 동갑이잖아. 너 반말할 거면 나도 반말한다."

그제야 윤이 고개를 주억거리며 메고 있던 가방에서 거울을 꺼내 얼굴을 꼼꼼히 닦았다.

"앞장서, 전시 보러 가자."

"됐어."

윤이 코끝이 발갛게 된 채로 퉁명스럽게 받았다. 김수정은 더 말하지 않고 꼿꼿이 서서 윤을 마주보았다. 그렇게 몇 분쯤 지났을까, 드디어 대치가 끝나고 윤이 앞장섰다. 윤이 움직이지 않으면 어떻게 하나 속으로 조바심 내고 있던 김수정은 구두 신은 발을 또각또각 옮기며 윤을 따라갔다. 거리의 검은 코트들 속에서 윤의 무지갯빛 점퍼는 눈에 띄었다. 윤은 이내 기분이 풀어졌는지 예전처럼 발랄하게 산만하게 두리번거리며 뭐라고 혼잣말해가며 경쾌하게 걸었다. 마치 팅커벨처럼. 납작한 도시에서 오직 윤만이 뭐랄까, 팝업북처럼 튀어올라 있는 듯했다. 하지만 김수정은 좀전에 있었던 작은 소동을 떠올리며 기도하고 있었다. 음울한 웬디처럼. 오늘은 더이상 기도할 일이 없기를.

갤러리에 도착했을 때 김수정은 현석경의 전시라서 윤이 같이 오고 싶어했구나 하고 이해했다. 윤은 대부분의 글에서 현석경을 다뤘고 현석경의 그간 작업에 대한 아카이빙도 하고 있었다. 갤러리로 일단 들어가자 윤은 다른 사람이 되어서 떠들지도 않았고 아예 김수정을 신경쓰지 않았다. 독특한 방식으로 작품을 감상했다. 한 그림 앞에 십오 분 정도는 서 있었는데, 자신의 손가락으로 피사체의 크기를 재고 그림의 가장 왼쪽에서 오른쪽까지 이동하면서 조도에 따른 변화를 확인해 태블릿 PC에 기록했다. 울기도 했다. 〈운디드 버드〉라는 그림 앞에 서 있다가 아까 김수정이 쥐어

준 휴지로 눈가를 꾹꾹 눌러 닦았다. 김수정도 그 그림을 보았지만 어느 맥락에서 울어야 하는지 알 수 없었다. 거기에는 숫자가 있을 뿐이었다. 숫자들이 마구 뭉쳐서 몇부터 몇까지 쓰여 있는지도 모르게. 그렇게 뭉개진 숫자들은 숫자로서의 원래 기능을 잃고 그저 복잡하게 얽히고설킨 도형들에 지나지 않는다고 김수정은 생각했다.

"왜 우는 거예요?"

김수정이 침묵을 깨고 그렇게 묻자 윤이 콧방귀를 뀌었다. "어이없다. 어이없어, 그러는 자기는 왜 안 우니? 왜 안 울어?" 그렇게 서 있는데 조명이 바뀌면서 캔버스가 검게 변했다. 처음부터 없었던 것처럼, 칠흑 같은 어둠처럼, 밤처럼 변했다. 김수정이 조명이 고장났나? 하면서 스태프를 부르자 그는 입 모양으로 안내판을 읽어보세요, 했다. 안내판에는 "삼켜졌다"라고 쓰여 있었다.

갤러리를 나와서 윤은 인사도 하지 않고 몸을 홱 돌려 걸어갔는데 김수정이 잡아서 밥이나 먹자고 했다. 윤은 아까의 감정이 남은 듯 입을 비쭉거렸지만 잠자코 갈치집으로 따라왔다. 음식이 나올 때까지 윤과 김수정은 아무 말도 하지 않았다. 갈치집의 조명은 갈치조림의 양념만큼이나 붉고 칙칙하고 어둑했다. 김수정은 어린 시절 읽었던 종교서적에 묘사된 지옥 불의 나라 같다고 생각했다.

"현석경은 왜 좋아해요? 블로그 글들이 대개 그 화가에 관한 것이던데."

김수정은 머리를 풀어 다시 단단히 묶은 다음, 일하는 사람으로, 석사학위를 마치고 이제 사 년 차 편집자가 된 사람의 침착함으로 돌아와서 물었다. 윤은 자잘한 주름이 잡힐 정도로 힘을 주어 입을 다물고 있다가 하나만 하라고 했다. 존댓말을 쓰든지 반말을 쓰든지 하라는 얘기였다. 김수정은 존댓말을 쓰겠다고 했다.

"나는 반말을 쓸 건데요."

"마음대로 하세요."

갈치조림이 나오자 윤이 당근이며 호박이며 무며 하는 것들을 제외하고 맛있게 살을 발라 먹었다. 채소를 먹지 않는 사람은 흔했지만 그렇게 아무것도 안 먹는 경우는 처음이었다. 밥을 먹으면서 윤은 기분이 나아졌는지 다시 그전과 같은 열도로 수다를 늘어놓았다. 오히려 눈에 띄게 우울해진 건 김수정이었다. 김수정은 윤의 말을 들으면서—대화를 어떻게든 일과 연관시켜야 한다고 생각하면서도—결국에는 집중하지 못했고 오늘 자기가 한 행동, 윤을 본의 아니게 때리고 함부로 대하고 적의와 분노를 드러낸 것에만 몰두해 들어갔다. 그런 자신이 혐오스러웠다. 왜 그렇게 행동했을까. 김수정은 소주를 시켰다.

윤은 술을 전혀 못한다고 했지만 김수정의 잔이 빌 때마다 채워주었다. 김수정은 어떤 말이든 해서 계약을 진행하든 책의 얼개를 잡든 하고 싶었지만 술을 마시면 마실수록 입을 열 자신이 없었다. 머리가 무거워졌다. 그런데 윤은, 윤만은 시간이 갈수록 이토록 무기력해지는 김수정을 향해 말하고 있었다. 김수정은 윤이 정말 팝콘 포트에 들어 있는 팝콘처럼 이야기한다고 생각했다. 말의 열도가 오르면 오를수록 팝콘은 가벼워지고 고소해지고 쌓이고 쌓이는데 그렇게 쌓인 말의 팝콘들은 후― 불면 무너질 정도로 가볍고 아무것도 아닌 이야기들인 것이다. 미술과 개라든가, 미술과 주얼리라든가, 미술과 식탁이라든가 하는 것들 모두 미술에 개와 주얼리와 식탁이라는 것들을 붙여서 그렇게 미술을 가볍게 만드는데, 그렇게 해서 애호하는 사람들, 팝콘을 먹듯이 미술을 먹고 싶은 사람들을 위한 책을 만드는 게 김수정이 하는 일이었다.

김수정은 그렇게 생각하면 윤은 얼마나 자기 기획에 들어맞는 인물인가 생각했다. 그렇잖아도 팀장은 김수정에게 고급 대중교양서의 시대는 갔어, 라고 말하곤 했는데 그 이유 가운데 하나가 그런 책을 쓰려고 하는 전문가들의 시대가 갔기 때문이었다. 전문가들이 그런 책에 관심을 보이던 때는 아마도 십 년 전쯤, 약체의 정치가가 대중의 지지만으로 대통령이 될 수 있었던 2000년대에 정점을 찍었는데 그렇게 대중의 힘이 무언가를 할 수 있었던 시기가 지나자 그 힘에 대한 기대도 사라졌다. 이제 전문가들은 대중에게 무언가를 어필하는 대신 차라리 생업을 위해서라도 더 전문적이고 싶어했다. 전문가들이 갔으니까 현재는 수집가와 애호가들의 시대였고 저자는 거기에서 공급되었다. 김수정은 그런 생각을 하다 하다 못해서 어눌하게 입을 움직여 윤에게 "잘난 척하지 마, 네 카테고리들 다 유치하고 단순해" 하고 말했다. 윤은 갈치의 뼈대를 쭉쭉 빨면서 남은 살점을 고르고 있었는데 김수정이 그렇게 말하자 일순 동작을 멈추더니 다시 생선을 핥았다.

"알아, 나도 모르는 건 아니야. 사실 자기 이전에도 출간 제의가 없었던 건 아니야. 그런데."

"쓰지 못했지?"

윤이 고개를 끄덕였다. 블로그의 글들을 책으로 묶으려면 더 늘여 써야 했는데 윤은 거기까지는 작업하지 못한 모양이었다. 그런 저자들은 많았다. 수집은 목록의 작성이고 애호는 취향의 드러냄인데 그런 걸 전달할 수 있는 글을 쓰기란 어려웠다. 무엇보다 길어지지 않았다. 취향은 물질이 되기 어렵지 않은가. 하지만 책은 물질이고 원고지 매수로 카운트되고 가격으로 치환된다.

"그래서 못 쓰겠다고?"

김수정은 자기가 왜 밥에는 손도 대지 않고 이렇게 소주만 마시고 있을까 생각하면서 물었다. 이 갈치조림은 일 인분에 만삼천원이나 하는데 지금 자기는 삼천원짜리 소주만 먹고 있고 저 인간이 이만육천원어치의 음식물을 다 차지하고 있지 않나. 김수정의 공깃밥값을 뺀다면 이만오천원, 어차피 이번 밥값도 내가 내야 하고 그 비싼 주차료도 당연히 내가 부담해야 하는데. 이렇게 비싼 도시에 주차장을 가지고 있다는 건 무얼 말하는가. 뭘 짓거나 한 게 아니라 그냥 땅을 빌려줌으로써 그 '빌림'의 대가를 받는 일은…… 노나는 장사지, 노나는 장사야. 주차장은 아무것도 없이 비어 있는데 그 비어 있음을 유지만 해도 돈을 얻다니.

"일어서자."

김수정이 말했고 윤도 물을 벌컥벌컥 들이켜고는 식당을 나왔다. 열시가 넘은 인사동에는 행인이 얼마 없었다. 꿀타래를 만드는 노점만이 불을 환하게 밝히고 있었고 김수정은 그 앞에 서서 가만히 노려보듯이 허공중에 있는 듯 없는 듯 조청이 갈라지고 갈라졌다가 술술 감겨 덩어리가 되는 과정을 지켜보았다. 그리고 비틀비틀 걸어서 국화꽃빵 포장 앞에 섰다. 반죽이 치이익 부어지고 빵틀이 내려오고 그것이 뒤집어졌다가 열두 잎의 꽃무늬를 만들어내는 그 건조하고 기계적인 과정을 지켜보았다. 다 구운 빵을 꺼내기 위해 주인이 쇠꼬챙이로 뚜껑을 탁 열 때마다 김수정이 몸을 움찔했다.

"몇 개 드려?"

"다섯 개."

"다섯 개는 안 팔아요, 일곱 개가 기본이지."

"다섯, 개."

"아가씨, 다섯 개는 안 팔아. 빵틀에 좌르륵 일곱 개 국화가 있잖아. 그런 데는 다 이유가 있는 거야. 일곱 개인 데는 그러한 이유가 있어서 우리가 이천원에 일곱 개, 여덟 개도 아니라 일곱 개를 파는 거요."

주인이 그렇게 다그치듯 말하자 김수정은 주눅이 들어서 주머니를 뒤져 잠자코 이천원을 꺼냈다. 그리고 주인이 내민 따끈한 봉지를 품에 안고 어깨 아래로 축 처진 핸드백을 추켜올리면서 걸었다. 윤은 언제 어디로 떨어져나갔는지 없고, 어둠이 내리면서 도시의 거리는 아주 개성이 없어졌다. 납작해졌다.

주차장으로 가면서 김수정은 가물가물한 정신을 수습해 주차료가 얼마나 나왔을지 계산했다. 한 시간에 육천원인 건 육천원인데 그녀는 책을 한 권 샀고 세시 삼십분인가 사십분에 주차장으로 들어왔다. 그러면 얼마가 되는가, 얼마가. 더 걸으면서 그래도 쌀쌀한데 이렇게 국화꽃빵이 있으니 다행이라고 생각은 했지만 주차료는 어떻게 되는 건가. 거기에 그 차가 있음으로써 주차장에 변화를 가한 건 없는데 있긴 있었으니까 한 시간에 육천원, 그렇게 세어보면 어떻게 되는 건가.

겨우 서점 건물로 왔지만 셔터가 내려와 있어서 그녀는 비상계단으로 가야 했다. 하지만 하이힐을 신은 발이 시큰거리고 아파서 화단에 잠시 앉았다. 종이봉투에 손을 넣어 국화꽃빵의 수를 세어보았다. 주인이 일곱 개라며 줬고 그녀도 그렇게 기억했는데 빵은 일곱 개가 아니라 아무래도 여섯 개였다. 김수정은 이건 또 왜 일곱 개가 아니라 여섯 개인가 하면서 손으로 주물럭주물럭 개수를 세었다. 하지만 일곱 개이든 여섯 개이든 무슨 상관인가, 나는 이 것을 먹을 생각조차 없는데.

주말이 지나고 김수정은 월요일을 맞았다. 전체회의 시간에 팀 장이 작성한 주간 보고서에는 원고들의 진행 상황과 계약 추진 결 과가 적혀 있었다. 윤의 이름 옆에 담당자 김수정 계약 확정이라 고 표기되어 있었다. 회의가 진행되는 내내 김수정은 사장이 늘 하는 말, 출판인으로서의 긍지를 가져라, 돈을 벌려고 하면 붕어 빵 장사를 하지 뭣하러 돈도 안 되는 책을 만들어, 나는 책이 안 팔려도 절대 고물상에 폐지로 넘기지 않는다, 차라리 작두로 잘라 서 불사르고 말지, 같은 레퍼토리들을 건성으로 들으면서 윤과 무 슨 이야기를 했는지 떠올리려고 애썼다. 잘 기억나지 않았다. 갈 치집에서 나와 윤은 마치 잠깐 어울렸던 떠돌이 개가 흥미를 잃고 떨어져나가듯 그렇게 김수정 곁에서 사라졌으니까.

회의가 끝나고 김수정은 팀장에게 가서 어떻게 된 거냐고 물었 다. 팀장이 흠칫 놀라면서 "확정이라고 하지 않았어?" 했다. 그 말 을 들으니 팀장과 한 통화가 어렴풋이 기억이 났다. 대리운전 기 사를 불렀고 카드로 주차료를 계산했다. 차를 타고 가면서 팀장에 게 전화를 걸었거나 받았고 잔뜩 취해버린 게 창피해서 일부러 뭐 든 세게 힘주어 이야기했다. 김수정은 사무실에서 나와 휴대전화 로 윤에게 전화를 걸었다. 안 받았다. 점심에 전화를 걸었다. 안 받았다. 저녁에 다시 전화를 걸자 자다 일어났는지 가라앉은 목소리로 윤이 누구세요? 했다.

"쓸 거지?"

김수정은 앞뒤 맥락을 다 잘라먹고 확인했다. 윤이 한동안 아무 말이 없어서 김수정은 전화가 끊겼나 화면을 보았다. 시간이 흐르고 있었다. 숫자들이 바뀌면서 김수정과 윤 사이의 침묵을 카운트하고 있었다. 한참 만에 윤은 써야겠지, 하고 건조한 단답형으로 말했다.

김수정은 갖은 평계를 대서 계약하는 자리에는 나가지 않았다. 팀장이 계약을 하러 윤을 만나고 와서는 "굉장히 샤이한 친구더군" 했다.

김수정의 예상대로 윤과의 작업은 쉽지 않았다. 그때 그 두번째 미팅으로 김수정이 기선을 제압했는데도 싸구려 폭죽처럼 김수정의 일상 위로 솟아오르면서 신경쓰이게 했다. 윤은 김수정에게 자주 전화했다. 원고에 대해 상의하는 척했지만 그게 목적은 아니었다. 들어보면 다 자기 자랑이었다. 어디 문화센터에서 강의를 했고 무슨 작가의 도록에 자기 글이 실렸으며 블로그 순위가 얼마나 올랐고 자기가 이번달에 얼마를 벌어 그중 얼마를 자료수집에 투자했는지.

윤은 자주 여행을 갔다. 도쿄도 가고 상하이도 갔다. 그런 여행

사진들이 SNS에 올라오면 김수정은 반응을 해주어야 했다. 친구이자 팔로어였으니까. 그러지 않으면 그 여행 사진들은 김수정의 문자메시지함으로 날아들었다. 나 여기 왔는데 자기가 모를까봐, 하면서. 김수정에게는 윤의 그 후안무치한 짓들이 고스란히 스트레스로 남았다. 하지만 책이 출간되면, 뭐가 됐든 바코드를 달고 일단 나오기만 하면 괜찮아질 일이 아닌가. 그러기만 한다면 더이상 볼일도 만날 일도 없고. 김수정은 그만한 일로 어렵게 잡은 직장에서 일을 그르치고 싶지는 않았다. 그래서 전화나 온라인으로는 연락을 받아주면서도 김수정은 요령 있게 단 한 번도 윤을 직접 만나지는 않았다.

원고가 완성됐다는 연락은 해가 바뀌고 계절이 달라진 뒤에야 왔다. 김수정이 이메일로 보내달라고 하자 윤은 직접 만나서 주겠다고 했다. 완성된 원고를 받아오는 일이니까 김수정은 마음 편하게 좀 속시원해하며 약속 장소에 나갔다.

이번에 만나기로 한 장소도 그때 그 서점이었지만 다행히 차는 가져오지 않았다. 아랍에서 왔다는 유행병 때문에 사람들은 평소보다 적었다. 서점 직원들은 마스크를 쓰고 있었고 김수정도 마찬가지였다. 그런 것 없이 대중에게 자신을 무방비로 노출하고 있는 사람은 윤밖에 없었다. 가까이 걸어가자 더구나 윤은 콧물을 흘리면서 기침을 하고 있었다. 영락없는 병자였다. 김수정이 자기도 모르게 뒤로 물러서자 윤이 인상을 구기며 "나 발열 없어, 그냥 감기야" 했다.

윤에게는 원고 파일이 없었다. 아직 검토 단계에 불과한데 원고 파일을 넘길 수는 없다고 했다. 그런 식으로 원고를 도용당한 게 한두 번이 아니니까.

"너네라고 내가 어떻게 믿니? 응? 요즘 세상에?"

"그러면 출력이라도 해왔어야 하지 않나?"

윤은 출력물을 주긴 줄 건데 그 출력물은 현석경에게 가 있다고 했다. 현석경? 김수정이 이건 또 무슨 엉뚱한 소리인가 하고 있으니까 윤은 지금 현석경을 만나야 한다고 했다. 현석경 작품에 관한 원고가 많아서 게재 허락을 받으러 가야 한다는 것이었다. 그래서 윤은 미리 자기 원고를 현석경에게 보냈고 오늘 약속을 잡았다. 현석경에게서 자기 출력물을 되찾아 김수정에게 주겠다는 계획이었다. 요즘이 어떤 세상인데 싶어 김수정은 어이가 없었다. 키보드만 몇 번 두드리면 우리는 만날 이유도 없고 현석경에게까지 가서 그 출력물을, 마음만 먹으면 백 장이고 이백 장이고 카피할 수 있는 원고 더미를 돌려받기 위해 그런 귀찮은 수고를 하지 않아도 되는데, 그게 뭐라고, 그건 그냥 출력물일 뿐이 아닌가.

"나도 가야 돼?"

"당연하지, 저작권료는 너네가 대야 하는데."

저작권료가 비싸면 작품은 사용할 수 없고—회사에서는 그 정도까지 윤의 원고에 투자할 생각이 없고―그러면 현석경을 만날 필요도 없었지만 그 말을 굳이 지금 할 필요는 없었다. 윤에게 소량의 열이라도 가해선 안 됐다. 터지면 주위 담기 곤란해지니까.

둘은 서점을 나와 함께 걸었다. 김수정은 윤과 멀리 떨어지고 싶었다. 지금 시국이 어떤데 마스크도 없이 기침을 하면서 다니는가, 다니기를. 하지만 윤은 멀어졌다가도 다시 다가와 착 하고 요요처럼 감겼다. 착, 자기, 콜록, 그래서 내가 오르세미술관에서, 착, 고흐를, 착, 그런 건 나만 알고 콜록콜록콜록, 자기, 자기 말이야. 김수정만 꺼려하는 건 아니었다. 행인들도 마치 자석의 같은 극이 서로를 밀어내듯이 윤을 피해 걸어갔다. 대체 마스크는 왜 안 했단 말인가. 참다못한 김수정이 편의점에 들어가 마스크를 사서 내밀었다. 쓰라는 말이었다. 윤은 새하얀 마스크를 보더니 고개를 흔들었다.

"얘, 얘, 수정아, 콜록콜록콜록콜록 그렇게 몰개성한 걸 어떻게 쓰란 말이야? 그렇게 공장에서 대량생산한 멋대가리 없는 콜록콜록콜록콜록 흉물 같은 걸."

김수정은 인상을 썼다. 왜 못 쓰는가. 그깟 마스크가 뭐라고. 마스크는 그냥 그놈의 주둥이만 가리면 되는 거야. 왜 못 써, 왜? 하지만 말이나 개도 아니고 재갈을 물리듯 억지로 씌울 수는 없는 일이었다. 그런 건 폭력이니까 김수정은 오늘은 그렇게 할 생각이 없었다. 김수정은 마스크를 내밀면서 어르듯 "제발 써" 했다.

"안 그러면 현석경이 널 안 만나줄 거야. 지금 그 병으로 죽은 사람의 상당수가 현석경처럼 늙은 사람들이야. 지금 그 사람들은 말이야, 그 좋아하는 등산도 안 다녀. 공원으로 운동도 안 가고 시장도 안 가, 안 죽으려고. 지금 늙은 사람들은 그래, 안 죽으려고 최선을 다한다고. 그러니까 너도 그냥 국으로 쓰라고."

윤은 이건 정말 굴욕이다, 굴욕, 하면서도 마스크를 받아 쥐었다. 약속시간이 다 됐다면서 윤은 참으로 느리게 걸었다. 인사동 거리에 쌓여 있는 부채와 염주, 곰인형 모양의 열쇠고리와 중국풍 인형들이 뭐 볼 게 있다고 가다 서다 했다. 약속시간 지키는 일에 민감한 김수정은 초조해졌다. 그래서 동네 고양이와 인사하듯 그렇게 하나하나 눈 맞추는 윤에게 "가라고, 좀 가라고, 가자, 좀!" 하고 소리를 지르고 말았다. 가던 사람들이 뒤돌아볼 정도로 큰 소리였다.

겨우 갤러리에 도착해 인터폰을 누르자 "엘리베이터를 타요" 하는 대답이 들려왔다. 사실 갤러리에 올 때까지 김수정은 현석경을 직접 만나리라고는 생각하지 않았다. 보통 그런 일들은 직원들이 처리하니까. 그럴 걸 윤이 괜히 흥분한다고 생각했는데 올라가니 정말 현석경이 있었다. 올해 일흔을 맞은 노작가는 전동 휠체어에 탄 채 김수정과 윤을 기다리고 있었다. 김수정 앞에서는 그렇게 쫄고 까불더니 윤은 현석경 앞에서 꿀 먹은 벙어리가 되었다. 커피잔을 내려놓으면서도 손을 덜덜덜 떨었다. 방에는 김수정도 본

적 있는 〈운디드 버드〉가 걸려 있고 그때 그 갤러리에서처럼 일정한 간격으로 어두워졌다가 밝아졌다가 했다. 현석경은 윤이 보냈다는 원고―페이즐리 문양의 스카프에 곱게 싸여 있는―를 탁자에 내놓으면서 인상적이었어요, 했다. 그때부터 시뻘겋게 달아오른 윤의 얼굴은 현석경이 감동 같은 게 있더군요, 라고 말하자 어딘가 푸른 기가 돈다 싶을 정도로 열이 올랐다.

"글이 좋으세요."

김수정은 일단 일이 잘되어야 하니까 그렇게 말했다. 그러자 윤은 더 기분이 좋아져서 김수정을 흐뭇하게 돌아보았다.

"글은 모르겠고,"

현석경은 차로 목을 축이면서 대답했다. 글은 모르겠다니? 그러면 대체 뭣에 감동받았다는 말인가. 현석경은 자신의 작업에 대한 그 충실한 아카이빙에 감동받았다고 했다. 자기도 기억하지 못하는―실제로 그런 일들이 벌어지기도 하는데―작품까지 충실히 고증하고 기록한 점이 인상적이었다는 얘기였다. 그 감동으로 윤의 블로그에도 직접 가본 모양이었다. 이 노작가에게 그렇게 일목요연하게 카테고리화된 자신의 작업세계는 아주 특별하고 중요하게 받아들여진 것이 분명했다. 윤에게 일자리까지 제안했으니까. 현석경은 이제 자기는 은퇴를 해야 하는 시기이고 평생의 작업들에 관한 아카이빙도 하고 회고록도 쓰려 하는데 이미 윤이 상당히 수집을 해놓았으니 적임일 것 같다고 했다.

"그런 건 원래 제자들이 하지만 내가 부덕해서 그럴 제자 하나가 없네."

그러면 잘된 건가, 아닌가, 김수정은 생각했다. 잘됐지, 뭐. 김수정이 보기에도 윤은 안정이 필요했다. 그렇게 팝콘처럼 들떠서 살다가는 어느 날 눅눅해져 버려질 일만 남을 테니까. 뭘 새롭게 쓰라는 것도 아니고, 그냥 이미 있는 걸 정리하면 되는 일인데 주차장에 줄 좀 긋고 관리하면서 돈 버는 일과 뭐가 다른가. 노나는 장사지, 노나는 장사야. 잘됐다. 하지만 윤은 아무 대답이 없었다. 뭐 어쩌겠다는 말도 없이 있다가 그 화려한 스카프에 싸인 원고를 펼치면서 "선생님, 전혀 안 보셨어요? 제 글을?" 하고 물었다.

"내가 요즘은 시력이 좋지 않아서."

현석경이 대답하자 윤은 표정을 와르르 무너뜨리며 실망했다.

"아니, 읽지도 않으시고. 일단 읽어보세요. 기가 막힙니다, 선생님, 그러니까 일단 읽어만 주시면요. 선생님."

윤은 이어서 현석경 작품의 무수한 특징과 암시, 자기만 알아낼 수 있었던 반복과 패턴, 의미 등에 대해 열렬히 설명했다. 흥분해서 마스크를 반쯤 내린 채 기침을 하면서 그 기침 사이사이에 선생님, 그렇지요? 나이프가 언제나 물컵의 옆에, 케흘럭케흘럭케흘럭, 87년에 베를린으로 가서서 작품을, 기증한 작품을 제가 슬라이드로 촬영해서 쿨럭쿨럭 헤흐 국내에는 없어요, 저만, 저만 알죠. 하지만 현석경은 동의해주지 않았다. 김수정은 윤은 그만 닥치고 현석경은 무슨 말이라도 해주기를 기도했지만 그런 일방향의 독백 상황은 나아지지 않았다. 현석경은 노쇠한 몸으로, 걷지도 못하는 몸으로도 그저 침묵만으로 윤을 압도했다. 참으로 냉정한 오리지널리티였다.

김수정은 이 상황이 불편했고, 자기와는 상관없는 문제였지만 윤을 두고 먼저 일어설 수는 없었다. 이윽고 현석경이 이 방의 어떤 열기를 빼내려는 듯 리모컨을 눌러 에어컨을 가동시켰다.

"선생님, 제가요, 저 작품을 보고 운 사람입니다. 저 새 한 마리 없는 그림을 보고요, 제가."

마침내 윤이 어깨가 축 처져서 소파에서 일어섰다. 현석경은 윤이 가리키는 대로 〈운디드 버드〉를 보다가 어색하게 웃으며, 그러나 여전히 냉랭함은 지우지 못한 채로 "잘하셨네" 했다.

윤은 헛펀치로 전 라운드를 마감한 복서처럼 지쳐서 갤러리를 나왔다. 집으로 가겠다는 윤에게 김수정은 밥이나 먹자고 했다. 감기라니까 콩나물해장국 같은 걸 먹자고 했는데 윤은 초밥이 먹고 싶다고 했다. 감기에 무슨 초밥이냐고 했지만 윤은 초밥이 아니면 안 먹겠다고 버텼다. 하는 수 없이 김수정은 종로의 골목들을 헤맨 끝에 회전초밥집으로 들어갔다. 애매한 시간이라 그런지, 유행병 때문인지 손님이 없었다. 주방장은 그들이 들어가자마자 "이랏샤이마세" 하면서 금방이라도 뭘 만들어줄 듯하더니 주방에 들어가서 한동안 안 나왔다. 둘은 회전 레일 앞에서 기다렸다, 초밥이 오기를. 언뜻 데마키 하나가 지나가서 집었더니 모형이었다. 레일은 그렇게 먹을 수 없는 모형들만 태우고 돌고 돌았다. 윤은 데마키 모형이 나타날 때마다 와 정말 구리다, 모형이 실물보다 더 맛없게 생겼다, 하면서 야유했다.

"당연하지, 오리지널을 어떻게 이겨?"

"왜 못 이겨? 요즘은 다 이긴다. 자기 페이스북에 사진 올릴 때 보정해, 안 해."

"안 해."

김수정이 대답하자 윤은 입을 비쭉거리며 반대편으로 돌아앉았다.

이윽고 주방장이 나와 초밥들을 만들어냈다. 수북한 초밥 접시들이 레일 위에서 가짜 모형들과 함께 빙글빙글 돌았다. 김수정은 처음에는 윤이 먹는 접시들의 가격을 머릿속으로 계산해서 자기 몫으로 최대한 저가의 접시를 골랐지만 역시 모형으로 만들어놓은 정종이 담긴 접시를 가리키며 윤이 이거 한 잔, 했으므로 그 언젠가처럼 취해버렸다. 김수정은 초밥은 얼마 먹지 못하고 정종만 마셨고 종업원이 접시 개수를 세어서 초밥값을 계산했을 때 오만팔천원의 가격은 대체 누가 다 창출해낸 걸까 생각했다. 그래도 오늘은 차를 가져오지 않았고 대리기사를 부를 일도 없으므로 마음은 한결 편했다. 하지만 이렇게 좋은 저녁에 윤은 김수정이 여태껏 보지 못한 어둡고 막막한 얼굴로 앉아 있었다.

　초밥집에서 나온 둘은 걷다가 누가 먼저랄 것도 없이 "그런데 지금 우리 어디 가냐?" 물었다.

　"몰라."

　"한강이나 갈까? 새나 보러."

　김수정은 핏, 하고 웃으면서 그놈의 개나 새는 맨날 찾아, 했다. 둘은 다음 전철역까지는 어떻겐가 걸었지만 얼마 가지도 못하고 어느 건물 앞에 주저앉았다. 못 갈 것 같았다. 윤이 바닥을 내려다보며 기침을 하다가 우울한 목소리로 원고를 현석경의 갤러리에 두고 왔다고 말했다.

　"돌아갈까?"

　"지금?"

　윤은 아까 현석경이 제안한 일자리가 못내 아쉬운 모양이었다. 그렇다면 그렇게 굴지 말았어야지, 선생님 말씀이 다 옳습니다, 했어야지. 그렇게 갑질을 잘하면서 왜 을답게는 못 굴어?

　"하지 말까? 아무래도 자존심 상하는 일이지?"

　"왜 안 해? 해야지."

　"해야 할까?"

　"응, 해."

　그렇게 말하고 김수정은 졸려서 잠깐 눈을 감고 초여름 밤의 쾌청하고 따뜻한 바람을 느꼈다. 눈을 감자 이 거대한 도시에는 김수정과 윤밖에 없는 것 같았다. 그렇게 김수정답지 않게 나른해지려는데 윤이 김수정을 흔들면서 잠들지 마, 잠들면 안 돼, 했다. 김수정은 그 말이 귀에 익다고 생각했고 그때 그 연극을 떠올렸지만 그렇게 해서 큐브 속 남녀가 결론적으로 어떻게 되었는지는 기억나지 않았다. 그러고 보면 그 연극은 정말 아무것도 아니었어, 김수정은 생각했다. 윤의 말이 틀리진 않았지.

김수정이 자리를 털고 일어나 걸었다. 윤이 자기는 이제 지쳐서 못 걷겠다고 소리쳐도 뒤돌아보지 않았다. 화난 사람처럼 굳은 얼굴이었지만 실제로 화가 난 것은 아니었다. 그런 건 아이에서 어른이 되는 동안, 두 마리의 자라가 김수정 안에서 여러 번 죽었다가 진짜로 죽어버리는 동안 감당할 수 없는 순간들을 넘기기 위해 반복되어온 패턴 같은 것이었다. 윤은 아마 갤러리로 돌아가겠지, 김수정은 생각했다. 그런 일은 또 그렇게 흘러간다.

김수정은 적요하게 불을 밝히고 있는 백화점의 쇼윈도들을 지났고 몇 개의 횡단보도를 건넜다. 그런 풍경 속에서 김수정은 이 도시에서 흔하게 만날 수 있는 술 취한 귀가자일 뿐이었다. 폐점한 쇼핑센터를 지나는데 퇴근시간인지 일과를 마친 직원들이 우르르 쏟아져나왔다. 그들은 김수정을 사이에 두고 꽤 거대한 흐름이 되어 스쳐지나갔다. 안녕, 안녕, 웃음으로 서로를 일별하면서 돌아갔다. 집으로.

사람들이 다 지나간 뒤 김수정은 두어 걸음을 더 걷다가 〈운디드 버드〉를 떠올렸고 그 자리에 섰다. 뒤를 돌아보았다. 김수정이 이미 지나쳐온 거리에 윤은 없었다. 아예 처음부터 없었던 사람처럼. 김수정은 그렇게 서서 누군가와 그처럼 완벽하게 단절되어버린다는 건 어떤 것인가 생각했다. 그런 고통은 어떻게 해서 드러날 수 있는가에 대해. 그러자 김수정의 얼굴 위로 조용히 눈물이 흘러내렸다. 김수정이 눈물을 닦지 않은 채로, 하지만 무언가와 싸우듯 그 텅 빈 거리를 쏘아보고 있는 동안 윤이 모퉁이를 돌아 나타났다. 멀리서 윤이 걸어올 때 김수정은 윤이 아니라 다른 사람이 아닌가, 윤이 윤이라는 사실을 어떻게 알 수 있는가 싶었지만 그렇게 이상한 옷차림으로 나비처럼 걷는 남자는 윤밖에 없었다. 당연하지 않은가. 이윽고 김수정은 다시 걸었고 그들은 그렇게 아직은 간격을 유지한 채 새를 보러 갔다.

모리와 무라

1

이태 전, 해경과 나 그리고 숙부가 함께한 일본 여행을 떠올리면 석연치 않은 구석이 많았는데 그러는 한편 그 모든 것들이 하나의 해프닝이었다는 생각도 든다. 사람이 죽은 마당에 그런 가벼운 표현을 쓰면 안 되는지 몰라도.

숙부는 일흔이 다 되어 있었고 삼십 년 넘게 일했던 호텔에서 정년을 한 뒤 몇 년간 좀 감정적인 상태였다. 누군가들에 대한 비난과 조롱을 하루종일 늘어놓았다. 밑반찬 따위를 싸 들고 해경이 인터폰을 누르면 온종일 뭘 했는지 아주 지친 얼굴의 숙부가 현관문을 열어주면서 오는데 춥지 않았니, 하고 물었다. 늦봄이라 장미가 흐드러지게 핀 줄도 모른 채. 퇴직을 하고 숙부는 오래된 독신자 아파트에서 외출도 거의 하지 않고 지냈다. 이제는 출퇴근을할 필요도 없고 데스크를 지키며 밤을 새우지 않아도 되는데 일을나갈 때보다 낯은 더 흙빛이 되고 얼굴이 쪼그라들어 주름이 자글자글했다. 나는 저러다 숙부가 〈반지의 제왕〉에 나오는 골룸처럼손쓸 수 없이 짜부라질지도 모른다고 생각했다. 그래서 숙부 좀이상하지 않아? 라고 해경을 찔러봤지만 해경은 아니라고 했다. 사실 해경에게는 물으나 마나였다. 해경은 숙부를 늘 자랑스러워했으니까.

아무튼 고정수입과 직함이 사라진 자리에 그렇게 흥성거리는적대가 채워진다는 것은 흥미로운 일이었다. 그런 게 늙는 것이라면 일부러 영양과 에너지를 투입해 신체 항상성을 유지하며 나이들 필요가 없겠다는 생각이 들었다. 내겐 이미 미워하는 사람이넘쳐나고 조롱하고 비난하고 싶은 인간들도 참으로 많으니까. 하지만 부엌 식탁에 앉아 캔맥주를 앞에 놓고 그런 인간들을 우울하게 욕하고 있으면 모친인 해경은 그러지 말라고 했다.

"결국 다 죽는다, 그렇게 생각하면 세상 미워할 사람이 없어."

우리 모두가 죽는다는 사실만이 우리를 구원한다니, 그런 건 염세일까, 완벽한 처세일까. 아무튼 해경은 이렇듯 태도가 쿨해서소파에 나른하게 누워 텔레비전 채널을 돌리다가 뭘 갈아 먹거나 반복 운동으로 몸을 키우거나 어디에 토굴을 파고 참인생을 살고 있는 사람이 나오면 안 죽을려고 참 애, 쓴다, 하고 시들시들한 조소를 담아 야유했다.

"아, 그러면 일찍 죽고 싶은 사람 있어?"

"난 저렇게는 안 하고 싶다. 연연 안 한다."

"시집 안 간단 소리랑 노인네 일찍 죽는다는 소리야말로 거짓말이라던데."

"니는 그렇나?"

"나 뭐?"

"미혼이 아니라 비혼이라더니만 내숭이가."

이러니 해경, 숙부와 함께 여행을, 그것도 해외여행을 결심하는 건 쉽지 않았다. 해경이 정靜이라면 숙부는 동動, 숙부가 랩이라면 해경은 시에 가까운 태도로 노년을 맞고 있었기 때문이다. 그렇게 전혀 다른 두 사람과 여행한다면 때마다 의견이 맞지 않아 갈등하다가 마음고생이나 하고 돌아오리라 생각했다. 그런데도 숙부의 제안을 거절 못한 건 말이 다소 안 되는 듯도 하지만 전 애인인 운주가 남긴 빚 때문이었다. 몇 푼 안 되는 외주 디자인비로 갚아봤자 이자는 계속 붙었고 이자, 이자의 이자, 이자의 다시 이자를 변제하는 오늘이 지나 어느 타이밍에는 목돈이 필요할 것이었다. 그러자면 우호가, 특히 어른들과의 우호가 필요했다. 또래들은 아무리 많아도 소용없었다. 정작 돈 얘기가 나오면 모래 장난을 하다가 갑자기 손을 털고 엄마에게 가버리는 아이들처럼 몸을 뺐으니까.

그래도 나는 운주가 씀씀이가 헤펐다거나 성실하지 못했다고는 생각하지 않았다. 운주는 도박도 안 했고 무리해서 뭔가를 사는 사람도 아니었다. 다만 술을 즐겨서 목요일이나 금요일 늦은 밤, 자기가 아는 최대의 사람들을 모아 연포탕이나 숙성회 같은 다소 비싼 안주를 앞에 두고 취하는 것이 호사라면 호사였다. 하지만 그렇게 쌓아올린 인맥이라는 것도 갚을 수 없는 현찰 앞에서는 무용했다.

그때 운주는 연료통이 거의 빈 차를 끌고 우리 아파트 앞으로 와서 작별인사를 했다. 하필이면 벚꽃이 가지마다 무더기로 피어서 이제는 운주의 소유가 아닌 중형 세단 위로 하늘하늘 떨어져내렸다. 그 장면은 4월의 봄밤다운 낭만적인 풍경이었지만 내 마음은 그렇지 않았다. 결별에 필요한 충분한 양의 분노와 냉소와 환멸이 차오르고 있었다. 나는 연애를 지속하면서도 결혼을 원하지는 않았지만 운주가 알거지가 돼서 결혼을 하려야 할 수 없어지자 분노를 참을 수가 없었다. 운주는 블랙홀처럼 내 모든 원망을 빨아들였다. 그렇게 해서 탄생시킨 것이 오 년 연애의 종말이라는 사실이 참으로 허망했다.

우리는 이별에의 최종 합의를 위해 눈에 띄는 대로 아무 술집이나 들어갔다. 문어치킨이라는 해괴한 튀김 음식을 파는 동네 맥줏집이었는데 성능 좋은 스피커를 들여놓고 음악 신청을 받아 틀어

주었다. 운주는 그렇게 누군가가 신청한 희대의 명곡이 흐르는 동안 운주사 미륵보살이라는 평소 별명답게 내 힐난과 빈정거림을 묵묵히 참아냈다. 그러니까 능력도 안 되면서 애초에 그렇듯 많은 빚을 져서는 안 됐으며 혼자만 망하면 됐지 나까지 끌어들여서 빚을 지게 하고 돈뿐 아니라 사랑이란 명목으로 내 감정과 육체까지 수탈한 나쁜 놈인데 혹시 너는 일부러 위장폐업을 하고 달아나려는 게 아니냐고. 그러니까 내 돈과 감정과 결혼이라는 미래까지 감당하기 싫어서 꽁무니를 빼려는 것이 아니냐는 말들이 내 입에서 흘러나왔다. 운주는 그 정도 비난은 그런대로 소화 가능한지, 그즈음 여기저기서 하도 욕을 많이 먹어서 이제는 억울하지도 않은지 그저 듣고만 있었다. 내 말이 멈춘 건 마주보고 있는 우리 사이로 드롭스 통을 든 손이 불쑥 끼어들면서였다.

"하나 팔아주세요, 네?"

사고를 당했는지 오른팔이 전체적으로 불편해 보이는 남자는 원래는 삼천원짜리지만 이천원에 주겠다고 했다. 운주는 자기 앞에 놓인 그 드롭스 통을 한동안 내려다봤고 오천원을 내밀면서 사탕은 하나만 줘요, 했다. 나는 어이가 없었다. 그 오천원은 어쩌면 운주가 가지고 있는 몇 안 되는 지폐 중 하나일지도 모르는데, 사실 불행의 크기로 따지자면 남자나 운주나 모르는 것이 아닌가.

"한 통 더 줘요. 이천원에 한 통이라면서요."

나는 남자를 불러 세웠다.

"사장님이 한 통만 필요하시다고."

"그러는 게 어딨어요. 정가라는 게 있는데 안 그러면 삼천원을 거슬러주든가요."

"정가는 삼천원예요."

"그러니까 삼천원인데 이천원에 준다면서요. 방금 아저씨가 그랬잖아요. 한 통 더 주든가, 삼천원을 거슬러주든가."

남자가 가방에서 드롭스 통을 꺼내면서 운주 쪽으로 은근히 고개를 돌려 도움을 청했다.

"다정이 너 왜 그래. 왜 억지를 써."

운주가 손을 휘휘 내저으며 나를 말렸다. 그러자 화가 더 치밀어올랐다.

"아저씨, 아저씨 지금 물건 팔려고 다니는 거잖아요. 나 좀 불쌍히 여겨라 이런 거 아니잖아요. 거래잖아요. 떳떳하잖아요. 그러니까 한 통 더 내놓고 천원도 거슬러줘요. 내놔요."

남자는 얼른 사탕을 내려놓고 술집을 나갔다. 그러자 그때까지 열띠게 이어졌던 대화—사실 나의 일방적인 힐난에 가까운—는 더이상 이어지지 않았다. 남자는 오천원을 가져가고 천원을 거슬러주지 않았지만 뭔가를 일깨워놓기는 했다. 어떤 관계의 최종에서도 우리가 남겨야 하는 일말의 자비 같은 것을.

"일어서자."

나는 괜스레 테이블을 냅킨으로 닦다가 힘을 주어 말했다. 그리고 아마도 며칠 뒤에는 정지될 신용카드로 술값을 결제하면서 여행이나 가야겠다고 생각했다. 해경과 숙부의 돈으로, 이를테면 저 멀리 샌타모니카 같은 곳으로. 그런 지명의 목적지들은 대개 어느 대륙에 있는지도 생각나지 않고 어디든 있긴 있다는 애매한 동경만 심어주지만 그것마저 없으면 연애의 종말과 늙음 같은 인생의 파고들을 또 어떻게 넘길까. 술집에서 나와 아파트 주차장까지 걸어온 운주는 차 키를 내밀며, 리스 업체에서 오면 차를 넘겨달라고 부탁했다. 리스값을 갚지 못해 차까지 반납해야 할 상황이었던 것이다. 나는 취했지만 누군가와 영영 이별하는 밤이니까 정신을 차리고 무언가 중요한 말을 하고 싶었다. 하지만 딱히 적당한 말이 생각나지 않아서 잘해, 잘, 하는 말만 반복했다.

"잘하란 말이야. 정신을 차리고 이게 다 전화가 위복이다 생각하란 말이야."

하지만 뭘 잘하라는 건지는 알 수 없었고 그게 뭔지는 몰라도 그러지 못했던 건 확실하다는 생각이 들었다. 그 강렬한 패배감이 연애의 실패에서 오는지, 경제적 몰락에서 오는지는 알 수가 없었다. 운주가 노트북 가방에 욱여넣은 드롭스 통은 평평해야 할 가방의 전면을 볼록하게 만들었다. 우스꽝스럽게 도드라진 그 모양에 나는 웃지도 울지도 못했다. 운주는 머리에 닿을락 말락 내려와 있는 벚꽃 가지를 살짝 걷어올리며 돌아섰다. 곧 리스 업체에 회수될 승용차와, 회수하러 올 사람도 없는 나를 남겨두고. 그러다 운주는 뭘 잡는지 허공을 잡아챘고 그것이 꽃잎이었는지 하루살이 같은 날벌레였는지 아니면 빈주먹이었는지 모르겠지만 그 손을 풀지 않은 채 주머니에 넣었다.

2

우리가 8월에 간 곳은 후쿠오카의 온천 마을 유후인이었다. 숙부는 여행비로 겨우 백만원만 내놓았고 거기다 해경이 그만큼을 보탰다. 아쉽게도 샌타모니카는 아니었지만 거기에는 우리 셋에게 필요한 것이 다 있었다. 무릎이 안 좋은 해경을 위한 온천이 있었고 대체 호텔에서 얼마나 지속된 소음에 시달렸는지는 몰라도 은퇴 이후로 조용히, 좀 조용히 있고 싶다고 호소하는 숙부를 위한 숲속의 적막이 있었고 여행의 기쁨 따위에는 관심 없고 그냥 이 여정이 무탈하게 끝나기만을 원하는 나를 위한 별장식 료칸이 있었다. 나는 공항이 있는 하카타에 도착한 당일을 제외한 이틀 내내 유후인의 료칸에 처박혀 있는 은둔형 여행 계획을 짰다. 숙부와 해경도 별 불만은 없었다. 그들은 걷는 게 싫다고 했다.

하지만 막상 하카타에 도착해 우리가 주로 한 일은 걷는 것이었다. 숙부와 해경이야 공항버스를 타고 비행기에 실려왔을 뿐 여행의 동선에는 아무 생각이 없었고 책임은 오롯이 나와 구글맵에 있었다. 하지만 나는 길치라서 둘을 데리고 자꾸 헤매다가 돔 구장이 있는 모모치 해변을 갈 때에는 아예 비싼 택시를 이용했다. 날이 무척 흐려서 바닷가는 회색빛이었다. 어디서 굴러왔는지 모를 수십 개의 야구공들이 모래밭에 처박혀 있었다.

그래도 여행을 오자 숙부는 기분이 나아져서 안내방송을 통역해주기도 하고 하카타에키, 데파—토, 미나미몬, 바—스 노리바 같은 표지판들을 읽어주기도 했다. 어차피 한국어 병기가 되어 있어서 굳이 일본어로 읽을 필요가 없는 단어들이었지만 괜찮았다. 그렇게 할 때 숙부의 얼굴에는 뿌듯함이 곰탕 국물처럼 뽀얗게 우러나왔으니까.

해경은 숙부를 늘 자랑스러워했지만 어려서부터 나는 숙부에 대해 일종의 의혹을 가지고 있었다. 어떻게 보면 해경이 그러는 이유와 같은 맥락이었는데, 다른 숙부들과 달랐기 때문이었다. 숙부는 세련되었고 외국어를 잘했으며 책을 읽었다. 평생 독신으로 살면서 호텔에 근속했고 친척들끼리의 일상적인 저녁식사에서도 재킷을 입었으며 취하지 않았다. 음식물을 먹다 흘리거나 누군가를 붙들고 신세한탄을 하거나 침을 뱉지도 않았다. 지퍼를 다 올리지 않은 채 성급하게 화장실에서 나오며 하던 말을 잇지 않았고 이 새끼야, 라고 조카들을 부르지 않았다. 친척들 사이에서는 숙부의 그런 성향들이 모두 '호텔식'이라는 말로 정리되었다.

호텔에서 일했으니까 어떻게 보면 일리가 있었는데, 문제는 그

호텔식이라는 말이 일종의 야유처럼 쓰인다는 데 있었다. 형님, 아무리 취했어도 양말은 신으세요, 라고 숙부가 말하면 식당 의자에 비스듬히 기대앉아 소주 두 병을 비워낸 큰숙부가 불쾌해진 얼굴로 야, 그거 호텔식이냐, 하며 코웃음쳤다. 숙부들은 정말 술고래를 지나쳐 왕년에 술로 사고들을 두루 쳐본 환자들이라 끝도 없이 마셔댔다. 노란 맥주 한 잔을 앞에 두고 그 주정들을 지켜보며 자리를 지켜내는 건 늘 막내숙부 혼자였다.

내가 미대에 진학하느라 돈이 필요했을 때나 해경이 몸이 아파 급전을 당겨야 했을 때마다 숙부가 도와주었어도 나는 언제나 그 선의에 어딘가 찜찜함을 느끼는 쪽이었다. 그건 아마도 숙부의 삶이 다른 숙부들의 인생처럼 머릿속에 명확히 요약되지 않기 때문인지도 몰랐다. 다른 숙부들은, 당사자들은 인정하지 않겠지만, 서로 비슷비슷한 방식으로 인생을 망쳐가며 나이가 들었다. 번갈아가며 사업을 벌였지만 아무리 싱싱한 의욕으로 시작한 일이라도 곧 절임 배추처럼 시들해졌고 노래방 십팔번처럼 친근한 실패속에서도 경쟁하듯 자식들을 낳아 종국에는 자기 자신들을 증오하게 했다. 정치와 사회적 이슈에 대해서도 한 고견씩을 가지고 있었는데 알코올중독 치료를 받는 와중에도 그런 시민으로서의 자기 존재화는 중요해서 가족 모임 때마다 공회전하는 분노와 함께 늘 싸움의 원인이 되었다. 하지만 숙부는 그렇지 않았다. 매사에 딱히 자기 의견이랄 게 없었다. 호텔 지배인이라는 게 결국에는 서비스직이니까 감정노동을 하느라 그렇게 되었나보다, 아니면 해경의 말대로 워낙 고급 직종에서 일해서 그런가 생각했지만 아니었다. 감추고 있을 뿐이었다.

언젠가 숙부가 해고된 직원에게서 항의전화를 받는 장면을 본 적이 있었다. 보름달이 휘영청 떠 있어서 그 아래의 모든 풍경이 환하게, 어딘가 적나라하고 뻔뻔하다 싶게 환하던 밤이었다. 통화 내내 숙부가 한 말은 흡연을 했지, 그건 분명하잖나, 내가 다 봤어 같은 것이었다. 작업장 내 흡연은 해고 사유야, 나는 봤어. 자네가 식재료 창고에서 그 가늘고 긴 에쎄를 두 개비나 피웠잖나, 나는 봤다고, 나는 봤다니까. 숙부의 말투는 차분했지만 그래서 상대에게는 더 위협적으로 들릴 것 같았다. 숙부는 시선을 느꼈는지 힐끔 내 쪽을 봤고 화장실을 다녀왔을 땐 어느새 다른 숙부들 사이에 앉아 있었다. 그때 나는 숙부를 보는 내 시선이 미세하게 달라졌다고 느꼈다. 그전에 숙부가 친척들 사이에 어색하게 놓인 목각인형 같았다면 그후로는 뭐랄까, 내 편에서 마침 바라다보이던 중국집 어항 속의 비단잉어 같달까. 내 팔뚝만한 크기의 그 비단잉어는 녹조 낀 물에서 조용히 헤엄치고 있었는데, 동작은 무심해 보여도 뒤룩뒤룩한 눈은 쉴새없이 움직이고 있었다. 하지만 그렇게 끊임없이 살펴도 어항의 투명한 벽에는 계속 부딪히니까 긴 수염이 난 주둥이에는 붉은 흠집이 나 있었고, 비늘들이 떨어져나간 자리에는 흰 살이 드러난 채 혈관이 비쳤다. 그날 나갈 때쯤 어

린 조카 하나가 카운터의 화상華商에게 잉어는 몇 살이에요? 하고
물었는데, 화상이 장난으로 백 살! 하자 어른, 아이 할 것 없이 와
하— 하고 웃었다. 하지만 나는 하나도 웃기지 않고 소름이 오소
소하게 돋았다. 왠지 숙부는 정말 백 살까지 장수할 것 같았다. 그
러면 내가 일흔이 되는데 그때 다른 숙부들은 간경화 따위로 다
죽고 없을 테니까 이번에는 숙부의 고요한 시선을 받아야 할 사람
은 나일 것 같았다. 그리고 그때쯤에는 나도 다른 숙부들처럼 어
떤 적개와 분노 그리고 충분히 실패한 사람이 가지는 묘한 체념과
안정을 터득한 늙은이가 되어 있을 것이고.

하카타에서 일박하는 날 밤에는 그래도 여행이니까 음주를 했
다. 천변 야시장에 있는 사케집에서였다. 우리는 작은 족자가 걸
린 나무 벽 밑에 앉았는데, 거기에는 하이쿠가 몇 줄 적혀 있었다.
사케집 상호이기도 한 '간추미마이'가 그 하이쿠에서 왔고 그건
추운 겨울을 나는 친구에게 보내는 편지의 안부인사를 뜻한다고
숙부가 설명해주었다. 상중인 사람이나 고인에게 안부를 물었다
가 비보를 알게 돼 애도하며 다시 편지할 때도 쓰는 말이라고.
사실 일본어를 잘하는 건 숙부만이 아니었다. 다른 형제들도 꽤
했다. 그건 그들이 시골에서 차례차례 상경했을 때 먼저 자리잡고
있던 큰숙부의 도움으로 동부이촌동 일본인 마을에 있던 '미쓰비
시 잡화점'에서 일했기 때문이었다. 제법 크고 유명했던 그 쇼핑

센터는 식료품과 함께 일본에서 수입한 가전부터 의류까지 모든 물건을 취급했다.

나는 숙부에게서 잔을 받아—어른은 공경해야 하니까—고개를 옆으로 하고 홀짝 마셨다. 화제는 다시 홀러 호텔 이야기로 넘어갔다. 숙부는 삼십 년 동안의 호텔 근무가 얼마나 힘들었는지 그날 밤에 다 요약하려는 기세로 내내 떠들었다. 진상 손님에서 시작해 규율을 매번 어기는 직원들, 유통기한 지난 치즈며 살라미를 쓰는 뷔페 식당, 더러운 지하실과 식자재 창고, 룸 컨디션이 엉망인 객실들을 하나하나 복기해 불평했는데, 나는 애초에 그런 말을 들을 의욕이 없었고 오직 해경만이 그랬구나, 오빠, 그랬어, 고생이 많았어, 하고 장단을 맞춰주었다.

"뭐가 그래 그렇게 힘들었수? 뭐가?"

"사람이 제일 힘들지."

숙부는 숨을 아주 길게 몰아쉬었다. 그리고 언제나 VIP룸에 머물렀던 어느 미술관 관장에 대해 이야기했는데, 그는 호텔에 머물지만 호텔 직원들과 마주치고 싶지는 않은 사람이었다고 했다. 세탁을 신청하거나 룸서비스를 주문하고 나서는 직원이 그것을 문 앞에 놓고 재빨리 사라지기를 바랐다. 그래서 세탁할 옷도 언제나 문손잡이에 걸거나 복도에 던져놓았는데, 어느 날 그걸 가지러 갔던 숙부가 타이밍을 맞추지 못해 관장과 맞닥뜨렸다고 했다. VIP룸의 문이 딸깍 열리는 순간 숙부는 어디에 숨어야 하나, 뭐라고 변명을 해야 할까 긴장했는데 복도에 또다른 세탁물을 추가로 던지기 위해서 나왔던 그 관장은 숙부를 발견하자마자 소리를 질렀고…… 거기까지 말한 숙부가 문득 말을 멈췄다.

"그래서 어떻게 됐는데요?"

나는 여행 온 이래 가장 적극적인 태도로 물었지만 숙부는 대답이 없었다. 더이상 말은 않지만 회상은 계속되는지 숙부의 입이 점점 벌어지기 시작했다. 밑에서 누군가 잡아당기는 것처럼 불수의적으로 벌어지는 입의 지름과 각도가 그 일의 강렬함이랄까, 끔찍함이랄까, 하는 것을 번역하고 있었다. 숙부는 그렇게 기억 속에 빨려들어가 턱을 떨어뜨리다가도 침을 닦으면서 들어올렸는데 그렇게 스읍, 하고 주의를 환기해보는데도 막무가내로 빠져드는 기억이란 무엇일까 나는 조바심이 났고 이윽고 숙부는 아주 조그마한 소리로 "눈을 감으라고 했지"라고 했다.

"눈을 감으라고 했다고요?"

"응, 그러면 없는 거나 마찬가지니까."

나는 눈을 감으라는 게 뭐가 그렇게 큰 모욕인가 싶어서 김이 샜다. 해경은 숙부의 손을 잡으며 고생이 많았다고 다시 한번 위로했다.

"왜 눈을 감으라고 해. 멀쩡히 보는 눈을. 그런데 오빠, 그 사람도 다 죽습니다. 돈 많다고 안 죽는 거 아니에요. 안 죽는다고 좋은 것도 아니고요."

하지만 숙부는 해경의 그런 다정한 위로에는 반응하지 않고 사케 잔을 종업원에게 내밀면서 잇파이, 한 잔 더, 라고 외쳤다. 나는 대체 그것이 왜 그렇게 모욕적인지 묻고 싶었지만 됐다 그래라, 하는 심정으로 더 묻지 않고 어포만 질겅질겅 씹었다. 기분이 착 가라앉았고 오직 뜨거운 사케만이 나를 구해줄 유일한 손길인 듯해 두 손으로 맞잡았다. 숙부도 말없이 서비스 안주로 나온 풋콩을 까서 입안에 넣었다. 소금물에 데친 풋콩이 그렇게 맛있을 수가 없다고 했다.

우리는 이번에도 당연히 택시를 타고 숙소로 돌아왔다. 그날 밤, 숙부가 머무는 옆방에서는 심한 잠꼬대 소리가 들려왔다. 으으, 하고 앓는 소리 같기도 고함을 지르는 것 같기도 하고 어떻게 들으면 웃는 것 같기도 한 이상한 소리였다. 나는 한 번도 숙부네 집에서 잔 적이 없으니까 숙부가 그렇게 잠버릇이 나쁜지는 몰랐는데, 그렇게 밖까지 퍼지는 소리를 들으니 이틀간 같은 료칸에서 지낼 일이 걱정되기 시작했다. 몽유병이 있는 건 아니겠지 생각하며 뒤척이는데 눈을 감고 있는 것이 그렇게 큰 모욕이었다는 말이 떠올랐다. 자는 동안에는 눈을 감을 수밖에 없으니까 숙부에게는 어떤 모욕이 참을 수 없이 반복되는지도 모를 일이었다.

3

료칸에서 제공한 송영 밴을 타고 유후인 기차역에서 료칸으로 가는 길은 울창한 삼나무 숲이었다. 그렇게 하늘로 뻗은 나무들은 맑은 날에는 이국적인 정취와 함께 아름다움을 느끼게 해주었겠지만 우리가 찾은 날에는 태풍의 거센 빗줄기 속에 꺾이고 흔들리면서 아우성치고 있었다. 행인도 보이지 않고 상점들도 대부분 닫혀서 괴괴한 풍경이었다. 그래도 우리는 여행객이니까 아무리 1002헥토파스칼의 태풍이 이 지방을 관통하더라도 풍경의 즐거움을 포기할 수는 없었다.

"비가 오니까 숲이 더 운치가 있네."

어떤 나무는 꺾여서 저러다 부러지지 않을까 걱정하고 있는데 해경이 말했다. 숙부는 어제보다 얼굴이 더 좋지 않았고 말이 없었다. 내가 슬쩍 어제 무슨 나쁜 꿈 꿨어요, 숙부? 하자 숙부는 한참 생각하더니 아니, 아주 죽은듯이 잤는데, 라고 대답했다.

료칸은 모두 여덟 채였고 완벽히 분리된 공간에서 머물 수 있게 집과 집 사이에도 나무와 낮은 담이 자리해 있었다. 밴에서 짐을 내리는데 해경이 "연이다, 연"이라며 가리켰다. 나도 일만 평으로 넓게 펼쳐진 녹지의 저쪽 언덕에서 달려오는 그 빠르고 작은 물체가 정말 연인 줄 알았다. 그런데 좀더 가까워지자 개 두 마리였다. 풀숲을 헤치고 마치 가오리연처럼 미끄러져내려오고 있었다. 개들은 순식간에 우리 앞에 서더니 냄새를 맡았고 료칸 직원이 짐을 내려 로비로 가져가는 동안 우리와 같은 밴을 타고 온 아이들과 어울렸다. 한 마리는 진돗개처럼 생긴 꽤 큰 개였고 한 마리는 테리어종이었다. 몸체의 흰색과 뚜렷하게 구별되는 검은 머리가 특징이었다. 아이들이 그 경중대는 개를 붙들며 이름을 묻는 듯했고 직원은 친절하게 상체를 약간 숙여서 큰 개와 검은 머리 개를 연이어 가리키며 모리와 무라라고 했다. 모리는 숲에서 온 산개였고 무라는 읍에서 온 개라서 그렇다고 숙부가 전해주었다. 그렇게 다르게 살아온 개가 어울려서 살 수도 있는 거구나 싶었다. 료칸에는 다다미로 된 방과 거실이 있었고 기역자 발코니에는 온천물이 나오는 욕조가 있었다. 발코니 창을 열자 바람이 들어와 마치 수색하듯 우리의 옷가지와 짐들을 건드리고 사라졌다. 우리는 지쳐서 대화도 없이 방안에 널브러졌다.

한참 있다 숙부는 온천욕을 하려는지 반바지와 러닝셔츠 바람으로 휘적휘적 걸어 발코니로 갔다. 그리고 몸을 씻는지 어쩌는지 한동안 돌아오지 않았다. 해경은 집에서와 마찬가지로 소파에 앉아서 알아듣지도 못하는 텔레비전 방송을 보았다. 상당한 채널이 태풍에 직격탄을 맞은 동네들, 흙탕물, 넘실대는 바다, 부러진 전신주, 탈선한 기차, 날아간 집과 내려앉은 집, 무너진 산과 숲을 다루고 있었고 한 채널에서는 모두 나들이 복장을 하고 스튜디오 안에 가짜 조경을 한 뒤 돗자리를 펴놓고 거기서 꽃놀이를 하고 있었다. 몇몇은 아이처럼 차려입었고 또 누구는 노인 흉내를 내고 있으니 아마 대가족이 등장하는 역할극인 것 같았는데, 가족도 가짜이고 꽃도 가짜고 그러면 당연히 웃음도 기쁨도 가짜이고 그렇다면 진짜인 건 해경이 그걸 보고 있다는 사실뿐인데 중간에 해경이 길게 하품을 해서 어쩌면 시선만 머물 뿐 보는 것도 가짜일까 생각했다. 그때 누군가 현관을 두드리는 소리가 났다. 처음에는 바람 소리를 잘못 들었나 싶었지만 분명 노크 소리였다.

"누구세요?"

나는 한국말로 했다가 여기는 일본이니까 적어도 영어를 써야 하지 않을까 뒤늦게 생각했는데, 여태껏 뭘 했는지 몸이 하나도 젖지 않은 숙부가 거실로 돌아와 "난다요?" 하고 소리쳤다. 밖에서 들려온 건 여자의 상냥한 목소리였다. 저녁이 준비되었다고 알리는 것이었다. 인터폰이 말썽이라 직접 전할 수밖에 없었다고. 해경이 온천도 하지 않고 발코니에서 뭘 했냐고 묻자 숙부는 개들을 구경했다고 대답했다. 개들이 꼬리를 치며 발코니까지 다가왔다고, 부르지 않았는데도.

식당에 가보니 유카타를 입은 사람은 숙부만이 아니었다. 바람이 불면 모든 게 훤히 드러날 것 같은 그 얇은 가운 따위를 입고 서너 명의 남자들이 피곤한 기색으로 앉아 있었다. 사시미와 나베, 생선구이와 튀김, 삶은 계란과 두부 같은 수십 가지 반찬이 나오는 동안 우리는 말이 없었다. 숙부는 차례로 놓였다가 차례로 치워지는 접시들을 세고 있다가 식사가 끝날 즈음에야 그게 뭐가 중요한지 서른한 개야, 라고 했다. 접시가 다 서른한 개였다고. 우리는 식당이 문을 닫을 때까지 느리게 음식을 먹었다. 나올 때는 료칸 어딘가에 있다는 대온천장에 갈 생각이었지만 광풍 때문에 숙소로 돌아가기도 힘들었다. 누구도 어두운 길을 걸어 그 욕장을 찾아가자고 제안하지 않았다. 우산을 써도 인정사정없이 우리를 갈기는 비를 뚫고 숙소로 돌아왔을 때 숙부는 슬리퍼 한 짝까지 잃어버린 상태였다.

"오빠, 발이 왜 그래요?"

그제야 숙부는 흙탕물에 다 젖은 자신의 왼발을 내려다보았다. 몸은 늙어도 발은 늙지 않는 건지 그것은 숙부의 몸에서 가장 매끈하고 하얘서 싱싱해 보였다. 해경이 우리가 걸어온 그 어둡고 바람이 세차게 부는 쪽을 바라보았다. 가서 한번 찾아볼까요, 하고 내가 말했지만 진심은 아니었고 그런데도 그런 말을 한 건 어떤 민망함을 이기기 위해서였다. 숙부가 근무했던, 적갈색 대리석이 깔린 호텔 로비에서 구두를 신었다고는 믿을 수 없게 조용하고 상쾌한 몸짓으로 버릇인지 아니면 매뉴얼이 그런지 두 손을 맞잡은 채 상냥하게 걸어나오곤 하던 숙부를 생각하면 슬리퍼 한 짝이 어디로 갔는지 몰라 자기가 걸어온 방향을 시무룩하게 바라보는 지금의 숙부를 지켜보는 일에는 분명 면구스러운 데가 있었다. 어쩐지 그건 부끄러움을 나눠 가지는 것이기도 했고 동시에 명백한 거리를 유지하는 것이기도 했다.

"괜찮아요, 아 괜찮지, 그깟 슬리퍼 얼마나 한다고."

해경이 숙부의 소매를 툭툭 쳤고 그것이 마치 신호인 것처럼 우리는 숙소로 재빨리 들어갔다. 그렇게 비를 맞고 나니 발코니에 나가서 온천을 하고 싶은 생각은 더더욱 들지 않았다. 숙부가 자기가 알고 있는 다도법이라며 꽤 복잡하게 끓여낸 녹차를 마시면서 우리는 기역자로 꺾여 목이 부러질 것 같은 나무들을, 그 위협적인 태풍의 밤을 통유리창으로 지켜보았다. 숙부는 유리창에 면해 있는 테이블에 앉아 있다가 중간중간 창밖을 보면서 개인가, 하고 말했다. 저기 개가 왔나봐. 하지만 개들은 아까 식당 옆에 있는 자기네 집에서 꼬리를 흔들고 있지 않았나. 숙부가 가리키는 쪽을 바라봤지만 거기에서는 뭐가 있다고도 없다고도 할 수 없는 애매한 형질의 움직임 같은 것이 느껴질 뿐이었다.

"오빠 뭐래요? 태풍이 어떻게 된다는 거예요?"

해경이 부르자 숙부는 소파로 가서 JR 노선이 태풍으로 운행 정지되었다는 우울한 소식을 통역해 들려주었다. 그렇지 않아도 일본 여행 카페를 통해 태풍의 경로에 대해서는 이미 알고 있었다. 유후인에서 내일 나가야 하는 한국인들이 기차역에서 만나 택시를 대절해보자는 게시글을 올리며 의논하고 있었다.

차를 마신 숙부는 자기 방으로 돌아가 무슨 책을 읽는가 싶더니 코를 골기 시작했다. 해경도 텔레비전을 보다가 잠이 들고 나도 헤드폰을 쓴 채 꾸벅꾸벅 졸았다. 거기에는 나와 운주가 열렬히 좋아했던 록 밴드 오아시스가 걱정하지 마, 너무 많이 울지 마, 하고 노래하고 있었다. 우리는 모두 별과 같아서 모두 다 사라지지. 하지만 그런 서정적인 가사와 리듬 사이에서 갑자기 난다요, 하는 소리가 들렸다. 나는 그 상냥한 직원이 또 방문했나 싶어서 일어났는데, 그건 숙부의 방에서 들리는 소리였다. 숙부는 일어서서 창문 쪽을 보며 떨리는 목소리로 난다요, 하고 묻고 있었다. 창밖을 보니 거기 숲 쪽에는 정말 검정 물체가 있긴 했는데 사람이라면 웅크리고 있는 것이었고 사람이 아니라면 어떤 물건이 던져져 있는 것이었다. 숙부는 난다요, 하고 다시 물었고 그 검정 물체는 움직이면서 멀리 식당 조명에 그림자가 조금 더 길어지더니 이내 사라졌다.

4

다음날 아침 숙부는 일어나 텔레비전을 튼 다음 화장실로 가서 볼일을 보았다. 그리고 당뇨와 관련한 흰색의 알약들을 먹고 스트레칭을 한 다음, 태풍은 오늘이 절정일 거라고 알려주었다. 나는 우산을 들고 식당으로 가면서 어제 개가 맞겠죠 했는데, 숙부는 그래, 그게 아마 개가 아니었을까…… 하고 말을 흐렸다. 식사를 하고 내가 포털에서 제공하는 번역기를 돌려 모리와 무라가 돌아다닙니까? 하고 묻자 직원은 그렇다고 고개를 끄덕였다. 모리와 무라는 어디든 돌아다닙니다. 가고 싶은 곳에 갑니다. 불편합니까? 그러자 숙부는 다이조부, 괜찮아, 라고 했고 멘톨이 묻어 있는 이쑤시개를 들고 호기롭게 식당을 나섰다.

그리고 우리는 아무리 비가 온다 해도 이 비싼 료칸의 시설을 이용하지 않을 수는 없다며 이번에는 운동화를 신고 대온천장으로 내려갔다. 하지만 해경과 내가 들어가본 그 욕장은 지붕이 날아가고 나뭇가지와 나뭇잎과 어디선가 날려온 쓰레기들로 곤죽이 되어 있어서 발조차 담글 수가 없었다.

그렇게 해서 또 여행의 하루가 갔다. 정오가 되면서 바람은 너무 세져서 작은 나무들이 뽑히는 과정을 직접 목격했고 순찰을 도는지 경광등을 단 차가 온종일 오갔다. 뻐꾸기시계의 작은 새처럼 아가씨가 와서 때마다 점심과 저녁을 알렸고 우리는 우산을 쓰고 식당으로 건너가 밥을 먹었다. 아무런 스펙터클도 사건도 없는 여정의 오후였다.

그래도 해가 지자 여행의 마지막 밤이니까 우리는 미리 사두었던 과자를 풀어서 다시 술을 마셨다. 이번 이야기는 큰숙부에 관한 것이었다. 숙부들은 미쓰비시 잡화점에서 마련해준 '하꼬방'에서 삼 년을 지냈는데 사장이 얼마나 인색한지 환경이 아주 열악

했다고 했다. 해경은 초등학교만 나와서 그 잡화점에 취직조차 할 수 없었지만 사장의 배려로 오빠들과 함께 살 수는 있었는데, 이미 그때부터 어떤 난관들에 익숙해진 소녀이기는 했지만 출근 준비를 한번 하려면 화장실 앞에 삼십 분은 길게 줄을 서야 했던 생활은 자신을 아주 지치게 만들었다고 했다. 젊다는 것조차 거추장스럽고 수치스럽던 때였다고. 그 시절은 다른 숙부들도 자주 하는 이야기였다. 그러면서 숙부들은 사장이 아니라 큰숙부를 더 욕했다. 일본인 사장에게 잘 보이려고 알아서 기었다는 얘기였다. 수도를 못 쓰게 했잖아요. 둘째숙부가 말하면 셋째숙부가 솔직히 형이 여자 데려온 날, 그 방만 난방을 했잖아, 하고 숙모가 앞에 있는데도 그런 얘기를 물색없이 했다. 그쪽 굴뚝에만 연기가 나는 걸 내가 동상이 걸린 발로 울면서 봤다고요. 셋째숙부는 그때 동상에 걸려 아직도 발바닥이 아프다고 했다. 거기에 얼음이 아주 박혀버려 겨울마다 다리를 절며 걷는다고.

"에이 그런 게 어덨어요. 몇십 년 전 얼음이 어떻게 아직도 거기 박혀 있어요?"

"다정아 그게 그런 게 아니야. 그렇게 언 발에는 얼음이 박힌다. 그게 봄여름 잠깐 숨었다가 겨울 되면 다시 나타나. 안 사라져, 꼭 나타나는 거야."

셋째숙부는 그런 말을 하며 울상을 짓다가 목구멍을 홧홧하게 하는 고량주로 겨우 기분을 회복하곤 했다. 그래서 여행까지 와서는 그런 애달픈 사연과 눈물바람이 반복되겠구나 했는데, 숙부가 회상한 건 엉뚱하게도 그 잡화점에 있었던 항아리였다. 명절이나 크리스마스가 되면 잡화점은 물건 판 돈을 정리할 시간도 없이 바빠서 돈을 그냥 항아리에 쏟아두었다고 했다.

"많았지."

숙부가 말했다.

"오빠, 그때가 그래도 호시절 아니었어요?"

"그랬지. 호시절이었지."

그런 말은 평생 발바닥에 바늘처럼 박혀 있는 추위와는 너무 다른 기억이라서 뭔가 이상했지만 어차피 내가 태어나기도 전의 일들이니 알 바는 아니었다. 그렇게 시들시들 술자리가 끝나가는데 이야기 끝에 그런데 오빠 생각나요, 하고 해경이 물었다.

"생각나지."

"저도 자꾸 생각나요. 그렇잖아요. 걔가 그렇게 죽었으니까요, 평생 생각나더라고요."

숙부는 그렇지, 하고 대답했다. 누가 죽었냐고 묻자 둘은 대답 없이 이제 잘 준비나 하자고 했다. 뭐가 그렇게 좋았는지 그래도 여행이 좋지 않았어요? 하고 해경이 말하니까 숙부는 좋지, 나오면 늘 좋아, 하고 대답했다. 바람 소리를 들어서는 태풍이 드디어 우리의 머리 위로 내려앉는 것 같았다. 숙부는 아까 직원이 와서 주고 간 손전등을 딸각딸각 켜보면서 밤을 대비했다. 나는 그래도 이게 여행이니까, 제발 오늘밤은 숙부도 숙면할 수 있기를 바라면서 잠에 들었다. 다행히 숙부의 방에서는 아무 소리도 들리지 않았는데 화장실을 가기 위해서 잠깐 일어났다가 들여다보니 숙부는 마치 목이 꺾인 사람처럼 서서 어딘가를 향해 머리를 조아리고 있었다. 미동도 하지 않아서 자는지 안 자는지도 알 수가 없었다. 대체 누구에게 저러고 있는 걸까, 하고 숙부가 서 있는 편을 봐도 거기에는 숲이 있을 뿐 아무것도 없었다.

5

그해 겨울, 숙부가 심장질환으로 세상을 떠났을 때 나는 우리가 함께했던 그 여행의 밤들을 떠올릴 수밖에 없었다. 소리를 지르고 개들의 그림자를 두려워하며 머리를 조아리고 있던 숙부의 이상한 밤들에 대해. 여행지에서만 그랬는지, 평소에도 그렇게 밤을 보냈는지는 아는 사람이 없을 것이었다.

숙부는 종교가 있었기 때문에 우리 중 아무도 제사를 지내야 한다고 하는 사람은 없었다. 다만 명절이나 숙부의 기일이 되면 나는 그때 숙부가 하카타에서 열심히 까먹던 풋콩을 삶았다. 풋콩을 삶는 비릿한 냄새는 태풍을 맞아 흔들리고 부러졌던 삼나무 숲을 떠올리게 했다. 그건 숲이 맹렬히 흔들려 무언가를 갈아엎고 변화시키는 냄새, 죽을 것과 남길 것을 엄격하게 구분하는 비정한 자연의 냄새처럼 느껴졌다. 풋콩을 삶은 날에는 운주가 옆에서 정종을 중탕으로 데웠다. 그리고 풋콩과 정종을 놓고 묵념을 좀 하다가 그것을 나눠 마셨다. 누군가가 남긴 유산으로 하는 결혼이란 지독한 블랙코미디 같은 것이기도 하지만 우리는 그리 나쁘지 않은 순간들을 맞으면서 지내고 있었다. 어떤 불행이 올 것인가 살피지도 않았고 아무 나쁜 일이 없으리라 낙관하지도 않았다. 다만 생이라는 것이 우리를 위한 최소한의 자비 같은 것을 남겨놓아 비정하게 말하자면 숙부가 죽고 우리가 다시 만나 결혼할 수 있게 된 것이라고 여겼다.

해경은 우리 결혼을 그리 축하하지도 반대하지도 않았지만 숙부의 죽음에는 깊은 상처를 받았다. 나는 숙부의 죽음에 우리가 갔던 그 여행, 누구나 가고 누구나 돌아오는, 개들이 뛰놀고 서른한 접시의 반찬이 있는 흔하디흔한 온천 여행이 왠지 어떤 역할을 했으리라 생각하면서도 그 말은 하지 않았다. 그건 해경을 너무 슬프게 하는 말이니까. 다만 그때 대화중에 나왔던 죽은 사람이 누구냐고 물어보기는 했다. 해경은 자기가 그렇게 말한 사실조차 모르고 있다가 며칠이 지나서야 미쓰비시 잡화점에서의 일이었다고 했다. 숙부들과 함께 상경해 잡화점에 다녔던 그들의 사촌이 손목시계를 훔쳐서 난리가 났었다고. 그때 훔친 건 그리 비싼 시계도 아니었지만 큰숙부는 그 사촌은 물론이고 나머지 숙부들까지 매장에

꿇어앉혀 용서를 빌게 했다고 했다. 사촌의 목에는 나는 도둑놈입
니다. 하지만 한국인들은 정직합니다, 라는 일본어 표찰이 걸렸는
데, 그 말을 정성 들여 쓴 사람이 숙부였고 그 아이디어를 낸 사람
도 숙부였다. 사촌은 그 표찰을 건 채 사흘 동안 일하는 것으로 처
벌을 대신했지만 오 일째 되는 날 스스로 목숨을 끊었다.

　그 말을 들은 뒤에 나는 풋콩을 더 많이 삶았고 데운 정종을 더
오래 마셨다. 그때마다 우리가 이별하려던 봄밤, 드롭스 통을 내려
놓던 남자의 손 같은 것이 떠올랐고 운주가 내밀었던 오천원짜리
지폐가 뭔가 의미심장하게 느껴졌다. 어쩌면 그것이 우리가 다시
만날 수 있었던 이유이기도 하지 않았을까 하는 생각이 들었다.

　운주는 숙부를 한 번도 보지 못했지만 그를 삼십 년 동안 호텔
에서 일하며 깨끗하고 단정하게 살다 간 사람으로 기억했다. 나
도 그 밖의 이야기는 하지 않았다. 하지만 내게 숙부는 호텔 지배
인으로서의 번듯한 모습도, 은퇴 후에 매고 있던 타이를 풀듯 그
간의 체통 같은 것을 다 풀어버리고 화를 참을 수 없어 뻐금대던
늙은이도 아닌 슬리퍼 한 짝을 잃어버린 채 망연해하던 사람으로
만 남았다. 그렇게 짝짝이가 된 발을 뒤늦게 알고 부끄러워하던,
1971년 고향에서 올라와 서울에서 생을 마친 사람. 그리고 또하
나, 료칸에서 나오기 전 우리는 발코니에 나가 몸 한 번 담그지 못
한 노천탕을 마지막으로 구경했는데, 숙부가 나무바가지로 거기
떨어져 있던 거미를 떠서 옮겨주던 기억. 그런 장면을 생각하면

어린 시절부터 아무래도 미심쩍어 경계했던 숙부의 어떤 면들도 비단잉어의 흐드러지는 지느러미들이 불러일으키는 생경하고 이물거리는 톤 정도로 약화되었다. 어쨌든 그 여름 그 여행을 통해 나는 비로소 나의 가계, 나의 숙부의 삶을 요약하게 된 것이었다.

누구 친구의
류

현경, 그러니까 남편인 윤의 쌍둥이 동생은 나에게 자기를 아가씨라고 부르지 말라고 했다. 그 말은 낯간지러울 뿐 아니라 자기는 좋아하지도 않는다고. 자기도 새언니라는 이상한 말 대신 윤아라고 이름을 부르겠다고 했다. 얼마나 좋니, 연예인 이름이기도 하고. 그렇게 말하고 현경은 닮지는 않았지만, 이라고 단서를 달았다. 자기 설명대로 무척 정확한 사람이었다.

　하지만 그런 미국식 호칭을 어른들이 좋아할 리는 없어서 현경이 나를 윤아, 라고 부를 때마다 시부모를 비롯한 백부, 숙부, 숙모, 고모님 등이 한마디씩 했다. 현경이야 그런 소리쯤 잔소리로 넘길 수 있는지 몰라도 나는 이 집의 며느리이니까 더없이 난처해졌고 오직 그의 취향 때문에 아가씨를 아가씨라고 부를 수 없고,

하지만 아가씨는 아가씨이니까 아가씨라고 불러야 하는 모순 가운데 갈등하다가 아예 어른들 앞에서는 부르지 않는 편을 택했다. 할말이 있으면 다가가서 아주 조그만 소리로 현경, 이라고 하거나 어깨를 두드리거나 손목을 잡았다. 이름을 부를 때는 몰라도 내가 어딘가 신체 접촉을 하면 현경은 약간 움찔했는데, 나는 그렇게 잠깐 굳었다 풀리는 현경의 긴장에 대해서 생각하곤 했다. 어쩌면 현경은 좋아하는 친구와 손을 잡거나 팔짱을 끼거나 하는, 그런 자연스러운 친교에도 익숙하지 않은 것이 아닐까.

내가 그렇게 생각한 것은 어딘지 성당의 고해소 같은 곳을 떠올리게 하는 현경의 집 때문이었다. 현경은 판교의 아파트에 살다가 그래도 서울만한 데가 없다며 상암에 전세를 얻었는데, 몇억이 넘는 그 집을 이상하리만치 어둡고 조용하게 유지했다. 공간을 세밀하게 분리해놓는 것이 중요했는지 원목 파티션으로 거실을 나눴고, 늘 커튼이 내려져 있기는 하지만 아무튼 창 쪽에 의자와 책상을 놓고 자기가 썼다. 책상 위에는 늘 성경이 있었다.

현경의 삶은 종교생활과 쇼핑만으로 이루어져 있었다. 그 둘은 상반될 것 같지만 현경의 내부에서는 적절한 균형을 이루었다. 그러니까 현경이 우리를 주일예배에 불러들이는 것과, VIP 등급을 유지하기 위해 우리의 신혼집 혼수를 자기가 다니는 백화점에서 하라고 요구했던 것, 일주일에 서너 번 교회에 가서 세상의 온갖 이슈—정치, 선거, 각종 범죄, 방종과 간음, 향락, 사치 같은 윤리적 타락—들에 대한 설교를 듣는 것과, 명품관에서 보낸 색색의 카탈로그를 넘기는 것. 그것들은 현경을 지탱하고 에너지를 불어 넣는다는 점에서 어찌되었든 선으로 읽혔다.

사실 그 두 가지가 아니라면 현경의 집과 생활은 적막했다. 비유가 아니라 실제였다. 현경이 이따금 수전을 돌려서 트는 싱크대 물소리가 아니라면 집안에 소리가 날 만한 것이 없었다. 55인치 텔레비전이 벽에 걸려 있었지만 켜져 있는 경우는 드물었다. 현경은 음악이나 영화, 드라마 같은 것들을 좋아하지 않았으니까. 세상 돌아가는 사정도 교회를 통해서 주로 접했다.

결혼한 뒤 부부동반으로 영화나 뮤지컬 등을 보러 가면 현경은 두 시간을 겨우 견디고 나서 나 살기도 힘든데 저런 걸 왜 보니, 속 시끄러워 살겠니, 하고 불평하곤 했다. 때로는 중간에 나가버리기도 했다. 신경쓰여서 따라 나가보면 현경은 썰렁한 복도에 혼자 앉아 있었는데, 그런 날에도 인스타그램에는 자기가 본 공연에 대한 게시물이 올라와 있었다. 물론 보다가 나왔다는 말은 쓰지 않았다. 거기에는 일체의 논평 없이 일정에 대한 짧은 기록만 있었다. 그런데도 다음에 만날 일이 있으면 뭘 보자는 얘기가 현경에게서 나와서, 윤은 농담처럼 현경은 스크린 안이 아니라 스크린 밖의 좌석을 사는 것이라고 말하곤 했다.

나는 현경의 삶이 고독하게 느껴졌지만 정작 동기간인 윤의 관점은 달랐다. 현경은 원래 이기적이고 속물적인 사람이며 자기가 원하는 방향으로 자기 삶을 잘 운영하고 있다는 것이었다. 불임으로 고생했고 끝내 아이를 낳지 못했다는 사실 외에 현경이 가지지 못한 게 뭐가 있느냐고 윤은 말했다. 그렇게 물으면 나도 딱히 할 말은 없었다. 불임의 원인은 어느 한쪽에 있지 않았고 남편은 현경에게 변함없이 다정했으니까. 그런데 가끔 보면 그런 다정함이 결국 현경을 위하는 것인지 의문이 들었다. 시부모와 우리는 모바일 메신저에 연동된 SNS로 일상을 공유했는데, 거기에는 "마나님 모시고 브런치 먹고 있습니다"라는 사진 설명이라든가, "이 모자가 한 오십만원쯤 됩니다" 하는 자기 나름으로는 익살인지, 아니면 귀엽게 장인 장모의 비위를 맞추는 건지 모를 말들이 사진과 함께 올라왔다. 가뜩이나 사진 찍히는 일을 싫어하는 현경은 뭘 하고 있든, 얼마나 맛있는 것을 먹고 만족스러운 소비를 하고 있든 얼굴이 한결같이 부루퉁했다. 하지만 기분이 완전히 나쁜 것만은 아닌지 슬쩍 브이 자를 하거나 애교 있게 스커트 자락을 잡아 보기는 했다.

그날은 선산에 가족묘를 만드는 일로 친척들이 여의도의 뷔페에 모여 식사를 한 날이었다. 우리가 들어갔을 때 현경은 냉동실에서 막 꺼낸 고기 한 덩어리처럼 냉랭하고 딱딱한, 뭔가 불만스러운 얼굴로 식사를 하고 있었다. 해감이 안 됐다면서 조개를 씹을 때마다 누가 이런 데를 잡았니, 하고 조용히 불평했다. 그런 행사는 윤의 다섯 사촌들이 돌아가며 마련하고 장소를 정했기 때문에 나는 현경의 그 말을 다른 친척들이 듣고 기분이 상할까봐 은근히 긴장되었다. 다음에 현경이 집는 음식들은 냉동 너깃이나 닭봉구이처럼 손질을 잘하고 말 게 없는 것이기를 간절히 바랐다. 그래서 현경이 다시 음식을 가지러 갔을 때 시선으로 좇았던 것인데 현경은 음식을 담다 말고 누군가와 대화를 했다. 키가 크고 마른 체격의 그 남자는 빨간 조끼를 입고 오른쪽 귀에 헤드셋을 끼고 있는 것으로 봐서 뷔페에 물건을 갖다주러 온 택배 사원이었다. 현경의 표정으로 봐선 아는 사람인가 싶었다.

그날 대화의 주제는 가족묘에 어느 대까지 분묘를 옮겨올 것인가였다. 선산은 정지 작업을 해봐야 서른 기가 채 들어가지 않을 규모이고 거기에는 또 앞으로 묻히게 될 어른들과 우리들 자리까지 있어야 했으니까 선별이 필요한 일이었다. 게다가 이런 가족 모임을 열어도 도무지 참석하지 않는 친척들도 있으니까 그러면 비용 부담은 어떻게 할 것인가, 하는 문제들이 쌓여 있었다. 그러거나 말거나 현경은 대화에 전혀 참여하지 않았다. 그냥 색색의 푸딩들을 담아왔다가 너무 다네, 너무 싼 맛이야, 하더니 먹지 않고 밀쳐놓았다. 내 입장에서는 도울 말도 반대할 말도 없는 자리라서 듣고만 있다가 식사를 끝냈는데, 헤어질 즈음 문득 생각나서 아까 누구냐고 물었더니 현경은 누구? 하고 잘 모르겠다는 듯 되물었다.

"아까 인사한 사람, 아는 사람이에요?"

"알기는, 아니, 내가 그런 일 하는 사람을 어떻게 알아."

현경은 그렇게 말하고 나서 뭔가 자기가 뱉은 말을 수습하려는지 내가 아는 사람은 아니야, 라고 정정했다.

"그냥 누구 친구야."

그러고 여름이 오는 동안은 그다지 기억할 것도 없는 날들이었다. 원래 여행사 직원은 계절을 앞서서 사니까 봄에는 여름휴가를 준비하고 여름에는 가을의 추석연휴를 팔아치우기 위해 최선을 다하며 비수기인 겨울에는 사람들에게 가장 어필할 수 있는 낭만, 눈, 새해, 노천의 크리스마스 벼룩시장, 칠면조 등을 팔아야 하는 일상이었다. 겨울 하면 사람들이 따뜻한 곳으로 가고 싶어할 것 같지만 사실 선호하는 곳은 여기와 계절이 비슷한 지역이었다. 여행이라는 건 그 정도의 생활의 전도顚倒를 위한 것은 아니었다.

그 무렵 사건이라고 한다면 현경이 여의도에 있는 잡지도서관에 취직을 한 일이었다. 내가 알기로 현경은 결혼 전에 한 해 정도 사무직으로 일한 것을 빼고는 직장을 다닌 적이 없었다. 생활이 어렵지 않기도 했고 직장생활에 흥미가 없어서이기도 했다. 우리는 그 소식을 또다시 열린 친척들과의 식사 자리에서 들었다. 시신을 파내고 화장해서 옮기는 과정을 이야기하던 중에 나온 그 얘기는 뭔가 삶의 활력이 느껴지는 화제였다. 하지만 그렇게 해서 현경이 버는 돈이 한 달에 오십만원이라는 말에는 모두가 여러 의미를 담아 웃고 말았다. 그날 현경이 마련한 식사 자리는 호텔의 중식당이었고 디너를 먹었으니까 적어도 한 달 치 월급만큼 식대가 나올 것 같았기 때문이었다.

"왜 그걸 한다고 고집을 부리는지 모르겠어요. 자기 모자값도 못 될 돈을."

현경의 남편이 푸념하자 친척들은 약간의 야유를 담아서 다시 웃었다. 현경은 기분이 상했는지 뭔가를 더 말하려다가 와인들이나 더 시켜, 하고 말았다. 그날 현경은 평소에 잘 먹지도 않는 술을 마시고 완전히 취해버렸다. 현경의 남편은 무슨 약속이 있다며 가고 윤도 친척 형들과 한잔 더 하러 갔기 때문에 현경을 데려다줄 사람은 나밖에 없었다. 대리운전 기사를 불렀는데 불행히도 말이 너무 많은 사람이었다. 전에도 기사가 말이 너무 많자 현경이 저 좀 조용히 가고 싶은데요, 하고 싸늘하게 말한 적이 있어서 나는 오늘 일진이 안 좋구나, 하고 생각했다. 나는 그런 권리를 요구하는 일에 익숙하지 않았다. 하지만 현경과 윤은 이 도시에서 마주치는 수많은 사태에 알맞은 옳고 당연한 매뉴얼들을 자연스럽게 갖추고 있었다. 윤은 내가 마음이 약해 그렇다고 했지만 나는 내심으로 계급의 문제라고 생각하고 있었다. 그러니까 돈을 가진다는 건 세련되어진다는 것이고 세상의 많은 일들에 대한 분명한 지침을 가지게 된다는 것이라는 생각. 하지만 그런 용이한 툴을 가진 현경은 왜 저렇게 무기력하고 오히려 분별이 필요 없는 단순하고 경직된 표정으로 사는 걸까. 그것은 행복일까. 물론 현경의 조건을 생각해보면 걱정할 필요도 없는 일이었지만.

기사는 묻지도 않았는데 어디에서 닭집을 운영한다고 하더니 자기가 그 닭의 퀄리티를 유지하기 위해서 어떻게 염지 작업을 하고 기름의 신선도를 관리하고 양념의 숙성은 몇 시간 하는지를 떠들어댔다. 가는 동안 이야기가 너무 길어지면서 나는 현경의 눈치를 보게 되었는데, 현경은 웬일인지 그냥 듣고만 있었다.

"근데 치킨집이면 지금이 피크 타임 아닌가요?"

혼자 떠드는 기사가 불편해진 내가 물었다.

"제가 그렇게 운이 안 좋습니다. 동네가 싹 헐리고 산업도로가 났어요. 닭 시켜 먹을 사람들 영 사라졌어요."

그렇게 해서 기사의 말은 밤에 하는 대리운전에까지 이어졌는데, 은근히 기대하는 건지 이야기는 주로 두둑한 팁을 주었던 손님들에 관한 것이었다.

"여기가 여의도잖아요. 증권사랑 은행 많잖아요. 젊어도 돈 잘 쓰죠. 아저씨, 열심히 사세요, 좋은 날 옵니다, 이러면서 삼만원씩 주고. 그런 점에서는 전 또 운이 좋거든요. 여의도 쪽에서 콜을 잘 잡아요. 운수업을 해야 하는 건지 이쪽 운은 좋고 저쪽은 쪽박이고."

"그런 게 어디 있어요. 잘되는 날도 있고 안 되는 날도 있지요. 저기 직진해서 고가 타면 유턴 안 해도 되니까 그쪽으로 가면 되고요."

"그러죠 뭐. 빨리 가야 손님 좋고 저도 좋고."

그렇게 아파트 주차장에 설 때까지 현경은 이상하리만치 아무 말도 하지 않고 있다가 비틀비틀 차에서 내렸다. 그리고 출구가 어디죠? 어디로 나가야 하죠? 하는 기사를 붙들어 여기는 차 들어오는 문은 있어도 사람 나가는 문은 없어요, 했다. 현경은 정말 흰 와이셔츠를 단정하게 입은 기사의 소매를 붙들면서 그 말을 했다. 평소에는 없던 행동이었다. 현경이 출입 키를 찍어 건물 안으로 들어온 우리는 엘리베이터를 함께 탔다. 그리고 기사가 내릴 때 현경이 갑자기 아저씨, 하고 불러 세웠다. 기사는 팁을 주려나 싶어서 이미 얼굴 한편에 웃음을 걸고 뒤돌았는데, 현경은 마치 축복의 세례를 하는 목사님 같은 거룩한 얼굴로 말했다.

"아저씨, 아저씨가 앞으로 오십 년을 산다면 오늘이 가장 불행한 날일 거예요. 더 나빠지지는 않을 거예요. 믿으세요."

잡지도서관에서 현경이 하는 일이란 잡무에 가까웠다. 서가와 좌석을 정리하고 필요하면 청소도 했다. 현경이 여의도에 나오면서 사실 부담이 생긴 건 나였다. 거기에는 직원이 둘밖에 없어서 교대로 일했고 점심을 혼자 먹었기 때문이었다. 그래서 종종 시간을 맞춰 같이 점심을 먹게 됐는데, 현경의 입맛은 까다로워서 평범한 식당의 백반 같은 메뉴는 먹으려 하지 않았다. 최소한 회덮밥 정도는 되어야 했다.

현경은 가끔 늦으면 택시를 탔고 출퇴근에 필요하다며 브랜드 로고가 그리 눈에 띄지 않는 수수하지만 여전히 고가인 가방도 사고 라식을 해서 시력이 나쁘지도 않은데 안경도 샀다. 그 모든 것은 도서관에 취직한 첫 주말에 반나절이 넘는 쇼핑으로 해결했다. 아무리 계산해도 현경의 남편 말마따나 수지가 맞지 않는 일이었지만 적어도 나는 그렇게 생각하지 않았다. 현경의 얼굴에서 어떤 빛, 그간은 보지 못했던 다른 결의 빛을 보았기 때문이었다. 더 정확히는 빛의 산란 같은 것이었다. 일방향성이 깨어지면서 뭔가 수런거리는 움직임이 느껴졌다. 물론 오랫동안 부루퉁한 얼굴로 살아온 탓인지 그 빛은 잠깐씩 비칠 뿐이었지만. 현경은 자기 일터에 나를 초대하기도 했는데, 그 자리는 환풍기가 돌아가는 서가의 가장 구석, 형광등을 켜지 않으면 한 줄의 문장도 읽지 못할 어두운 곳이었다. 철제 책상에는 현경의 집에서와 달리 성경이 아니라 상상할 수 없을 만큼 다종다양한 잡지들이 올려져 있었다. 심지어 유흥업소 종사자들을 위한 『화류계』라는 잡지도 있었다. 그런 잡지를 쌓아놓고 현경이 거기에다 '소장 자료는 외부로 반출할 수 없습니다'라는 스티커와 바코드를 붙이고 있는 모습을 보자면 이런 생활의 산란이 오십만원의 수입보다 더 의미심장한 것이리라는 생각을 할 수밖에 없었다.

그렇게 현경의 자리를 돌아보고 계단을 내려가는데 봉투를 가지고 올라가는 남자가 스쳐지나갔다. 남자는 어느 거리, 어느 건물에서나 볼 수 있는 그냥 바쁜 택배 사원이었지만 이상한 느낌이든 건 내가 고객과 통화하느라 일층에 서 있는 동안에도 그가 내려오지 않았기 때문이었다. 원래 택배는 어디든 바람처럼 왔다가가는 속도전이 필요한 일 아닌가. 이층은 도서관뿐이라서 다른 곳으로 갔을 리도 없고. 그래서 나는 고객과 네네, 그 리조트는 아이 동반하는 고객님께는 권하지 않아요, 배를 타야 하니까요, 그 대신 아주 조용하고요, 같은 대화를 나누면서도 좀 초조하게 남자가 내려오기를 기다렸는데, 남자는 이후로도 이십 분은 지나서 손에 아무것도 들지 않은 채─그러니까 수거할 물건도 없었다는 얘기였다─내려왔다.

그뒤로 나는 우리 빌딩과 잡지도서관 인근에서 남자를 알아보게 되었다. 평소에는 있는지도 모르다가 새삼 눈여겨보게 되는 우체통이나 머핀집처럼, 혹은 유독 가지가 웃자라버린 가로수처럼, 복권 일절 취급합니다, 같은 오문의 광고문구처럼 그는 눈에 띄었다. 택배를 하기에 적당한 신장이 있는지는 모르겠지만 그는 키가 너무 커서 그 일이 어울리지 않는 것 같았다. 혹은 잠깐 쉴 때 광장의 분수를 바라보는 표정이 너무 살아 있어서, 걸음을 참 느리게 걸어서, 휴대전화를 받다가 자꾸 떨어뜨려서, 무거운 상자를 어깨에 올려 메지 않고 안듯이 걸어서, 그 모든 것이 너무 서툴러서 택배를 하기에는 적당하지 않다고 나는 생각했다. 현경의 얼굴에 나타나는 빛의 기원이 그 남자, 누구의 친구라는 그 남자가 아닐까 싶어서이기도 했다. 신경쓰지 않고 싶었지만 불행히도 남자는 거의 매일 같은 시간에 건물들을 돌았고 나는 집안의 안정을 지키고 싶은 마음이었으니까 그쪽을 향한 관심은 날로 커졌다. 나와 점심을 먹고 들어간 현경이 그 숱하게 잡스럽고 신변잡기적인 무가치한 이야기들로 가득한 잡지들 사이에서 어쩌면 남자를 기다리고 있을지도 모른다는 건 상상만으로도 마음이 시들시들해지는 일이었다. 그렇다고 맥락 없이 캐물을 수는 없어서 나는 결정적인 장면을 잡아야겠다고 벼르고 있었다. 삼류 드라마에 등장하는 그렇고 그런 장면이 아니라 그저 자연스럽게 누구냐고 물을 수 있는 순간을 말이다.

그래서 나는 고객들의 다양한 요구에 응하기 위해 나도 못 가본 해외 호텔들의 시시각각 변동하는 가격을 알아보고 하루에도 백 통 가까운 전화를 해야 하는 분주한 생활 속에서도 절호의 기회를 잡았다. 곰탕집에서 남자와 식사하고 있는 현경을 목격한 것이었다. 현경은 나를 알아보지 못했지만 나는 그 뜨겁고 기름진 뚝배기들이 쟁반에 올려져 사람들의 머리통 위로 옮겨지는 북새통 속에서도 단번에 알아봤다. 어떻게 수지를 맞추는지 알 수는 없어도 한우국밥이 육천원이라 사람들이 장사진을 치는 그 식당에서 현경이 수저를 들기 전 손을 맞잡아 평소보다 더 오래 기도하는 것을, 집게로 깍두기를 집어서 덜어주면 남자가 숟가락으로 그 깍두기 국물을 떠서 국밥에다 넣는 것을. 그 시끄러운 가운데서도 내 귀는 아주 길어져서 그쪽 테이블 국밥 속으로 거의 잠기다시피 했는데, 이런 단어들이 들려왔다. 그런 범죄는, 복수는, 우리는 그러면 되지 않고, 그러니까 우리의 불행은, 고사리 천지의 고향 뒷산은. 몇 안 되는 단어들을 듣고 찰떡같이 해석하려고 해도 잘 되지 않았다. 영화로 치자면 호러와 드라마와 멜로가 뒤섞여서 아주 속 시끄러운 상황이었다. 그래도 나는 계산하고 나가려는 둘을 쫓아가 어느 때보다 다급하게 현경, 하고 불렀다.

"현경, 여기서 뭐해요? 이분은 누구셔?"

현경은 내게 잡힌 손목을 어색하게 빼면서 별로 놀라지 않고 너구나, 했다. 너라니? 그래, 나는 나인데 나는 지금 현경 옆의 그 수상한 남자에 대해서 묻는 것이 아닌가. 하지만 정작 소개받기도 전에 남자가 손수건으로 자기 이마를 닦으면서 누구? 하고 물었다.

"응, 친구야. 윤아라고. 이름 예쁘지."

"아, 그때 말했던 여행사 다니는 친구분이구나."

남자는 자기를 현경의 친구 류 모라고 밝혔는데 정확한 이름은 식당의 소음 때문에 들리지 않았다. 인사를 하고 나는 남은 국밥을 떠먹기 시작했다. 회사 사람들이 말을 걸어도 귀에는 잘 들어오지 않았다.

오후가 되자 그래도 맘에 걸렸는지 현경이 기다릴 테니 같이 퇴근하자는 문자메시지를 보내왔다. 그날은 지구 반대편의 호텔들에 컨펌을 넣어야 해서 더 오래 있어야 했지만 나는 최선을 다해 일을 해치웠다. 빈대처럼 자꾸 옮겨붙는 일거리들을 해치우고 갔을 때 현경은 카페에 앉아 졸고 있었다. 매일 자기가 원하는 때에 자고, 움직였던 현경에게 이런 생활은 피곤할 것이었다. 여기 오기 전에는 무슨 사연인지 캐물어서 혹시라도 생길지 모를 불미스러운 일을 막아보겠다고 생각했지만 현경의 졸음에 겨운 얼굴을 보자 그럴 수가 없었다. 현경은 카페를 나와서 내게 즉떡을 먹어보겠느냐고 했다. 즉석떡볶이를 줄인 말이었는데 평소에 목사님처럼 어법에 딱딱 맞는 말만 썼던 현경이었기 때문에 나는 상황이 그런데도 웃고 말았다. 현경이 알고 있는 줄임말은 그 밖에도 많았는데 커한, '커피 한잔'도 그중 하나였다. 현경은 그런 걸 『혀 짧은 소리』라는 잡지에서 읽었다고 했다. 그동안 현경이 섭렵한 세상에 대한 이야기는 그뿐이 아니었다. 『중국인』이라는 잡지에는 닭 한 마리로 중국인이 만들 수 있는 요리가 1128개라는 사실도 나온다고 했다. 『천상의 만남』이라는 결혼중개업체에서 만든 것 같지만 사실 '영매'를 믿는 사람들이 만드는 잡지도 있는데, 거기에는 죽은 사람과 다시 만나본 사람들의 경험담이 수십 개나 실린다고도 했다. 나는 그런 믿거나 말거나 식의 세계보다는 그 남자에 대해 들어보고 싶었지만 일부러 그러는지 현경의 말은 다른 쪽으로만 길어졌다. 헤어질 때가 되어서야 현경은 쿠바는 얼마나 먼 나라냐고 물었다. 쿠바라고 하면 최저가 백삼십팔만원짜리 에어캐나다 항공에 비행시간은 경유 한 번 해서 열일곱 시간이었다. 그렇게 쇼핑을 좋아하면서도 이상하게 여행은 좋아하지 않는 현경은 그게 그렇게 실감이 나지 않는지 그러니까 거기가 다른 곳에 비해 특별히 먼 것인지 물었다.

"당연히 멀지, 하루가 꼬박 걸리는데, 왜 그래요, 왜?"

"아니, 아까 그 사람이 간다고 해서."

집으로 돌아와보니 윤은 축구 경기를 보면서 친척 형과 전화통화를 하고 있었다. 이제 선산은 정지 작업에 필요한 중장비가 들어갈 길을 내고 있었다. 이르면 추석에는 그쪽으로 성묘를 갈 수 있을 것이라고 했다. FC 바르셀로나가 한 골을 넣자 윤은 자리에서 일어나 슛 동작을 따라 했지만 그러면서 늘어놓는 우리 대에 그런 걸 만들어놓으면 좋지, 수고했지, 뼈대가 있어지는 거지, 확실한 거지, 하는 말들은 어쩐지 살면서 뼈 있게 살면 되지 뭘 죽어서까지 그놈의 뼈대를 맞춰서 살려고 하나, 하는 생각을 하게 했다. 하지만 아직도 확실히 거기에 누가 누울 것인지는 정해지지 않아서 윤은 내가 알지 못하는 고인들의 이름을 넣었다 뺐다 하며 계산을 맞춰보곤 했다.

자려고 누웠을 때 나는 최대한 자연스럽게 보이려고 노력하면서 현경에게는 현경의 남편이 첫사랑이냐고 물었다. 윤은 처음에는 당연히 모두 첫사랑과 결혼하는 것 아니냐는 의미 없는 농담을 하더니 그렇지는 않다고 했다. 대학 다닐 때 좋아한 사람이 있었는데, 무슨 사정인지 휴학과 복학을 밥먹듯 하다가 결국 졸업도 하지 못한 인간이었다고.

"이름이 뭐였지? 류 모였는데…… 정말 궁상맞은 인간이었지. 사실 이건 일급비밀인데 현경이 집을 나간 적이 있었거든. 이틀 만에 그 자식 집에서 내가 딱 잡아왔는데 뭐하고 있었는지 아냐?"

나는 그때 내 머릿속에 이는 다종다양한 상상들을 입 밖에 내지 않으려고 노력했다. 그래서 최대한 심드렁하게 뭘 했는데, 하고 물었다.

"김밥을 말고 있더라니까, 그 남자랑 PC방 돌면서 판다고."

그렇게 끌려온 현경은 한 달 동안 외출도 할 수 없었다고 했다. 연락이 안 되자 아파트 앞까지 그 사람이 와서 새벽까지 창을 올려다보다가 가곤 했다고. 그러던 어느 날, 현경이 윤에게 와서 밖에서 기다리는 사람에게 쪽지 좀 전해달라고 부탁했다. 윤은 그걸 받긴 했지만 그냥 버릴까 하다가 인간이 너무 비정한 것 같아서 전해주었다고 했다.

"거짓말, 봤으니깐 전해줬겠지. 뭐라고 적혀 있었어? 봤을 것 아냐, 니 성격에."

"당연히 봤지. 어디로 도망가자 그런 거면 어쩌려구, 아빠한테 뒈지게, 내가."

그러고 윤은 공기가 텁텁하다며 창문을 좀 열었는데 밤의 공기가 들어와 두 발의 언저리에 앉을 때 나는 서글픔 같은 것을 느꼈다. 그리고 그사이 자기가 하던 말을 까먹은 윤이 또 휴대전화를 집어들었을 때 나는 거기에 적힌 게 뭐였냐고 다시 한번 물었다. 윤은 액정 불빛에 자기 얼굴을 담근 채 흥미는 별로 없다는 듯 "너를 잃는 오늘이 앞으로 내게 남아 있는 날들 중 그나마 가장 행복한 날일 거야였던가"라고 했다.

가을이 무르익기 전에 다행인지 불행인지 현경은 더이상 도서관에 나가지 않았다. 그즈음 택배 회사의 배달원이 다른 사람으로 바뀐 건 우연이 아니었을 것이다. 현경은 예전에 그랬던 것처럼 일주일에 서너 번씩 교회에 나갔고 우리를 태워 교외의 아웃렛으로 바람을 쐬러 갔다. 남편 쪽 조카들이 지방에서 올라와 보름간 머물기도 했는데, 그 짧은 기간을 위해서 현경은 작은방에 볼풀을 마련하기도 했다. 잠깐 들러보니 다섯 살, 세 살, 갓난쟁이 이렇게 셋을 데리고 오빠 집에 온 여동생은 거실 한편에 거의 눕다시피 해서 현경이 무언가를 가져다줄 때마다 언니, 고마워요, 언니 내가 도와야 하는데 애 낳고 연골이 다 닳다시피 했잖아, 언니, 그러면서 현경이 좋아하지도 않는 언니 소리를 입에 단 채 지내고 있었다.

나는 현경에게 아직도 무언가가 남아 있는지, 그러니까 여름 동안의 어떤 기억들이 얼룩처럼 존재하는 건 아닌지 살폈지만 그 부루퉁하고 일관된 표정에는 아무것도 남아 있지 않았다. 손님들이 내려가자 현경은 자기 집을 원래대로 돌려놓았다. 책상과 파티션이 놓였고 커튼이 내려졌다. 나는 그렇게 되찾은 현경의 일상에 안심하면서도 현경이 무언가를 영영 잃어버렸다고 생각했다.

드디어 추석이 되고 우리는 이 년 동안 공을 들여온 가족묘를 방문하기 위해 새벽길을 떠났다. 우리는 대부분 서울에 살았지만 서울도 같은 서울은 아니니까 도착시간을 셈하면 한두 시간 차이가 나기도 했다. 묘지의 입구에는 만들다 만 문이 있었다. 정확히는 문이 아니라 그것을 고정하기 위한 돌기둥을 쌓아올린 것이었다. 기둥을 달려면 벽이 있어야 하고 그 벽은 거의 삼십 미터를 이어져야 하는데 훔쳐갈 것도 없는 무덤을 그렇게 둘러싸야 하느냐 마느냐를 두고 백부와 숙부가 대립했고 그래서 문을 달려다가 말았다고 했다. 우리는 아마도 백부가 죽으면 숙부가 문을 달고 말 것이라고 얘기하며 웃었다. 그러자 현경은 모든 게 지겹다는 듯이 손을 내저었다.

"그러게 우리가 얼마나 어리석니."

가족묘의 중앙에는 매장묘가 한 기 있었는데 그것 또한 백부와 숙부의 의견이 달랐기 때문이었다. 백부는 그 자리가 명당이

242

기 때문에 손끝 하나 대지 않고 그 옆을 넓혀 묘지를 만들었다. 매장묘와 납골묘가 섞여 있는 좀 희한한 풍경은 그렇게 해서 절충된 것이었다. 가족묘에서 지내는 차례는 장관이었다. 다른 게 아니라 검정 양복을 갖춰 입은 남자들이 일렬로 하는 절도 있는 재배, 삼배가 그랬다. 종교가 있는 현경은 제사를 시작할 때부터, 조경을 하느라 일부러 옮겨 심은 이파리도 얼마 없는 나무 밑에 앉아 있었다. 죽음을 연상시키는 그 모든 비문과 석상, 제단, 제기 등이 너무 새것이라서 공간은 세련된 아우라는 갖추지 못한 것 같았다. 갓 만든 물건들이 흔히 그렇듯 어떤 면에서 볼품없어 보였다. 제사가 끝나고 도시락을 먹는데 갑자기 소나기가 내렸다. 우리는 모였다가 흩어지는 개미떼처럼 부리나케 자동차를 향해 뛰었고 묘지를 관리하는 동네 주민이 우리가 남긴 것들을 정리해서 가지고 왔다. 비는 마치 여름비처럼 아주 세게 내렸는데 그걸 보고 있던 현경이 비가 아주 스콜처럼 내리네, 라고 한마디 했다.

*

현경이 그때 그 일에 대해 들려준 건 다시 여름이 돌아오고 나서였다. 우리는 현경이 친구 류와 먹었던 국밥집에서 함께 점심을 먹었다. 그사이 현경은 서울을 떠나 판교로 돌아가 있었다. 거리가 멀어져서 그랬는지 주일예배나 쇼핑을 가자고 하지 않았고 소식도 뜸했다. 현경은 국밥을 뜨다가 갑자기 쿠바에 간다며, 하고 물었다. 기업체 사람들을 가이드해서 그쪽 관광상품도 기획할 겸 쿠바행을 앞두고 있는 건 사실이었다. 그러고 한 시간쯤 류에 대한 이야기를 들었다. 어려서 부모를 잃고 친척집에서 살면서 언제나 밥상의 모서리에서 밥을 먹는 듯한 기분으로 유년을 보내야 했던, 신념에 따라 입대를 거부하다 형을 살기도 하고 학비가 없어 최종적으로 학교를 마칠 수 없었던, 지금이라면 어림도 없을 열정으로 사랑했던 사람에 대해. 오랫동안 헤어졌던 류와 우연히 재회한 뒤 현경은 오래전 감정이라고는 할 수 없지만 그냥 그 사람이 어떻게 사는지 궁금해서 만나봤다고 했다.

헤어지고 십칠 년이면 어떤 축적을 위한 충분한 시간이었지만 류에게는 놀랍게도 아무것도 없었다. 그건 류가 결혼에 실패했고 딸까지 잃었으며 오랫동안 해오던 시민단체 쪽 일도 그만두었기 때문이었다. 딸은 이혼한 아내와 함께 살다가 강도를 당했고 응급실에서 하루를 버티다가 세상을 떠났다. 류는 공단이 밀집한 의정부의 그 집에 열한 살 아이를 혼자 둔 아내를 끝내 용서하지 못했다. 아이의 장례도 함께 치르지 않았고 납골당에 안치하자는 의견도 묵살해버렸다. 언젠가 함께 놀러간 적이 있는 자기 고향 뒷산에 아이를 뿌려주었고 그게 어디인지도 아내에게 말해주지 않았다. 그런데 류는 지금 자기가 가장 고통스러워하는 것이 그 점이라고 했다. 아이의 죽음을 기릴 장소를 어디에도 두지 않은 것. 그래서 류는 현경이 하는 이야기 중에 그 대대적으로 벌이고 있는 가족묘 공사를 부러워했다.

그런 류가 언제고 쿠바로 가서 여차하면 눌러앉겠다는 말을 농담처럼 했을 때 현경은 믿지 않았다. 여기서 벗어날 수 있는 어떤 다른 형태의 삶이란 전혀 가능할 것 같지 않았으니까. 하지만 류는 정말 사라졌고 현경은 그가 갈 만한 장소들을 한동안 찾아다녔지만 만나지는 못했다. 그러다 옛 기억을 더듬어 원주에 있는 그의 고향 마을까지 운전을 해서 갔다. 거기에는 정말 이제 너무 높게 자라서 먹을 수도 없게 된 고사리가 지천이었다. 현경은 산길을 따라 오르면서 그 아이, 류에게 언제나 문자메시지 안에 하트를 보내주었던 그 아이의 몸이 어디쯤에 뿌려져 있을지 생각했지만 그 장소를 찾을 방법은 없었다. 현경은 자신의 가족묘를, 그렇게 해서 죽은 사람들이 한데 모여 사후의 안녕을 기대할 수 있는 장소를 가진 사람들을 부러워하던 류를 생각하다가 자기가 미처 해주지 못한 말을 떠올렸다. 그건 도서관에서 읽었던 『천상의 만남』이라는 잡지의 한 구절, 신은 언제나 문밖에서 기다린다, 는 말이었다.

*

막상 도착해본 쿠바는 망명지로 그다지 적합해 보이지 않았다. 도착한 날 아바나 거리를 걷다가 거의 백 명에 가까운 쿠바인들에게 안녕, 너 중국인이니, 하는 질문을 받은 나는 여기에 정말 류가 불법체류자로 남아 있다면 당장 눈에 띄었을 거라고 생각했다. 기업체 사람들은 코트라를 방문하고 나중에는 순서대로 헤밍웨이와 모히토, 살사와 재즈, 체 게바라, 시가, 해변, 유흥…… 모든 것을 누렸다.

완전히 지친 그 여정의 마지막 밤, 나는 비로소 혼자 아바나를 음미해볼 생각으로 호텔 맞은편 펍으로 갔다. 야외 테라스에는 서너 테이블이 차 있었는데, 내가 자리에 앉자 여행 내내 지겹도록 들은 차이니즈? 하는 소리가 또 들려왔다. 나는 보지도 않고 노, 라고 고개를 저었는데 곧이어 한국 분이신가요? 하는 질문이 따라붙었다. 말을 건 남자는 단발의 파마머리였고 새치가 아주 많았으며 칼라가 있는 주홍색 티셔츠를 입고 있었다. 회색 벽에 완전히 기대어 있어서인지 피곤해 보였다. 남자는 내 이름을 물었지만 나는 그냥 최, 라고 성만 알려주었다. 남자는 자기는 류라고 했다. 그 말에 약간 놀란 게 사실이었지만 류가 얼마나 흔한 성인데, 얼굴도 다른 것 같은데 그럴 리가 없다고 생각했다.

남자는 쉴새없이 떠들어댔다. 마치 말이 멈추는 순간이 두려운 듯. 자기가 곧 쿠바에서 사업을 해보려 한다는 묻지도 않은 과시와, 아바나에 있는 한국인들—내가 알 리가 없는 타인들—에 대한 비난 일색이었다. 아바나에 한국인들이 서른 명 정도 산다면서요, 하고 딱히 할말이 없어 물었더니 왈칵 화를 내며 여기에 사는 한국 사람은 다섯 사람도 안 돼요, 하는 식이었다.

"다 돌아갈 곳이 있는 사람들이라니까. 다 아바나를 떠날 사람, 그런 사람들이 여기에 대해 떠드는 게 도무지 말이 안 된다고요."

"선생님은 그러면 여기 국적이 있으세요?"

내가 묻자 남자는 그게 뭐요, 뭐 그렇게 중요해요? 하고 신경질적으로 되물었다. 그리고 이어서 지금 아바나로 몰려드는 한국인들은 모두가 자신의 나쁜 과거를 세탁하기 위해 안달난 사람들뿐이라고 했다. 불미스러운 일에 엮여 명예를 잃었거나, 범법자, 사기꾼이거나 도박꾼뿐이라고.

"그러면 선생님은 어떤 케이스세요? 사업차 왔나요, 아니면 뭐 한국에서 나쁜 일이 있었어요?"

남자는 입을 다물었다. 표정이 아주 혼란스러워졌다. 나는 답을 기다리는 시간이 길어지면 길어질수록 초조했다. 혹시 이 사람이 류가 아닌가 생각했기 때문이었다. 그리고 여정중 만난 현지 가이드에게 들었던 말, 나이키나 아디다스 같은 중국의 짝퉁 물건들을 밀수해 정품으로 파는 질 나쁜 사업을 시작한 누군가들이 있고 거기에 또 쥐처럼 매달려 하수인 노릇을 하는 누군가가 있다는 말을 떠올렸다. 그 사람은 스페인어도 제대로 못해서 거지꼴로 지내다가 그 누군가들의 그런 용도로 쓰이고 있다고. 하지만 말이 되지 않았다. 아무리 쿠바의 햇살이 강하다고 해도 사람이 일 년 만에 이렇게 늙을 것 같지는 않았다. 살이 빠져서 양볼이 움푹 패고 깊은 주름이 뚜렷해서, 어떤 분노 같은 것으로 형형해진 눈빛을 빼고는 완전히 노쇠한 사람처럼 보이는 사람이 류일 리가 없었다. 현경이 회상했던 그 이야기 속의 사람 같지가 않았다. 이제 자기가 떠나면 아이를 기억해줄 사람이 없다며 옛 연인의 가족묘를 부러워하던 여의도의 택배 배달원 같지가 않았다. 지금 눈앞에 있는 사람은 그런 현경의 류와는 어울리지 않는 사람이었다.

하지만 세상에는 헤아릴 수 없는 많은 우연이라는 것도 있으니까 나는 대답을 듣기가 더 두려워졌고 자리에서 서둘러 일어섰다. 그러자 그는 지금 자신은 취해서 일어설 수가 없으니 나가는 길에 저기 저 테이블에서 연주하고 있는 악사들이나 불러달라고 했다. 그 소규모 밴드는 비틀스의 〈헤이 주드〉를 재즈식으로 편곡해서 부르고 있었다. 내가 다가가 노래 연주를 부탁하자 기타를 치던 쿠바인이 친절하게 누가 음악을 원하니? 라고 물었다. 그가 앉아 있는 쪽을 가리키며 류, 라고 하자 류는 나와 대화하기 전의 아주 피로한 얼굴로 돌아가 허위허위 손짓했다.

나는 문밖으로 나와서도 곧장 숙소로 돌아가지는 못했는데 밴드가 노래를 시작하자 그의 얼굴이 마치 어른거리는 햇살을 느끼듯 조금씩 달라지는 것 같았기 때문이었다. 테라스에는 이제 완전히 취한 이들밖에 남지 않아서 모두 웅얼웅얼대며 그 노래를 따라 불렀는데, 그러면 그럴수록 그 류는 아까의 대화와는 상관없이 특별히 꺼려질 것도 한심할 것도 문제적일 것도 없는 사람처럼 느껴졌다. 그렇게 나쁠 것도 좋을 것도 비극도 희극도 없는 얼굴로 노래하는, 그냥 흔한 어느 친구의 류일 뿐이었다.

쇼퍼,
미스터리,
픽션

이것은 허구다.

하지만 나는 아직도 춤을 잘 춘다.

    K는 이십대가 끝날 때까지 과일을 먹지 않았다. 어쩌면 기미로 뒤덮이고 생기 없는 얼굴을 가지게 된 건 그 탓일지도 몰랐다. 그 나이 때는 과일을 좋아하고 과일이 주는 싱그러움을 사랑하고 그것의 효과—비타민C—를 누려야 하지만 과일이라면 고개를 저었다. 이유를 물으면 사실대로 말하고 싶지 않아서 엉뚱한 말을 했다. 수박의 줄무늬가 징그럽다거나 방울토마토의 생김새가 기형처럼 느껴진다거나 신맛이 싫다고.

하지만 과일을 싫어하게 된 결정적인 이유는 그의 엄마가 마트의 채소 과일 코너에서 수년간 일을 했기 때문이었다. 엄마는 팔다 남은 채소 과일들을 비닐봉지에 챙겨두었다가 하굣길에 만나러 가면 다른 직원들 몰래 K의 손에 들려주곤 했다. K는 그런 물건―값을 치르지 않은, 아무리 그것이 B품이라도―을 들고 가기 싫고 창피해서 반항했지만 생활력 강한 엄마에게 그런 마음을 헤아릴 여유는 없었다. 어린 K는 그래서 되도록 마트에 가지 않으려 했지만 늘 엄마가 보고 싶었고 일단 보면 위안이 됐으므로 어쩔 수 없이 그 반지하의 마트를 그냥 지나치지 못했다. 그 지하에는 바 모양의 테이블로 둘러진 분식점들이 있고 헤어핀과 액자 같은 상품을 파는 '수입 코너'와 비디오 가게, 양은냄비와 소쿠리들이 무질서하게 쌓인 그릇전이 같은 층에 들어서 있었다.

그래도 K는 엄마가 '그곳'에 있는 것은 다행이라고 생각했다. 엄마가 외판원으로 일하던 시절에는―휴대전화도 없었으므로―어디에 있는지 알 수가 없어 텅 빈 집에서 엄마의 동선을 상상하며 지낼 수밖에 없었기 때문이다. 그의 머릿속에서 엄마는 멀미를 참으며 버스를 여러 번 갈아타고 가서 어느 골목을 걷고 있었다. 사람들에게 권유하고 있었다, 살 것을. 최선을 다해서 살 것을.

때로 사람들은 엄마가 파는 책을 사기도 하고 때로는 사기를 거부했을 거였다. 이원수 아동문학전집이나 만화 한국사, 소년소녀 세계위인전집 같은 그런 책들은 K의 집에도 있었고 딱히 할일이 없었던 그는 거의 외울 정도로 반복해서 읽었다. 그 당시에는 닥치는 대로 읽는 스타일이었지만 특히 이원수 아동문학전집과 학원출판사의 메르헨 전집을 좋아했다. 이원수 아동문학전집의 세계란 소풍을 갈 때 계란 반찬을 싸갔으면 하고 소원하는 소년이 있는 세계였다. 셋집에 사는 아이가 마당에서 놀 때 주인집 아이의 눈치를 봐야 하는 세계였다. 돈을 노리는 친척이 매일 밤 귀신 흉내를 내서 미망인을 신경과민에 빠뜨리는 세계였다. 여왕개미만 알을 낳을 수 있는 것에 굴하지 않는 '이쁜이'라는 일개미가 있는 세계였다. 그런 세계의 소년과 소녀와 불행한 어른들과 곤충과 모든 것이 살길을 제각각 찾아야 하는 세계였다.

K는 그런 세계의 모든 것들에 마음을 주며, 그 비극성과 애처로움에 마음을 의지하면서 어쩌면 그것이 그를 둘러싸고 있는 이런 세계를 해석해주지 않을까 기대했다. 목재공장의 노동자들을 위해 개발된 인천의 변두리 동네에 살았던 K는 이해하고 싶은 것이 많았다. 이를테면 그가 사학년 때, 후문에 매달려 놀다가 떨어진 교문에 깔려 세상을 떠난 어린 남자애에 관한 것이었다. K는 그때 운동장을 가로질러 정문 쪽으로 심부름을 가고 있었는데 멀리서도 쾅, 하는 소음과 햇살처럼 쨍한 누군가의 비명소리가 들렸다. 나중에 후문에서 솜사탕을 팔던 아주머니는 자기는 들어가라고 했지만 애가 싫다고, 수업에 들어가기 싫다고 했다고 전했다. 아이에게는 수업에 들어가지 않는 일이 특별한 것이 아니었으니까.

들어가지 않아도 반복되는 결석에 신물이 난 교사는 찾지 않았으니까.

그러니까 아이는 집에도 있지 못하고 학교에도 들어가지 못한 채 교문에 매달려서 흔들었다, 몸을. 교실 안으로 들어가서 까불지는 못하고 그 경계에서 철문에 붙어서 흔들며 소리를 냈다. 노래를 불렀을까, 그러니까 나를 좀 봐달라고. 이렇게 어린 나를 누구도 봐주지 않는데 원래 세계는 이렇게 고독할까, 이렇게 흔들어도 계속 혼자일까, 이렇게, 하고.

K에게 그 일은 충격으로 남았고 때로는 너무 몰입한 나머지 정문과 후문 사이의 거리에도 불구하고 그 비극적인 장면을 정말 본 듯한 환상에 빠져들었다. 불행한 환상이었으나 그 불행의 맥락에 대해 설명해주는 어른은 없었다. 말해주어도 어차피 어른들의 말이란 믿지 않았을 테지만.

물론 K가 그런 세계에만 몰입했던 것은 아니었다. 학원출판사의 메르헨 전집에 나오는 서양 이야기들을 읽으면서는 또다른 매혹의 세계를 경험했다. 동화라고 했지만 청소년 소설을 망라하고 있었던 그 시리즈에서 그는 자기 나이 또래의 곱슬머리 소녀 이야기를 유심히 읽었다. 그 백인 소녀는 어떤 샴푸를 살지 고민하고 숍에 가서 신중하게 골랐다. 자기에게 맞는 샴푸를 사기 위해. 사려는 것이 어린 K처럼 쫀드기나 아폴로 같은 문구점에서 파는 불량식품들이 아니라 샴푸였다. 샴푸는 향이 있고 매끄러운 감촉이 있으며 역할을 다하고 쿨하게 사라지는 소모품이 아닌가. K가 틈만 나면 먹으려고 하는 그 달고 진득진득한 것들처럼 말초적인 감각이 아니라 뭔가 형이상학적인 감각을 위한 것이 아닌가.

K는 자기도 진열대 앞에 서서 신중하게 고민하여 샴푸를 고르고 값을 지불해보고 싶었지만 기회는 좀처럼 오지 않았다. 엄마는 다른 종류의 제품을 파는 직원들과 사이가 무척 좋아서—그런 동료들을 언제나 자신과 구분해 비식품이라고 불렀는데—엄청난 양의 증정용 샴푸를 얻어왔기 때문이었다.

아무튼 그렇게 책을 읽어대던 K는 어느 순간부터 이야기를 지어내는 일에 몰두했다. 한번 지어내기 시작하니까 꽤 재능이 있어서 수십 장의 상장을 받을 수 있었다. 아버지는 상장을 밋밋한 흰색 테두리의 유리 액자를 사다가 벽면에 걸어주었다. 애정표현이 거의 없는 아버지에게 그런 관심을 받는 건 신나는 일이었으므로 K는 더더욱 글쓰기에 매진했다. 그 무렵 아이에게 어른들이 기대하는 글쓰기란 반공, 불조심, 절약, 저축, 효 같은 이른바 '10대 덕목'에 관한 주제들이었으니 꽤 도덕적이고 윤리적인 글쓰기에 열을 올린 셈이었다. 하지만 사춘기가 되자 그런 것에 물리고 말았다. 효녀도 싫고 애국자도 싫었다. 근검하고 절약하는 것, 불을 내지 않게 조심하고 주변의 위생을 청결하게 유지하는 것, 싫었다. 왜냐면 그런 것들은 자신의 외로움을 전혀 채워주지 않았고 기껏

해야 종이 쪼가리나 노트나 연필 따위를 줄 뿐이었으며 칭찬한 뒤에 부모는 다시 노동의 활기로 돌아가 K를 혼자 두었기 때문이다.

그래서 K는 춤에 빠졌다. 운동회에서 치어리더로 뛰어본 경험이 강렬하게 남아서 춤출 수 있는 자리라면 마구 달려나가서 추었다. 수련회에 가서 사회자가 자, 춤출 사람, 하면 전속력으로 달려가서 몸을 흔들어댔다. 그는 웨이브를 만드는 데 특장이 있었고 같이 춤을 추었던 윤미라는 친구는 한 손으로 자기 몸을 문질러가면서 추는 일명 '때밀이춤'에 소질이 있었다. K도 윤미를 따라 해보기는 했지만 손과 다리를 다른 리듬으로 흔드는 일이 매우 어렵다는 것을 깨닫고는 포기했다. 하지만 그렇게 춤을 추고 나서 집으로 돌아가자면 마트가 있는 상가가 나왔고 얼마나 흥을 발산했든 엄마가 보고 싶어졌다. 내려가면 엄마는 라벨지를 찍으며 과일과 채소의 가격을 매기고 있었고 그렇게 해서 사람들의 구매 욕구를 자극하기 위해 애쓰는 것이 엄마의 삶의 동력이었다. 그런 일을 엄마는 꽤 자랑스러워했다. 농촌 출신의 엄마는 형제자매 가운데 서울 인근에 진출한 유일한 사람이었다.

K가 매장으로 들어가서 "엄마!" 하고 부르면 엄마는 잠깐 반가워하다가 매대 아래 커다란 흰색 나무상자 안에서 빈틈없이 많이도 밀어넣은 비닐봉지를 들려주며 눈치껏—그것이 그를 가장 난감하고 모욕적으로 느껴지게 했는데—계산대를 피해 나가라고 했다.

그렇게 해서 비닐봉지를 들고 나가는 그 순간, 그는 스스로 꿈 꾸는 어떤 세계, 취향에 따라 샴푸를 고를 수 있는 백인 소녀의 세 계, 혹은 혁명을 꿈꾸는 일개미의 세계, 이야기를 지어내거나 아 니면 리듬에 맞춰 춤을 추면 일순 몸을 드러내는 어떤 다른 세계 의 가능성이 아주 닫혀버리는 기분이었다. 그런 건 없고, 그러니 까 K에게 그런 세계는 허용되지 않고, 허용된 것은 집으로 실어 날라야 하는 채소나 과일 같은 것, 지불 없이 무상으로 얻은 그 몇 푼 하지도 않으면서 그를 수백 배의 무게로 짓누르는 수치심과 죄 책감 같았다.

　　마트에서 나와 한 손에 비닐봉지를 들고 아파트를 향해 비탈길 을 오를 때 그는 자기가 뭔가를 참아내고 있다는 것을 선명하게 느꼈다. 뭔가를 견디고 있다고 생각했다. 견뎌야 하는 것은 삶이 었고 비닐봉지의 무게였고 호박이었고 사과였고 운이 좋다면 바 나나였고 아직 이름은 알 수 없는 시든 푸성귀들이었다. 걷다가 문득 서서 다 죽어버려라, 하고 속으로 중얼거리기도 했다. 내지 는 곧 다 죽어버릴걸, 하고 생각하기도 했다. 그러면 곧 가족 중 한 사람의 비참한 죽음―그는 그것에 대해서 평생 단 한 사람에 게만 털어놓았을 뿐이었다, 마흔을 바라보는 지금까지도―이 떠 올랐고 공포가 밀려들면서 그렇게 비참하게 죽은 가족이 어떤 형 태로든 불행을 가져올지도 모른다고 생각했다. 그는 아직 열두 살 일 뿐인데도 그 죽음에 대해 의식하고 죄책감을 가져야 한다는 것이 두렵고 억울해질 때면 그런데 윤미는 어떻게 때밀이춤을 잘 출까, 생각했다. 무릎을 드는 동작과 자기 팔을 쓸어내리는 리듬의 격차가 어떻게 가능할까. 토끼춤을 추면서 한 바퀴 도는 동작은 어떻고. 그렇게 어긋나는 분절된 동작으로 춤이라는 상태를 만들어내는 것은 얼마나 신나는 일인가 생각했다. 겨우 집에 도착하면 비닐봉지를 아무데나 던져놓고 거기 담긴 것을 한 개도 먹지 않겠다고 결심했다. 그래서 노동에 지친 부모가 일터에서 돌아와 두 딸을 앉혀놓고 텔레비전을 보며 모처럼 안락함을 느껴보기 위해 사과나 참외 따위를 깎아놓아도 손 한 번 대지 않았다.

그러니 K가 다른 사람들에게 사랑받지 못하는 모난 인물이 된 것은 당연했다. 그는 사랑을 받거나 누군가를 사랑하는 것에 대한 감각이 부족한 사람, 혹은 그러한 감각을 스스로 억압하는 사람으로 자랐다.

사랑, 그것 따위가 대체 무엇인가.

대학에서도 그는 사람들과 영향을 주고받거나 관계하거나 터놓고 말하거나 우리가 남이냐, 하는 식의 모든 것들에 거부를 보였다. 돈과 관련해서는 더 예민해서 지갑을 가져가지 않은 어느 날 오백원만 있으면 무언가를 사먹을 수 있는데도 오백원 빌려달라는 말을 아무에게도 하지 못해 굶었다. 그렇게 굶으면서 그는 아직 자신에게 채 가해지지도 않은 어떤 모욕을 상정하고 그것과 싸우면서 소설을 읽거나 소설을 썼다. K는 소설을 쓰고 싶어 몸이 달아 있었지만 그렇게 마음먹고 들어간 동아리에서 자꾸 '관계와 친목'을 도모하려 해서 스트레스를 받기도 했다. 소설이 아니라면 하고 싶은 말이 없었고 소설이 아니라면 만나고 싶은 사람이 없었다. 전체 엠티를 가서 학과 백일장을 열면 다른 학생들이 술을 마시거나 각종 게임을 하며 끈끈한 유대를 맺는 동안 면벽을 하고 앉아 몇 시간이고 공들여 글을 쓰는 식이었다. 그러면 그 정성 때문에라도 백일장에서 우승을 할 수밖에 없었고 그제야 종일 한 번 웃지도 않던 경직된 얼굴에 미소가 노을처럼 번지면서 부상으로 받은 도서상품권으로 은희경이나 김영하의 신작을 사러 갔다. 최인석도 K가 좋아한 작가였고 신경숙과 박완서와 김소진과 한강이 그랬다.

물론 세상은 다양했기에 그런 그를 좋아하는 사람들도 있긴 있었다. 지독한 문학 마니아들이어서 그런 괴팍함을 문학적 재능으로 착각할 수 있는 상상력이 있는 사람들이었다. 하지만 K는 그렇게 호의를 보이는 사람들에게조차 그다지 관심이 없어서 방학 때면 일주일 내내 현관문 밖으로는 한 발자국도 나가지 않고 닥치는 대로 소설을 읽고 어떤 열망에 사로잡혀 원고지 이백 매 가까운 분량의 습작들을 지루하게 써대곤 했다. 아주 적극성을 가진 선배가 이따금 그렇게 방안에서 자신을 불태우는 그를 불러내서 레오스 카락스의 〈나쁜 피〉나 바슐라르의 어떤 책에 대해 이야기하면서 조각 케이크와 커피 따위를 사주기도 했다. 그러면 그는 차마 얘기를 끊지는 못했지만 참을 수 없는 거리감과 한심함을 느끼면서 그런 것들은 지금 그의 아무것도 해결해주지 못한다는, 그래서 감각이 멀고 전혀 흥미를 불러일으키지 않는다는 점을 전하기 위해 조각 케이크를 포크로 자근자근 눌러, 먹지는 않고 짓이겨버리곤 했다. 그래도 선배가 그것을 알아채지 못하고 그래, 너는 케이크를 아주 특이하게 먹는구나, 라고 하면 자신의 그 행동이 예의에 어긋나고 옳지 못하다는 생각을 하면서 좀 웃어 보였지만 그사이 또 살그머니 고개를 드는 적의를 참아내지는 못해 이렇게 물었다.

그러니까 선배, 선배 주변에는 비극적으로 죽은 사람은 없어요? 이를테면 자살은요.

그러면 상대는 당황하면서 그때부터는 레오스 카락스나 바슐라르나 하는 것에 대해 더는 말하지 못하고 참을성 있게 K가 무언가 고백해주기를 기다렸지만 애저녁에 K는 누구에게도 그것에 대해 말할 생각이 아니었으므로 영리하게 화제를 돌려 지금 읽고 있는 소설들에 대해서 말했고 자기는 꼭 소설을 쓸 거라는 말로 선배의 하루 동안의 노고를 치하했다.

그렇게 해서 간직한 그 미스터리한 가족의 비밀은 그가 왜 그토록 우울과 비애에 천착해야 하는가에 대한 자기 나름의 당위를 심어주었다. 소설에 대해서 생각할 때 죽음에 대해서 생각했고 그렇게 죽음에 대해서 생각한다는 것을 들키지 않겠다는 선언과 하지만 그것에 대해 폭로하고 말겠다는 다짐 속에서 신열을 앓으며 대학 시절을 보냈다. 물론 연애도 했다. 하지만 애인들에게조차 자신을 이해시키려는 성의가 없었으므로 오래가지 못하고 시든 배추처럼 종결되곤 했다. K는 실연을 경험하고 나서도 그다지 아프지 않았고 도리어 고양감 같은 것을 느꼈다. 자기 자신을 지키기 위해 상처를 치유하기보다는 오히려 더 깊게 깊게 파고들어가면서 곪고 썩어가는 과정을 괴상한 희열을 가지고 바라보는 것이기도 했고 어떻게 보면 치명적인 고통에 대해 깨닫지 못한 어떤 마비 상태이기도 했지만 어떻든 그것은 소설을 쓰고 싶다는 열도를 유지하는 데 결정적인 역할을 했다.

서른 무렵 어느 일간지로 등단해 소설가가 되고 나서도 K는 사랑받지 못한다는 면에서는 그리 달라진 점이 없었다. 고립을 자처하며 웬만한 일에는 외출하지 않는 것도 같았다. 하지만 수년이 지나 지방의 한 대학에서 강의를 맡으면서 싫어도 일주일에 한 번은 신발을 신어야 할 일이—그는 여전히 현관문 한 번 열지 않은 채 한 주를 보내곤 했으니까—생기긴 했다. 그건 그냥 신발도 아니고 무려 구두였고 그는 그 구두를 신고 대학의 복도를 지나 자신과 소설 이야기를 하고 싶어하는 젊은이들과 만나는 것을 조용히 기뻐했다. 자기가 좋아하는 소설들에 대해서 학생들이 말할 때 감동할 때 놀라워할 때 그답지 않게 얼굴에 은은한 홍조를 띠기도 했다. 불행히도 그런 홍조는 가뭄 뒤의 평야처럼 메마르고 삭막해진 얼굴 위로 떠올랐다 가뭇없이 사라져 그다지 주목받지는 못했지만. 그러다 수업이 끝나고 다시 고속버스를 타고 두 시간이 걸려 그사이 배가 고프니까 찐 감자나 옥수수 같은 것을 먹으며 집으로 돌아오면 그 모든 것들이 자신과 전혀 상관없어지고, 자기는 그냥 나이든 미혼의 독거 여성, 출판사의 청탁 전화를 기다려야 하고 얼마 되지 않는 고료를 위해 밤을 새워야 하는 고독하고 영세한 집필자일 뿐이었다.

하지만 그런 K조차도 소설에 대해 말할 때는 거짓말처럼 어떤 세계가 환기되면서 실제야 어떻든 아우라와 아름다움을 갖게 되었다. 그것이 샴푸의 거품처럼 일시적일지라도 강의를 듣는 학생 하나의 마음을 완전히 사로잡은 건 분명했다. 그 남학생은 눈꺼풀이 반쯤 내려와서 어딘가 졸린 인상을 주었는데 쉬는 시간에도 친구들과 어울리지 않고 맨 뒷자리에서 음악을 들으면서—그 록 음악은 헤드폰 밖으로 새어나왔는데—칠판 앞 의자에 앉아 한숨 돌리는 K를 주시하곤 했다. 물론 그는 K를 본 것이 아니라 그저 앞을, 무의미하게 응시했을 수도 있지만 마지막 연애를 한 뒤로 근 십 년간 특별한 관심을 받아본 적 없었던 그는 그런 청년의 시선이 신경쓰이기 시작했다. 긴장되고 미심쩍었다. 하지만 동시에 그 시선이 어떤 동력으로 자신을 끌어당기기에 저 청년은 너무 마르지 않았나 생각했다. 청년은 마른 수풀처럼 말라서 그저 K를 바라보면서 하지만 기대는 없이 수로의 투망처럼 시선을 던져놓고 있었다.

K가 어느 날 청년을 따로 불러 주의를 주게 된 것은 그런 시선 때문이 아니라 청년이 수업 중간에 자꾸 밖에 나갔다 들어왔다 했기 때문이었다. K는 수업을 진행할 때 떠드는 것 이외에는 학생들을 통제하지 않지만 그런 행동은 묵과할 수 없는 일이었다.

어디를 그렇게 수업시간에. 그러면 안 되지. 수업이 진행중이잖아.

K가 그렇게 말하자 청년은 메고 있던 꽤 고급의 검정 가죽가방을 추켜올리며 고개를 약간 숙였다. 청년은 과하게 말랐고 낡은 셔츠를 입고 있었지만 왠지 잘 차려입은 듯한 호감을 주었다. 백화점 명품관에서 다 해진 티셔츠를 입고 있는 앙상한 몸의 모델을 마주했을 때처럼 기이한 아름다움이 있었다. 궁핍과 부도덕한 사치가 공존하는 느낌이었다.

맞을 일이 있어서요.

청년은 키가 무척 컸고 K는 너무 작아서 청년은 그 말을 하기 위해 허리를 숙였다.

여자애들이 불러내서요. 맞아야 한다고요.

왜, 대체 왜 맞아야 하는데?

사랑의 대가로요.

청년은 그렇게 말하며 한숨을 쉬었고 자신은 오늘 하루종일 맞느라 아무것도 먹지 못했다고 했다. 그러고 보니 청년의 뺨은 좀 부풀어 있었다. 세 시간 연강을 하느라 K도 배가 고팠고 청년이 정말 허기진 표정으로 배를 움켜잡았기 때문에 뭐라도 먹을까, 잠시 생각했다. 하지만 아무리 학생이라도 낯선 사람과 식사를 함께하는 게 어색해서—지금 K는 청년과 서 있는 것만으로도 충분히 스트레스를 받았는데—가방에 있던 옥수수를 건네고 돌아섰다. 그러자 청년은 옥수수를 아구아구 먹으면서 갈 생각은 안 하고 따라오더니 하루종일 불려나가 한 차례씩 맞아야 했던 수고에 대해 말을 이었다. 간단히 말하면 청년은 너무 쉽게 사랑에 빠져서 그 사랑을 모두 다 고백한 죄밖에 없었는데 그 사실을 알게 된 당사자들이 불러내 따귀를 갈긴 것이었다. 그 나이 때의 사랑이란 아무리 과용량을 섭취해도 축적되지 않고 몸밖으로 다 빠져나가고—마치 수용성 비타민처럼—남지 않는다고 K는 생각했지만 무려 네 사람에게 퍼부었다는 사랑은 문제는 문제였다.

청년은 옥수수를 다 먹고도 허기가 가시지 않는지 학교를 나와 역으로 걷다가 공설운동장에 설치된 야간시장을 보고는 구경을 하고 가자고 했다. 만약 먹을 만한 게 있다면 함께 먹고. 청년은 자기가 원하는 것을 이야기하는 데 거리낌이 없었다. 그러면서도 목소리에는 긴장이 또 없지 않아서 K는 청년이 평소에 거절당하는 데 익숙한가 익숙하지 않은가 생각하게 되었다. 익숙하다면 그도 거절하고 고속버스터미널로 가서 승차하면 그만이었다. 하지만 청년은 그렇게 묻고 나서 오는 동안의 수다를 멈추고 기다렸고 그렇게 말이 끊긴 사이 둘 사이에 편입되는 소음들, 두 개, 여기에, 두세요, 세일, 사면은, 쿵짝, 삼천원, 내 나이가, 날 데리러, 못 간다고 같은 야간시장의 소음들이 마치 인화지에서 어떤 피사체를 오려내듯 청년의 침묵을 오롯한 것으로 만들었으므로 K는 마음의 동요를 느꼈다. 그렇게 해서 둘은 나란히 "시민의 기쁨 하계 야간시장"이라고 적힌 아치형 풍선 입간판을 통과해 들어갔다. 그리고 노점들을 지나다 진한 고깃국물 냄새에 이끌려 파라솔 밑에 앉았다.

제가 맞은 건 맞을 만했다고 치고요. 막 속상해지는 게 걔들이 너 같은 게 무슨 소설을 쓴다고, 하면서 돌아섰다는 거거든요. 걔들 다 내가 글쓰면 읽어주면서 좋다, 어떻게 이렇게 써, 왜 이렇게 썼어, 하던 애들인데요.

청년은 다시 오늘의 일에 열을 내면서 음식을 주문하고, 수저를 놓고, 열대야로 얼굴이 벌겋게 달아올라 있는 바쁜 아주머니를 불러 물컵을 바꿨다. 유리컵의 이가 나가 있었다. 그런 잔에 무언가를 마시면 불행해진다는 말이 있다고 청년이 말했다. K는 마음속에서 불행이라는 말이 찰랑거리는 것을 느꼈다. 그러자 걷잡을 수 없게 마음이 무너져내렸고 그래서 그는 슬픈 표정을 지었다. K가 슬픈 표정을 짓는 것은 입꼬리를 보면 알 수 있었다. 그것은 아치처럼 내려가 턱에 주름과 긴장을 만들고 두 볼을 처지게 해 그를 아주 늙어 보이게 했다. 그렇게 늙은 그의 얼굴은 불행하게 세상을 떠난 미스터리한 가족과 닮아 있었다. 닮는다는 것은 얼마나 슬픈 일인가, 그것이 자신의 불행을 예고하는 것은 아닌가. 하지만 K는 이제 그런 불행이 뭐 그리 특별하지 않고 미스터리함을 잃은 지도 오래라는 것을 알았다. 요즘 같은 세상에 그런 불행은 그냥 불행이지, 불행, 보통의 불행.

K는 플라스틱 의자에 앉아 이미 버스는 떠나버렸다는 생각을 했다. 지금 그는 별로 친하지도 않은 청년과 마주보며 이 시끄럽고 더럽고 무더운 시장에 앉아 있는데, 어쩌다 이렇게 되었지. 그러니까 청년은 무려 네 명의 여자에게 사랑을 고백했는데 그 사실에 모욕을 느낀 여자들이 청년에게 따졌고 화를 참지 못해 때렸고 그런데 청년은 소설을 쓰고 싶다고 하고―K는 자기 앞에서 열심히 소설이라든가, 영화라든가 하는 것들에 대해 이야기하는 청년에게 뭔가를 물으려다가―비극적으로 죽은 사람은 없니 같은―엉뚱하게도 그러니까 그런 건 모두 사랑이었니, 하고 물었다. 내내 듣고만 있던 K가 질문하자 청년은 반색하면서 흥미가 있느냐고 물었다.

있지, 흥미롭지, 수업시간 내내 불려나가 얻어맞고 왔는데.

그러면 이것도 소설이 될까요?

소설이 되냐고?

제가 오늘 겪은 일은 좀 모욕적이고 부끄럽고 그러면서도 뭔가 걔들이 와서 탁 때릴 때 비릿하게 슬픈 것이 아, 어쩌면 인생은 이런 건가보다 했는데요. 그러니까 제가 이런 이야기를 쓰면 그것도 소설이 될 수 있을지 작가 교수님께서는 어떻게 생각하시는가 해서요.

되지, 돼, 얼마든지, 돼.

그러자 청년의 얼굴에는 화색이 돌았다. 정작 K는 사실인가 생각했다. 내가 거짓말을 하고 있나, 그러니까 청년이 아직 어리다고, 어떻게 말하든 상관없다고 무성의하게. 청년은 자기가 했던 사랑에 대해 들려주겠다며 그런데 튀김을 안 먹을 거면 자기가 먹어도 되겠느냐고 물었다. K는 그러라고 하면서 그렇게 누가 자기가 먹던 것을 집어가는 장면을 바라보았고 청년이 그것을 다 먹은 다음 디저트로 나와 있던 K의 과일 샐러드를 가져가서 먹는 것을 지켜보았다. 청년은 자기 앞에 그렇게 반찬이 여럿 나와 있는 게 오랜만이라고 했다. 자기는 대부분 자취방에서 한두 개의 반찬을 두고 밥을 먹기 때문에.

파라솔에서 일어나 둘은 헤어지지 않고 야간시장을 구경했다. 어떤 스릴감도 없이 느리게 회전하는 놀이기구에서 뭐가 무서운지 아이들이 소리를 질러대는 것을 보았다. 놀이기구가 돌고 돌다가 충분히 돌아서 펌핑과 회전이 멈추면 다시 안전하게 부모의 손을 잡고 아이들이 돌아가는 것을. 청년은 자기가 했던 첫번째 사랑과 두번째 사랑에 대해 이야기하면서 그 두 사람이 얼마나 불가항력적인 매력을 가졌는지 설명했고, 그사이 몇 번이나 교수님 저는 그애들을 손끝 하나 건들지 않았어요, 하고 강조했다. 저는 그렇게 나쁜 놈은 아니에요. 그냥 사랑을 했을 뿐이에요. K는 그렇게 누군가가 옆에서 이야기하고 있다는 것에 마음을 기대면서 수다 속에서 여러 번 언급되는 사랑에 대해 생각했다. 청년의 말에 따라 사랑이 가까워졌다가 멀어졌다가 감추어졌다가 과장되었다가 말이 잠깐 멈춰도 그 침묵 속에서 여전히 존재감을 드러내는 것을.

그 과정이 너무 리얼해서 청년이 말한 연인들을 모두 만나본 듯한 느낌이었다. 그들은 청년을 사로잡았고 그렇게 해서 사랑의 고백이 이어졌지만 유일하지는 않았기에 수업중인 청년을 불러내 격렬히 이별을 고한 것이었다. 청년은 한 에피소드가 끝날 때마다 이것도 소설이 될까요, 하고 물었고 K는 정말 확신을 담아 동의했는데, 그러는 동안 야간시장도 서서히 문을 닫고 있었다. 쓰레기를 정리하고 조명을 끄고 있었다. 음악소리가 사라지고 있었다. 그렇게 자리를 정리하는 상인들 사이로 백발의 한 늙은 여자가 캐리어를 끌고 둘이 앉아 있는 벤치 쪽으로 걸어오고 있었다. 여자의 옷차림은 특이했다. 한여름 밤인데도 상의를 몇 겹이나 입었고 바지와 양말도 마찬가지였다. 수집벽이 있는 사람처럼 최대한 껴입어 몸피를 부풀리고 있었다. 가까이 오자 늙은 여자의 가방과 모자와 신발에 박혀 있는 브랜드 로고가 읽혔다. K도 알 만한 꽤 비싼 것이었음에도 형편없이 낡아 있어, 오히려 여자가 그 물건들을 어디서 무상으로 얻었거나 주웠을 것임을 짐작하게 했다. 여자가 끌고 있는 캐리어는 꽤 무거워 보였고 거기에도 크고 작은 주머니와 비닐봉지가 수없이 매달려 있었다. 그것은 폐점 무렵의 야간시장과 어울리기도 어울리지 않기도 한 것이었다. 여자는 그런 행려의 옷차림을 하고도 무언가를 아주 포기하지는 않은 사람처럼 최대한 허리를 세우고 매고 있는 스카프로 땀을 닦으며 걷고 있었다. 그의 몸피를 채우고 있는 그 물건들, 맥락은 알 수 없지만 그에게로 와서 채우고 있는 쓰레기 같은 물건들은 그의 인생의 짐이기도 소중한 포획물이기도 한 것 같았다.

K는 그렇게 자신을 향해 걸어오는 야간시장의 마지막 입장객, 조야한 페이즐리 스카프의 쇼퍼를 응시했다. 그리고 여자가 그와 청년의 앞까지 걸어와 그를 무심히 본 다음, 야간시장의 무엇도 자신의 관심을 끌지 않는다는 듯 텅 빈 눈으로 허공의 어디쯤을 응시하다가 되돌아 나갔을 때 갑자기 얼굴을 두 손으로 가리며 무언가를 간신히 참았다. 그전까지 세번째 여자친구와의 연애담을 이야기하고 있던 청년은 K가 우는 줄 알고 당황하다가 아까 먹었던 노점으로 냅킨을 얻으러 갔으나 이미 닫은 뒤여서 더 멀리 있

는 노점으로 뛰어갔다. 그사이 K는 울지는 않고 손을 떼서, 멀어
지는 여자를 다시 한번 바라보았다. K는 여자가 늙었다는 것, 여
자가 죽지 않고 살아남아 마침내 늙어버렸다는 것에 대해 생각했
다. 적어도 여자는 거부하지 않았음을, 살 것을. 최선을 다해 살
것을. 여자가 했다면 자기도 할 수 있을 것이었다. 여기 이 도시에
서 어떤 무게를 감당하면서 거짓말처럼 살아낼 수 있을 것 같았
다. 그렇다면 자신이 이루어야 할 모든 것을 이루는 셈이었다.

청년이 가져온 것은 물티슈였고 소독약 냄새가 진한 그것으로
K는 손을 닦았다. 청년은 자신의 어떤 말이 그를 울게 한 걸까 고
심하는 것 같았다.

그래서 어떻게 되었다고, 네번째 여자는 어디서 만났다고? 교
회에서?

일어나 걸으면서 K가 물었다.

아니, 교회에서 만난 애는 세번째이고요.

그랬지, 세번째였지, 여름 캠프를 가서 고백을 했다고 했지.

아니, 그건 두번째 애인데요, 사랑 고백 하려고 캠프파이어 앞
에서 기다렸다가,

그래, 안 왔다고 했지.

아니요, 왔는데, 분위기 낸다고 불을 너무 크게 키워서,

불이 났다고.

날 뻔했다고요.

그는 유심히 들었는데 왜 그런 이야기들은 기억나지 않고 그것을 제외한 자신의 모든 것들만 생생한가 생각했다. 왜 어디 먼 곳을 다녀온 것처럼 지쳐 있는가. 청년은 그런데 자기의 이런 이야기는 소설로 쓰면 안 될 것 같다고 했다. 머저리 같아서. K가 픽션 뒤에 숨으면 되지, 하니까 그러면 머저리 같지 않아져요? 하고 물었고 K는 눈물인지 땀인지 모를 것을 지우면서 더 머저리 같아지지, 했다.

그러면 작가 교수님은 어떤 얘기를 쓰세요? 사실 교수님 작품을 별로 읽어본 적이 없어서요.

청년이 그렇게 물었을 때 K는 비닐봉지를 들고 올랐던 아파트의 그 경사진 언덕과 엄마가 야무지게 싸매어놓았던 그 일용할 음식들과—엄마는 그것이 습관이 되어 요즘도 장을 볼 때 그렇게 꽁꽁 묶어, 바코드를 찍어야 하는 캐셔가 다시 그것을 하나하나 풀게 되는데—열한 살의 어느 날 그가 정문을 빠져나갈 때 마지막까지 그렇게 최선을 다해 작은 몸을 흔들었던 한 아이와, 자기가 픽션으로 쓰지 않았던 죽음, 견디고 살아내지 못했던 그 불행한 가족의 얼굴을 아주 오랜만에 어떤 공포도 거부감도 없이 다만 안타까움을 느끼며 떠올렸으나 실제로 귀기울인 것은 아직 술꾼들이 다 떠나지 않은 야간시장의 포장마차에서 들려오는 둠둠바, 둠둠바, 하는 디스코 음악이었다.

K는 자신의 소설에 대해 질문한 뒤 가죽가방을 한 손으로 잡고

가만히 기다리는 청년에게 마치 권하듯이 손을 내밀면서 우리 춤출까? 하고 물었다. 청년은 당황한 듯했지만 K의 손을 맞잡으려고 손을 내밀었다. 하지만 이번에는 K가 고개를 저으면서 손을 내렸고 무안해진 청년은 덥네요, 하며 머리를 털었다. 그리고 둘이 다시 아치를 통과해 그곳을 떠났을 때 쇼퍼들이 사라진 야간시장은 조용히 폐점중이었다.

해설 │ 백지연(문학평론가)

생의 아이러니를 응시하는
심퍼사이저

1. 삶 속의 예술, 예술 속의 삶

　김금희의 소설을 읽고 있으면 "정성껏 요리하는 것, 이것 말고 다른 조리법은 없다"라는 헨리 제임스Henry James의 고전적 명언이 자연스럽게 떠오른다. 김금희의 소설은 한 줄 한 줄 온 힘을 기울여 정교하게 쓴 문장이 선사하는 심미적 쾌락을 생생하게 전달한다. 견고한 사실주의의 덕목을 바탕으로 형상화된 삶의 희비극은 유머와 기지를 동반한 독특한 아이러니의 언어들을 통해 우리 앞에 펼쳐진다. '인생을 재현하려는 시도'야말로 소설의 유일한 존재이유라고 주장한 제임스의 말에 호응하듯이 김금희의 소설에는 삶과 인간의 다양하고 풍요로운 모습들이 빼곡히 들어가 있다.

『센티멘털도 하루 이틀』(창비, 2014)에서 시작하여 『너무 한낮의 연애』(문학동네, 2016), 『경애의 마음』(창비, 2018), 『나의 사랑, 매기』(현대문학, 2018)에 이르기까지 김금희의 소설은 꾸준히 폭과 깊이를 더해왔다. 지역적 공간에 대한 애정 어린 시선을 바탕으로 한 그의 소설은 시대를 살아가는 보통 사람들의 삶을 다채로운 방식으로 형상화해왔다. 특히 장편소설 『경애의 마음』은 사회적 참사에서 기원한 고통과 기억이 어떤 방식으로 현재화되고 극복의 출구를 찾아가는지를 시대적인 파노라마로 포착한 성취작이라고 할 수 있다. 이번 소설집에서도 개개의 단편들 속에 담긴 다양한 인물들의 모습은 인간탐구의 보고로서 소설이 지닌 장르적 소명을 확인시킨다.

김금희 소설에서 중심이 되는 인물들은 자본주의 세속의 규율에서 다소 비켜서 있는 듯한 주변부의 존재들이다. 2000년대 이후의 한국소설에서 어수룩한 보통 사람들은 소설이 재현하는 대표적 캐릭터로 자리잡은 느낌마저 주는데, 김금희 소설은 여기서도 작가 자신만의 색채를 담은 인물들을 보여준다. 김금희는 인물들을 무조건적인 연민의 대상으로 포섭하거나 그들을 위해 손쉬운 영웅의 자리를 마련하지 않는다. 작가는 주류 질서를 비껴가는 인물들의 고유한 목소리를 차분히 들려주면서도 인물들이 내면에 간직한 이상적 세계에 대한 열망을 주시하게 한다.

표제작인 「오직 한 사람의 차지」에서 주인공 '나'는 삼 년 동안 경영해온 1인 출판사를 정리하게 된 형편에 놓여 있다. 어딘가에 있을 '천 명의 독자'들을 상상하며 책을 만들었던 '나'는 경영의 압박을 견디지 못하고 장인에게 빚을 진 채로 폐업하게 되었다. 아내와 장인에게 위축된 마음으로 살아가는 '나'에게 어느 날 한 독자가 책을 교환해달라고 연락을 취해온다. '낸내'라는 아이디를 지닌 그녀는 '나'가 출간했던 『곰의 자서전』과 『오직 한 사람의 차지』를 들고 만남의 자리에 온다.

기존의 예술가 소설들이 독자에게 쫓기는 작가의 이야기를 보여준다면 이 소설은 출판사 사장과 독자의 관계를 특이한 방식으로 비틀어 보여준다. 파본 교환이 아니라 환불을 원한다는 낸내와 실랑이하던 '나'는 스웨덴에서 왔다는 그녀의 독특한 외양과 라이프 스타일에 호기심을 느끼며 서서히 만남을 갖는다. 독자 낸내가 인도하는 다소 비일상적인 관계에 빠져들며 스웨덴어 강습까지 받게 된 '나'는 "자기 세계에 대한 충만과 고독, 그리고 왠지 모를 열패감이 뒤섞인 이상한 동질감"(83쪽)을 느낀다. 그러나 아웃사이더의 세계에 대한 나의 동질감과 환상도 오래가지 않아 깨지게 된다. 낸내가 유럽에도 가본 적이 없는, 중고 거래와 취미 강습으로 삶을 이어온 사람이었음이 밝혀지는 것이다.

이 소설은 경쟁 체제에서 밀려난 이들의 허위의식과 좌절을 예리하게 포착하면서도 예술 대 삶, 이상 대 현실이라는 구태의연한 도식으로 서사를 끌고 가지 않는다. 장인과 아내는 '나'의 인문학적 이상과 꿈을 이해하지 못하는 말들로 상처를 주지만, 그렇다고 해서 소설에서 이들이 단순한 속물로 표현되는 것은 아니다. 불안한 미래로 혼란스러워하는 아내나 장사에 몰입하고 있지만 마음 한구석에 결핍을 지닌 장인 모두 나름대로의 생활에 충실한 인물들이다. 낸내 역시 수상한 사기꾼으로만 그려지지 않는다. '나'의 시선 속에서 낸내는 무엇인가를 하염없이 기다리며 불안정한 거래와 독학의 삶을 이어가는 독특한 인물로 포착된다. 결국 낸내가 원하는 대로 책을 찾아 돌려주면서 주인공이 깨달은 것은 "우리가 완전히 차지할 수 있는 것이란 오직 상실뿐이라는 것을 일찍이 알아버린 세상의 흔한 아이들"(93쪽)이라는 공감이다.

경계선을 맴도는 아웃사이더들의 이야기는 예술 속의 삶, 삶 속의 예술에 대해 생각해보게 한다. 소설에서 예술과 삶은 서로의 영역 속에 침투되는 개념으로 사유되는데, 『경애의 마음』에서 사회적, 가족적 트라우마를 지닌 공상수가 타인의 삶을 위무하는 페이스북 페이지를 운영하는 행위는 새로운 공간으로 흘러들어가는 예술의 모습을 보여주는 것이기도 하다. 「오직 한 사람의 차지」와 더불어 「새 보러 간다」 역시 예술가와 독자의 관계를 새롭게 묻는다는 점에서 흥미롭다. 이 작품은 출판 현실을 배경으로 예술가의 오리지널리티와 대면하는 '수집가' '애호가'의 자리에 초점을 맞춘다. 편집자로 근무하는 '김수정'은 프리랜스 큐레이터인 '윤'과

출판계약을 하기 위해 내키지 않는 미팅 자리에 나간다. 현대미술가 '현석경'의 작품에 대한 리뷰로 유명해진 윤은 타인의 콘텐츠를 수집, 리뷰, 가공하는 '수집가' '애호가'형 예술가이다. 독자적인 콘텐츠를 지닌 것도 아닌데 까다로운 예술가의 포즈를 취하며 "터지기 직전의 팝콘 같은"(165쪽) 들뜨고 과시적인 행동을 보이는 윤 때문에 김수정은 적잖은 스트레스를 받는다. 편집자 앞에서 온갖 생색을 내던 윤은 현석경에게 자신의 존경과 열정을 표출하려고 하나 현석경은 그를 작가로 대우해주지 않는다. 소설은 '냉정한 오리지널리티'에 의해 상처 입는 수집가, 애호가인 윤의 모습을 세심히 그려낸다. 윤은 모욕을 겪으면서도 정작 현석경이 제안하는 일자리 앞에서 현실적으로 갈등한다. 소설의 마지막 장면에서 김수정은 텅 빈 거리에 다시 나타난 윤과 함께 조용히 걷기 시작한다. 그 장면은 모욕과 압력 속에서도 힘겹게 수렴되고 다시 뻗어나가야 하는 일상의 본질을 포착함으로써 깊은 여운을 준다.

어떤 면에서 소설쓰기란 예술적 이상을 향한 고통스러운 심리적 강박을 끊임없이 대면하는 일이기도 하다. 충동적 열정의 이면에는 결벽과 고통의 세계가 있다. 김금희 소설의 인물들이 감내하려는 모욕은 종종 한 생애를 지배하는 트라우마와 결벽으로 남아 그들을 괴롭힌다. 「모리와 무라」의 숙부는 오래전 자신의 비정함 때문에 함께 일하던 사촌이 자살했다는 죄책감에 평생 괴로워한다. 엄마와 숙부, '나'가 함께한 일본 온천 여행에서 숙부는 "소리를 지르고 개들의 그림자를 두려워하며 머리를 조아리"(219쪽) 는 모습으로 자신의 트라우마를 드러낸다. 「문상」과 「쇼퍼, 미스 터리, 픽션」 「체스의 모든 것」에서도 가정과 사회에서 겪은 폭력 이 인물들에게 어떤 외상을 남기고 그것이 어떻게 결벽으로 이어 지는가가 잘 나타난다. 특히 「쇼퍼, 미스터리, 픽션」은 예술과 삶 의 경계를 새롭게 배치하는 소설쓰기에 대한 탐구로 이야기를 집 중한다. 이 작품은 삶을 살아가는 인간과 창작하는 인간이 끊임없 이 길항하고 부딪치는 내밀한 순간들을 포착한다. 소설가 주인공 이 실감하는, "자기가 뭔가를 참아내고 있다는 것"(259쪽)에 대한 감각은 창작에 대한 고민을 추동하는 중요한 자원이 된다. 마트에 서 일하는 엄마가 팔다 남은 과일을 몰래 건네주던 기억, 학교에 들어가기 싫어 교문에 매달려 몸을 흔들다가 떨어진 교문에 깔려 죽은 아이에 대한 기억은 주인공의 내면에 오래도록 고여서 삶과 픽션의 경계를 고민하게 만든다. 그러나 결국 작가인 그가 바라보 게 되는 것은 삶의 한복판에서 쓰여질 수밖에 없는 소설의 운명이 다. 소설쓰기를 배우는 학생이 그녀에게 털어놓는 '이것도 소설이 될까요'라는 물음은 결벽과 고통의 기억을 넘어 삶으로 잠입할 수 밖에 없는 픽션의 운명을 암시하는 듯하다. 그녀가 실감하듯이 픽 션은 아득한 과거의 고착된 기억 그 자체가 아니라 "아직 술꾼들 이 다 떠나지 않은 야간시장의 포장마차에서 들려오는 둠둠바, 둠 둠바, 하는 디스코 음악"(273쪽)이 흐르는 현재의 삶 속에서 창작

된다. 삶 속의 픽션, 픽션 속의 삶이 부드럽게 어우러지는 이 꿈결 같은 순간은 소설쓰기가 삶과 겹쳐져 있는 지점을 자연스럽게 드러낸다.

2. 로맨스, 여성들의 비밀과 우정

삶의 희비극을 균형적으로 포착하는 김금희 소설이 특유의 유머와 위트를 가장 잘 구사하는 영역이 바로 로맨스이다. 상대에 대한 허위적 환상이 동반될 수밖에 없는 낭만적 사랑은 삶의 아이러니를 실감케 하는 적나라한 계기가 된다. 여기서 사건의 관찰자이자 내레이터로 종종 등장하는 김금희 소설의 여성 인물들을 눈여겨볼 필요가 있다. 김금희 소설의 여성 화자들은 인물들의 감정을 다양한 층위에서 고찰하는 독특한 심퍼사이저sympathizer의 특성을 보여준다. 본래 동조자를 뜻하는 단어인 심퍼사이저는 여기서 독자와 주인공의 감정을 소통시키는 균형적인 화자로 새롭게 의미화된다. 물론 김금희 소설 속의 여성 내레이터는 중립적인 관찰자로만 머무는 것이 아니라 상대방의 감정에 깊이 이입하여 그것을 자신의 감정으로 전유하는 반전의 서사도 종종 감행한다. 화자들을 솔직한 고백의 주체로 내세우는 소설들과 차별화되는 다층적 발화가 돋보이는 방식이다.

「레이디」에서도 십대들이 친구 사이에 느끼는 우정과 성애의 감정은 펜팔로 만나는 우정과 현실적 우정이라는 두 겹의 이야기를 통해 섬세하고도 은유적으로 드러난다. '나'와 친구 '유나'가 바닷가에서 여름휴가를 보내면서 경험한 성애와 경이로운 사랑은 아무에게도 쉽게 말할 수 없는 금기의 비밀로 가슴에 남게 된다. '나'는 "들키면 안 된다는 두려움이라기보다는 내보이고 싶지 않다는 의지"(118쪽) 속에서 유나와의 성적 경험을 은폐하지만 그것은 쉽게 지워지지 않는 또렷한 기억이 된다. 십대 소녀의 세밀한 심리묘사를 통해 성적 체험과 감정의 얽힘을 살펴가는 이 소설역시 김금희 고유의 스타일을 보여주는 작품이라고 할 수 있다.

「사장은 모자를 쓰고 온다」는 희비극의 형상화와 심퍼사이저의 시선이 적극적으로 어우러진 매력적인 작품이다. 안쓰러운 짝사랑의 세계를 들여다보는 소설의 시선이 절묘하고도 따스하다. 짝사랑하는 남자의 신발에 "가만히 자기 발을 넣어보"(41쪽)는 여자와 그녀를 우연히 목격하게 된 또다른 여자가 있다. 짝사랑의 주인공인 여자는 로스터리 카페의 '냉혈한 고용주'다. 그녀가 잘생긴 직원 '은수'에게 사랑의 마음을 품으면서 카페 사람들에게는 변화가 찾아온다. 사장의 비밀을 목격한 '나'는 그녀에게 호출되어 새로운 임무를 부여받는다. 사장은 '나'에게 "잘생기고 가난하고 우울하고 뭔가 일이 안 풀리고 불안정"(46~47쪽)한 은수의 사연을 시시각각 들려주기를 열망하며, '나'는 정기적으로 로커룸에서 사장을 만나 그녀의 상상과 대화에 동참하는 대가로 택시비와 야근수당, 유급휴가의 혜택을 누린다. 그러나 이 황홀한 상상 속의 로맨스는 얼떨결에 끌려나온 사랑 고백을 통해 우스꽝스러운 모습으로 노출되어버린다.

> 그렇게 사장이 사랑을 예감하는 사람의 목소리로 그 대사를 읽을 때 나는 로커룸의 조명을 받고 있는 사장의 모자 없는 머리 위로 어떤 것이 흘러내리고 있다고 생각했다. 그 명랑하고 쾌활한 대사로도 구원되지 않는 사장의 오랜 불행 같은 것이. 이윽고 사장이 읽기를 마치고 고개를 들었고 조금 웃어 보였다. 분위기가 이상해진 듯해서 나는 다른 페이지를 더 읽어보자고 했지만 사장은 응하지 않았다.(「사장은 모자를 쓰고 온다」, 56쪽)

사장이 은수 앞에서 낭독한 셰익스피어의 로맨틱한 대사와 달리 현실 속의 로맨스는 감당할 수 없는 초라한 실체를 드러낸다. '모자 쓰기'를 철칙으로 삼는 사장이 처음으로 모자를 벗고 자기의 모습을 드러냈을 때 사랑의 마법 역시 사라진다. "고통과 상심에 찬, 열의에 불타지만 그 열의라는 것이 공회전하는 바퀴처럼 덧없고 무의미하리라는 결과"(47쪽)를 예감했던 사장은 열렬한 마음을 담아 희곡 대사를 읽은 후 돌연 여행을 떠나버린다.

이 쓸쓸한 짝사랑의 종말이 흥미로운 것은 반전의 에필로그 때문이다. 사장의 열정을 지켜보던 '나'는 어느새 그 사랑에 끼어들게 되고 그 사랑의 공감자가 된다. 어느 순간 자신의 감정 역시 은수로 향해가는 것을 느끼는 '나'의 역할 변경 역시 이 짝사랑의 씁쓸한 결말을 앞당기는 데 한몫한다. 사장이 떠나고 어느 날 은수를 몰래 뒤쫓은 '나'는 상상하던 것과는 다른 현실의 모습을 본다. 실연의 고통을 사장의 몫으로만 놓아두지 않고 기꺼이 그 반전을 감당하는 독특한 결말은 이루어지지 않는 로맨스의 여운을 더 깊게 만든다. 이 작품에서도 실감되지만 김금희 소설의 동조적 화자는 과거의 체험을 현재 속으로 끌어당기는 핵심적인 역할을 한다. 상황을 비틀어 풍자할 수 있는 유머와 위트의 힘 역시 이러한 균형적 관찰자의 서술에서 발생한다.

「누구 친구의 류」에서도 로맨스 서사는 여성들의 공감과 관계를 통해 드러난다. '나'의 남편의 쌍둥이 동생 '현경'은 종교생활과 쇼핑, 인스타그램으로 치장된 권태로운 삶을 살고 있다. 그러나 허세에 가득찬 것같이 보이는 현경의 생활 속에는 과거의 실패한 로맨스가 아픈 기억으로 자리잡고 있다. 여기서도 비밀을 목격하고 동조자가 되는 사람은 내레이터인 '나'이다. 현경의 첫사랑 '류'는 휴학을 밥먹듯 하던 가난한 남자였다. 젊은 시절 현경은 가출까지 감행하며 그와 함께 지내고 싶어했지만 결국 제자리로 돌아오게 되었다. 오랜 시간이 흐른 후 현경의 눈앞에 다시 나타난 류는 여전히 고단한 모습이다. 결혼에 실패하고 아이를 잃은 그는 쿠바로 떠나겠다고 말한다. 이러한 현경의 로맨스 서사는 화자인 '나'의 시선을 통해 공명되고 해석을 얻는다. 류와 재회한 현경의 얼굴에서 "어떤 빛, 그간은 보지 못했던 다른 결의 빛" "일방향성이 깨어지면서 뭔가 수런거리는 움직임"(234쪽)을 감지한 '나'는 그녀의 이야기에 귀를 기울인다. 소설의 마지막 장면에서 회사의 관광상품을 기획하기 위해 업무차 드디어 쿠바에 간 '나'는 상상했던 것과는 다른 모습의, 류로 짐작되는 사람을 만난다. 로맨스의 주인공에게 으레 기대되는 모습과는 달리 노쇠하고 분노에 가득찬 듯한 그는 "나쁠 것도 좋을 것도 비극도 희극도 없는 얼굴로 노래하는, 그냥 흔한 어느 친구의 류"(249쪽)로 '나'의 앞에 나타난다. 과거의 시간에서 현재로 다가온 실연의 고통을 심화된 해석으로 전유하는 이 감정적 전환은 우리로 하여금 로맨스가 남기는 삶의 파장을 입체적으로 생각하게 만든다.

3. '기억'과 '애도'의 현재

사랑과 결혼에 얽힌 여성적 경험을 섬세하게 주시하면서도 그것이 놓이는 다양한 문맥을 형상화하는 김금희의 소설은 관습적인 서사를 비틀어 개성 있는 질감의 이야기를 만든다. 삶과 예술, 과거와 현재, 기쁨과 슬픔의 경계를 부드럽게 허무는 그의 소설은

'지나간 시대'를 현재로 연결하여 생생한 시대성을 획득한다. '이후'의 삶을 관심 있게 들여다보는 이 화법은 세밀한 공감자의 시선을 통해 인간 심리의 세부를 날카롭고 섬세하게 살핀다. 그의 소설에서 이야기되는 기억과 애도 역시 현재를 새롭게 바라보는 리얼리티를 획득하는 통로가 된다. 「체스의 모든 것」은 김금희 소설이 자주 활용하는 후일담의 모티프를 통하여 트라우마를 지닌 개인들의 재회와 소통에 대해 이야기한 작품이다. 이 소설에 등장하는 '노아 선배'와 '국화', 그리고 둘을 바라보는 '나'는 김금희 소설에서 종종 등장하는 유형의 인물들이다. 대학의 영미 잡지 읽기 동아리에서 만난 노아 선배는 위계 사회에 잘 적응하지 못하여 교수나 선배와 걸핏하면 싸우곤 한다. 국화 역시 자신의 주관이 뚜렷한 인물로 우울증을 지닌 예민하고 독특한 노아 선배의 이해하지 못할 습관을 끊임없이 지적하며 충돌을 일으킨다. 노아 선배에게 미묘한 감정을 느꼈지만 차마 털어놓지 못했던 '나'는 그가 사랑에 빠지고 결혼하고 사회에 진입했다가 다시 튕겨져나오는 과정을 지켜본다. 대학 시절 투닥거리면서도 노아 선배와 특별한 감정을 나누었던 국화 역시 학원을 경영하다가 빚에 시달리는 쉽지 않은 삶을 살아왔다. 김금희식의 후일담이라고 할 수 있을 이 이야기에서 '체스'는 국화와 노아 선배, '나' 사이에 놓여 있던 지난 시대를 상징하는 징표로 읽힌다. 인물들은 현재 속에서 끊임없이 '치밀어오르는 무언가'로 남아 있는 기억과 상처를 외면하지 않는다. 이들을 따뜻하면서도 균형적인 서사로 그려내는 작가의 시선은 인물들의 마음에 복잡하게 얽혀 있는 감정의 타래를 차분히 살펴본다.

그런 의미에서 이 소설집에서 가장 묵직한 여운을 안겨주는 작품은 「문상」이다. 이 소설은 죽음을 둘러싼 애도와 기억의 의례가 어떻게 존재들을 소통시키는가를 견고하고 깔끔한 플롯으로 형상화한다. 재단에서 연극 지원사업을 담당하는 '송'은 재단 일로 알게 된 희극배우의 부친상 소식을 듣고 대구로 문상을 간다. "원래 문상은 경황이 없는 상주를 짧게 일별하고 오는 것"(136쪽)이라는 통념과 달리 송이 경험한 문상은 새로운 방식의 치유 여행이 된다. 상중인 희극배우는 장례식장을 빠져나와 시끌벅적한 거리로 문상객을 이끈다. 그는 아버지를 잃은 자식이 느끼는 허무와 고통을 진솔하게 털어놓고 거꾸로 문상객인 송의 마음에 맺혀 있는 트라우마까지 들여다본다.

소설에서 위로를 하러 간 송은 거꾸로 치유를 받고 돌아오는 독특한 경험을 한다. 과거의 기억은 "오래 끓인 무의 냄새에 아주 진한 국간장 냄새가 뒤섞였는데 그냥 뒤섞인 것으로는 충분하지 않고 그 뒤섞임이 반복되고 반복되어서 주변에 완전히 배어버린, 그래서 솥이 끓지 않아도 마치 환각처럼 그 짜고 물큰한 내가 맡아질 정도로 오래오래 달여진 국물음식의 냄새"(141쪽)처럼 송의 마음에 스며든다. 서문시장에서 앞산공원, 수성못에서 경양식집,

그리고 동대구역으로 이동하며 두 사람이 나눈 대화는 송의 마음에 맺혀 있던 오래된 기억과 상처를 풀어낸다. 그는 조모의 죽음을 슬퍼하며 우는 어린 자신의 따귀를 몇 번이고 갈겼던 아버지 때문에 깊은 상처를 지니게 되었다. 그의 분노는 "어떤 대상과 가까워질 때마다 드는 복잡한 결의 불편함"(143쪽)을 견디지 못하고 연인에게도 상처를 주는 심리적 상흔으로 남았던 것이다. 마냥 따스하고 진지하게만 이어질 것 같던 소설이 유머러스한 반전을 이루는 지점은 역시 에필로그다. 문상 후 돌아와 헤어진 연인 '양'에게 연락을 취한 송은 희극배우가 전해준 그녀의 이민 소식이 농담을 어떤 의도에서든 잘못 전달했던 것임을 알게 된다.

김금희 소설의 기지와 유머가 여지없이 작동하는 이 반전의 순간은 문상의 여정에서 얻게 된 통찰과 소통의 가능성을 풍부하게 확장한다. 어쩌면 소설 속의 문상처럼 위로하고 위로받는 자가 따로 있지 않은, 서로의 위치를 계속 바꾸며 소통하는 것이야말로 삶의 진짜 모습일 것이다. 소외된 약자들의 고립된 내면을 세밀히 응시하는 소설의 힘은 공통의 감각과 세계를 창조하려는 시도 속에 소설의 자리가 생성됨을 거듭 일러준다. 과거의 상처에 붙들린 인물들의 고독한 마음을 읽어내는 심퍼사이저의 시선은 시대적 상처를 기억하면서도 그것을 뛰어넘는 현재의 감정들을 창조한다. 소설 속 인물들이 속삭이듯이 사랑 역시 그렇게 무언가를 견디고야 얻게 되는 간절한 이름으로 우리의 곁에 다가온다. "그 모

든 것을 참아내는 것이란 안 그러면 모든 것을 잃는다는 절박함에
서야 가능한데 그렇다면 그 감정은 사랑이 아닐까"(「체스의 모든
것」, 22쪽).

작가의 말

아주 오랫동안 마음이 상하는 일을 두려워했다. 피할 수 있다면 피하고 인정하지 않을 수 있다면 인정하지 않고 싶었지만 돌아보면 그것은 테이블 위에 올려놓은 과일이 물러지듯 자연스러운 일. 상할수록 더 진하고 달콤한 향을 내는 무언가가 있다고 마음이 다치는 과정을 미화할 생각은 없지만 상처를 들여다보는 사이 전혀 예상하지 못한 진실, 깨달음, 아름다움, 서글픈 환희를 발견하게 되는 것도 사실이다. 그렇게 통과해온 2015년부터 2018년까지의 단편들을 묶는다. 다행인 건 되도록 물러서지 않고 모든 상태를 기록하려 노력했다는 점이다. 아름다움이 있다면 아름답다고 썼다. 사랑이 있다면 사랑이 있다고, 잃어버리거나 비극과 직면했다면 슬프다고 썼다. 어리석었다면 고통스러울 정도로 어리석었다고 용서할 수 없을 듯한 순간에는 용서할 수 없으리라고 썼다. 완전히 혼자라는 생각이 들면 그렇다고, 하지만 그것이 강제적인 고립을 뜻하지는 않는다고 썼다. 우리는 스스로 그런 선택을 하며 상처 이후의 시간을 예비할 수 있다고.

여름에 나는 평생 살아온 도시를 떠나 새로운 도시로 옮겨왔다. 여기 실린 소설을 쓴 장소와 책으로 펴내는 장소가 다른 셈이다. 그 차이가 어떤 것인지 생각해보면 어느 날은 아주 찬 표면에 물기가 어리듯 슬픈 일이기도 하고 어느 날은 그렇게 해서 마음의 안팎 온도를 맞춰 더 나아지는 일이기도 하다. 그 모든 기대와 두려움으로 벅찬 여름이다. 하지만 소설을 쓴 날들에도, 지금도,

누구도 아닌 나 자신을 붙드는 일, 삶에서 우리가 마음이 상해가며 할 일은 오직 그뿐이라는 생각을 한다.

지금 쥘 수 있는 많은 것들 중에, 소설을 선택해준 당신에게 내 미약한 응원과 용기를 보낸다. 그 덕분에 나는 오래 쓸 수 있는 방향으로 살아갈 수 있을 것이다. 감사하고 감사한 일이라고, 우리가 온전히 차지할 수 있는 이 영역을 포기하지 말자고 적어둔다. 쓰는 일에, 그렇게 해서 당신을 만나는 일에 나는 어느 때보다 욕

심이 생긴다. 그 욕심을 이해해주는 가족과 친구들, 문학동네 편집부와 해설을 써주신 백지연 선생님께 감사드린다.

환하지 않은 여름은 없다고 생각하며,
2019년 8월의 끝에서
김금희

| 수록 작품 발표 지면 |

체스의 모든 것 …… 『현대문학』 2016년 7월

사장은 모자를 쓰고 온다 …… 『릿터』 2016년 12월/2017년 1월

오직 한 사람의 차지 …… 『문학과사회』 2017년 봄

레이디 …… 『사랑을 멈추지 말아요』(큐큐, 2018)

문상 …… 문장 웹진 2016년 2월

새 보러 간다 …… 『대산문화』 2015년 겨울

모리와 무라 …… 『현대문학』 2017년 5월

누구 친구의 류 …… 『문학사상』 2017년 8월

쇼퍼, 미스터리, 픽션 …… 『문학동네』 2016년 가을(자전소설로 발표)

문학동네 소설집
오직 한 사람의 차지
ⓒ 김금희 2019

1판 1쇄 2019년 8월 30일
1판 6쇄 2020년 7월 28일

지은이 김금희
펴낸이 염현숙
책임편집 정은진 | 편집 황예인 김내리 이성근 이상술
디자인 김이정 유현아 | 마케팅 정민호 박보람 우상욱 안남영
홍보 김희숙 김상만 지문희 우상희 김현지
제작 강신은 김동욱 임현식 | 제작처 한영문화사

펴낸곳 (주)문학동네
출판등록 1993년 10월 22일 제406-2003-000045호
주소 10881 경기도 파주시 회동길 210
전자우편 editor@munhak.com | 대표전화 031) 955-8888 | 팩스 031) 955-8855
문의전화 031) 955-3576(마케팅) 031) 955-8864(편집)
문학동네카페 http://cafe.naver.com/mhdn | 트위터 @munhakdongne
북클럽문학동네 http://bookclubmunhak.com

ISBN 978-89-546-5727-3 03810
* 이 책의 판권은 지은이와 문학동네에 있습니다.
  이 책 내용의 전부 또는 일부를 재사용하려면 반드시 양측의 서면 동의를 받아야 합니다.
* 이 도서의 국립중앙도서관 출판예정도서목록(CIP)은 서지정보유통지원시스템 홈페이지
  (http://seoji.nl.go.kr)와 국가자료종합목록 구축시스템(http://kolis-net.nl.go.kr)에서
  이용하실 수 있습니다.(CIP 제어번호: CIP2019028209)

잘못된 책은 구입하신 서점에서 교환해드립니다.
기타 교환 문의 031) 955-2661, 3580

www.munhak.com